中公文庫

落語刑事サダキチ

埋蔵金伝説と猫の恩返し

愛川　晶

中央公論新社

目次

落語刑事サダキチ

埋蔵金伝説と猫の恩返し

第一話　埋蔵金伝説と猫の恩返し

あの世へ行ってしまうと、まず第一番に閻魔《えんま》の庁へ呼び出されます。正面には閻魔大王、馬頭《めず》牛頭《ごず》、見る眼嗅《か》ぐ鼻、冥界十王《めいかいじゅうおう》、ずらっと並んで、その下には赤鬼青鬼。

「しわい屋のけち兵衛《べえ》というのはその方か？　お前《まい》のこれまでの罪業《ざいごう》がこの浄玻璃《じょうはり》の鏡に映る……見ろ！」

　てえと、まるで映画のようにパッパッパッパッと、いろんなことが代わる代わるに出てくる。

「どうだ。これだけの非道を働いて、お前は財産をこしらえた。不届き至極なやつだ」

あのお閻魔様が苦りきったのですから、その顔てえものは見られたもんじゃない。

こりゃいけないと思うから、小判を百両だけ袂《たもと》へ入れた。すると、お閻魔様はこう、小判の重みで角度がつきましてね、

「……しかしながら、一代においてこれだけの恒産を成し遂げるというのも、これまたそちの働きである」

てんですから、さあ、傍《はた》の者は治まらない。

「何を言ってるんですか、大王様。かような者を糾明してこそ、あなたのお役目じゃありませんか。礼讃《らいさん》するなんて、とんでもない」

見る眼嗅ぐ鼻、馬頭牛頭、いろいろ辺りにいるのがわいわい言い始める。こりゃ危ねえと思って、みんなの袂の中へ等分に入れちまって、青鬼赤鬼にまで小判をまき散らすと、これで無事に極楽へ行ってしまう。

さあ、あとの地獄が大変です。時ならない小判の花で、上景気《じょうげいき》。閻魔の庁へ出頭するなんて、そんな鬼は一匹もない。もう赤鬼も青鬼も酒を飲み、赤鬼なんぞは赤い上に飲んじまったから、真っ黒になった。

「おう。今夜、どうする？　青」

「そうだなあ。奪衣《しょうつか》のバーにでも行って、一晩飲み明かすよ」

「偉《えれ》え景気だなあ」

「赤、お前はどうすんだ？」

「俺は女の子を引っ張ってな、賽《さい》の河原座へ行って、歌舞伎を見てこようと思うんだ」

1

「……いやあ、昔の人はうまいことを言いました。『いつまでもあると思うな、親と金。ないと思うな、運と災難』。まったく、その通りですよ」

新宿区神楽坂《かぐらざか》にある寄席《よせ》・神楽坂倶楽部《くらぶ》。木戸口で配付されたプログラムを見ると、夜《よる》席《せき》のヒザは『漫談　柳田《やなぎだ》新兵《しんぺい》』となっていた。『ヒザ』は『膝代わり』の略で、主任《トリ》の一つ前の出番を意味し、東京の寄席では漫才、奇術、音曲《おんぎょく》など、落語以外の『色物《いろもの》』と呼ばれるジャンルの芸人が務めるのが慣例だ。

「人間、いつどんな運が向いてくるかわかりません。『猫に小判』なんてことわざがあるけど、今回は『猫が小判』だもの。びっくりしちまいました。ねえ、そうでしょう！」

笑い声とともに拍手が起きる。それを受け、高座下手《しもて》にある楽屋からの通路を気にする素振りをすれば、今度は爆笑。

（ちょっと触れただけでこれだけウケるんだから、さすが、テレビの力って恐ろしいわ）

満員の客席の中央付近で、三崎優子《みさきゆうこ》は小さくうなずいた。

（今日は四月六日……ええと、新聞に載ったのがたしか一日よね。上席の夜の芝居のトリが鰕三《えびぞう》師匠だと聞いて、大丈夫かなと思ったけど、信じられない人気ぶりだわ。今日が日曜のせいもあるけど、普段はこんなに入らないもの）

一年三百六十五日演芸を鑑賞できる、いわゆる定席《じょうせき》では、一日から十日までを『上席』、十一日から二十日までを『中席《なかせき》』、二十一日から三十日までを『下席《しもせき》』と呼び、それぞれを『芝居』と称している。今日は神楽坂倶楽部四月上席興行の六日めだ。

優子が柳田新兵の高座に接するのは、これが初めて。寄席通いを始めてまだ四カ月だから、あてにはならないが、テレビの演芸番組でもさっぱり顔を見ないので、あまり売れてはいないはずだ。

年齢は五十代だと思うが、いわゆる父《と》っつぁん坊やというやつで、子供がそのまま年を取ったような風貌だ。身長百五十センチほどで、小太り。眼が大きく、唇を尖らせながら喋るので、常に何かに驚いているように見える。

「本物の小判なんて、あたしは一度も拝んだことありませんけど、あるところにはあるというか、埋まってるとこには埋まってるんですよ。

ほら、覚えてらっしゃるでしょう。去年の二月、場所はネギで有名な埼玉県深谷《ふかや》。宅地の造成現場で直径二十センチほどの瓶が掘り出され、その中身が……まさか肥瓶《こえがめ》じゃありませんよ。便所の下を掘ってたわけじゃないんだから！」

右手で鼻をつまむ仕種《しぐさ》をすると、場内が沸く。クスグリ、つまり、ギャグ自体が平凡でも反応が大きいのは、聞く側がその話題を歓迎している証拠だ。

「瓶の中から出てきたのが山吹色に輝く小判。勘定してみると、全部で四百八十九枚もあった。すべて八代将軍吉宗《よしむね》公の時代に鋳造された元文《げんぶん》小判てえやつで、裏に『桐生《きりゅう》』『足《あし》利《かが》』なんて墨で書かれていたから、たぶんその近辺で使われてたんでしょうな。古銭なので、保存状況によって値段はピンキリですが、元文小判は最低でも一枚十五万はします。それが五百枚近く……お暇な方は計算してみてください。合計で七千万円を超えちまう。驚き、桃の木、山椒《さんしょ》の木ってやつだよねえ」

『七千万円』と聞き、客席のあちこちでため息が漏れる。来月発売のドリームジャンボ宝くじの賞金が三千万に上がるのが大きな話題になったが、その倍以上なのだから、庶民にとっては夢のまた夢だ。

（それにしても、しつこくこの話題にこだわるなあ。何だか、嫌な予感がするけど……）

優子の不安をよそに、柳田はますます唇を尖らせ、早口でまくし立てる。

「一枚十五万と聞いて、驚くのはまだ早い。一週間前、猫がくわえてきたのは天保《てんぽう》小判。吉宗公の頃から百数十年時代が下るから、値段も安いと思うでしょうが、今回見つかったのは俗に献上判《けんじょうばん》てえやつでして、小判をこしらえている金座が幕府に献上するために鋳造した特別な一枚で、表につけられている横線……茣蓙目《ござめ》というそうですが、あれの刻み方もごくごく丁寧なんだそうです。

ただね、新聞でもテレビのワイドショーでも、取り上げられる度《たんび》に、言う時価がバラバラでしょう。あたしの知り合いがアメ横《よこ》の近くで古物商をやってて、古銭も取り扱ってるから、『本当のところはどうなんだ』ときいたんですよ。そうしたら、三十万円以上するそうですよ。まさに値打ち物。大儲けだよねえ！」

大きな声でそう呼びかけると、客席でどよめきが起きた。

「だから、お客さん、探せばまだあるかもしれませんよ。今、神楽坂はゴールドラッシュの真っ最中。宝くじなんか買うより、よっぽど効率的です」

（うわあ、やめて！　そんなふうに煽ったら、また掘りに行く不心得者が出かねない）

顔をしかめ、首を横に振ったが、そんなサインが演者へ届くはずもない。

（それに、ゴールドラッシュなんて言いすぎよ。出てきたのは、まだ小判が一枚きり。騒ぎばかりが大きくなって……おかげで、うちの署は大迷惑だわ）

三崎優子は二十六歳。ちょうど一週間前が誕生日だった。身長が百七十二センチあり、丸顔に吊り眉、大きな眼。額の中央で前髪を一直線に切り揃えているため、陰では『金太《きんた》郎《ろう》』とか『女金時《おんなきんとき》』などというあだ名を奉られていた。そんな彼女は警視庁神楽坂署刑事課捜査三係に所属する女性刑事である。

2

騒ぎの始まりは五日前。全国紙の都内版に載った小さな記事がきっかけだった。見出しは『飼い猫がくわえてきた珍品小判』。

添えられていた写真には白猫を抱く初老の男性の姿があったが、その抱き方がひどくぎこちない。左右の前脚のつけ根を両手で支え、後ろ足は宙ぶらりんのまま。体が伸びきってしまって苦しいらしく、猫はまるでカメラを威嚇するかのように牙をむいていた。

四年前、ハイイログマの恐怖を描いた『グリズリー』というアメリカ映画が大ヒットしたが、そのポスターの構図にそっくりで、見た時、優子は吹き出してしまった。その脇に別撮りした小判の写真が添えられている。

男性は頭が五厘《ごりん》刈《が》りで、面長で眉が太く、落ち窪んだ眼と高い鼻。黒っぽいセーターを着て、何かに戸惑ったような表情を浮かべていた。

記事の内容は概略以下の通り。東京都新宿区神楽坂四丁目の豊島《とよしま》清《せい》五郎《ごろう》さん（五十五歳）宅で飼われていた雄猫の大福《だいふく》が、先月三十日午前六時頃、小判一枚をくわえて戻ってきたのを豊島さんの妻が発見し、遺失物として神楽坂警察署へ届け出た。

　同署が専門家に鑑定を依頼したところ、十九世紀に鋳造された天保小判であることが判明したが、小判にはかなりの量の泥が付着していたため、直前まで地中に埋まっていた可能性も考慮しながら、現在持ち主を捜している。

（記事は私も読んだけど、その時点では、こんな大騒ぎになるとは思っていなかった）

　高座の上の柳田新兵は、天保小判が発行されたのがどんな時代だったか、得意げに蘊蓄《うんちく》を語っている。

（去年の深谷とは違って、小判がたった一枚で、地中から出たかどうかもはっきりしない。それなのに……まさか、この神楽坂に埋蔵金伝説があったなんてねえ）

　優子が現在の職場へ異動したのは昨年九月。だから地元の情報に疎いのだと思ったが、聞いてみると、ほとんどの神楽坂署員にとってそんな話は初耳で、彼女の周囲で知っていたのは捜査一係所属の平林《ひらばやし》巡査部長ただ一人。そして、彼こそが、署内で知らぬ者のない落語刑事サダキチその人だった。

（報道が過熱した理由の一つは、小判を見つけた人物の職業が特殊だったことよ。公務員とか銀行員なら、たぶん、ああはならなかった。『豊島清五郎さん』なんていうから、誰のことかと思ったら……ん？　今度はこの話題か。私の仕事に関係あるわね）

「……だから、皆さんがもし埋蔵金を掘りあてたとして、そのうちの何割がご自身の取り分になるか、ご存じですか。

えっ、十割？　いやあ、そううまくはいかない。そりゃ、ネコババすればそっくり自分のものになりますがね。ばれたら即刻豚箱行きだ」

客席の反応がいいので、柳田はいよいよ調子に乗り、唾を飛ばさんばかりの勢いで、

「日本の法律では、発見された埋蔵金は遺失物として扱われますから、持ち主を捜さなければならない。具体的には小判を埋めた当人、もしすでに死んでいたら、その子孫を捜し出すってことになります。

だから、自分の土地にご先祖様が埋めてくれたお宝を見つける分にはいいんだけど、他人の土地に他人が埋めたものを掘りあてちまうと、事は面倒。その場合、本来の持ち主の子孫が現れれば一割程度の報償金、もし現れなければ現在の土地所有者と折半することになるので、埋蔵金の半分が手に入ります。皆さん、どうです？　勉強になったでしょう。これで、いつ小判が出てきても安心だ」

そう言って、また場内が沸いたところで、一際《ひときわ》声を張り上げると、

「では、長らくお待たせをいたしました。今や、時の人。皆様のお目当てのご登場です。どうか盛大な拍手でお迎えください！」

客席に向かって軽く会釈をして、柳田新兵が下手へと去り、俗曲の『梅ケ枝《うめがえ》』の出囃子《でばやし》が流れ始めた。

若い前座さんが現れて、スタンドマイクを片づけ、高座中央に座布団を敷く。メクリが『新兵』から『鰕三』へ変わり、ややあってから、佃家《つくだや》鰕三師匠、本名・豊島清五郎氏が姿を現した。新聞に掲載された写真と風貌は同じだが、表情は大きく違い、満面に笑みを浮かべている。

足元に置いていたバッグの中の袋から、優子は茶通《ちゃつう》を一個取り出す。ここの売店は特にお菓子の品揃えが豊富で、人一倍食いしん坊の彼女は何かつまみながら落語を聞くことを無上の喜びにしていた。そこで、最近はまっているのが茶通。こし餡を小麦粉の皮で包み、鉄板で上下をこんがりキツネ色になるまで焼いた和菓子だ。

寄席は基本的に飲食自由だが、トリに敬意を払い、出演者が交替する間に急いで口へ放り込むと、皮の生地に混ぜた抹茶と表面に散らしたお茶の葉の苦みが餡の甘さと調和して、何ともたまらない味だった。

鰕三師匠の高座はこれまでにも何度か聞いていたが、いつも出番が開演から三、四人めあたりで、客の反応も鈍かった。それが今日は顔を出したとたん、場内が沸き、拍手に加えて「待ってました」のかけ声。変われば変わるものである。

紺地に白い小紋の入った高座着の鰕三師匠は座布団に腰を下ろすと、扇子を前に置いて、丁寧に一礼し、

「ええ、お遊びどころの多い中、おいでいただきまして、まことにあり――」

「いよっ、『猫の恩返し』。たっぷり！」

『ありがとうございます』という挨拶を、最前列からの声が遮った。

（猫の恩返し……確かに今の状況にはぴったりだけど、そんな落語が本当にあるのかしら）

高座の上の鰕三師匠は苦笑し、取り上げた扇子をしばらく無言でもてあそんでいたが、やがて、まんざらでもない顔つきで口を開く。

「噺のご注文をいただくのはまことにありがたいんですが……実は昨日《きのう》も一昨日《おとつい》も『恩返し』でしてねえ。今晩演《や》ると、三晩続けて。ナントカの一つ覚えだって、楽屋で陰口叩かれちまいます」

大げさに顔をしかめて見せると、満員の客席からは大爆笑。そして、それがとぎれたところで、

「まあ、せっかくのご所望ですから……だけど、明日、同《おんな》じ噺はだめですよ。そんなこと言うと、今度は『しわいや』なんて注文されかねないけど」

嘆いてみせると、今度は数人がけたたましく笑った。きっと、落語通の客だろう。『しわいや』の意味はけちん坊で、師匠は落語会屈指の節約家として有名なのだ。

「大福って名前の白猫は、今年の正月頃から家《うち》に居ついた迷い猫で、年は三つか四つくらいらしいんだけど、まあ、生き物を飼うと、いろんなことが起きるものでして……」

鰕三師匠は高座扇を座布団の右脇に置き、おもむろに、

「江戸の八丁堀《はっちょうぼり》に棒手振《ぼてふ》りの金《きん》さんて人がおりました。棒手振りてえのは、魚を入れた盤台を担いで商いをする稼業ですが、こいつが大の博打《ばくち》好き。ちょうど大晦日《おおみそか》の日に友達に誘われ、ちょいと覗くだけのつもりが、買い出しの元手三両をそっくり取られちまいました」

さすが四十年近いキャリアは伊達《だて》ではなく、滑らかな語り口は大看板《おおかんばん》と呼ばれる師匠連と比べても遜色《そんしょく》がない。さらに、今回の騒動で知名度が一気に上がったせいか、何か貫禄のようなものが感じられた。

「この金さんがコマという名前の猫を飼っておりまして、大変にかわいがって、もう七、八年手元に置いている。博打ですっからかんになった金さん、酒を飲みながら、その猫を相手に愚痴を言っております。

『なあ、コマ、お前《めえ》にこんなことを言っても始まらねえが、困ったことになった。買い出

しの銭を三両取られちまったんだ。明日は元日だってのに、このままじゃ商売ができねえ。なあ、どうだい？〈猫に小判〉てえくらいだから、お前、どっか行って三両都合できねえか。小判が三枚……無理なら、一両でもいいぞ。そんなこと言ったって、相手は猫だからなあ。しょうがねえ。明日にゃ明日の風が吹かあ。ぼちぼち寝ることにするか』」

3

（……『猫の恩返し』か。落語っぽくないタイトルだから、もしかして新作かなと思ったけど、違ったのね）

　神楽坂署女子独身寮の所在地は千代田区富士見《ふじみ》一丁目。寮の前の道路を歩きながら、優子は考えた。優子の知識の源泉は、警察学校時代に購入した講談社版『古典落語』。全六巻を表紙がすり切れるまで読み返し、ほぼ暗記している演目も多かったが、その代わり、未収録のものについてはほとんど知らない。

　前の晩、佃家鰕三師匠が口演した『猫の恩返し』は昔話のような味わいをもつ一席だった。

　八丁堀に住む魚屋・金さんが、大晦日、博打で失った三両の金を飼い猫のコマに都合してくれと頼むのが物語の発端。もちろん酔った上での冗談だったのだが、翌朝、枕元を見ると、小判が三枚置かれていた。

大喜びした金さんはコマに礼を言いながら酒を飲み直し、『どうせなら、もっとくわえてこいよ』と軽口を叩いて、あとは白河《しらかわ》夜《よ》船《ふね》。

そして、正月二日、初売りの荷を担いで堀留《ほりどめ》の戌亥《いぬい》という大店《おおだな》へ商いに行ったのだが、どうも様子がおかしい。不審に思い、尋ねてみると、番頭の返答は次の通りだった。

大晦日に三両の金が紛失し、奉公人を調べてみたが、誰も盗《と》った様子がない。すると、元日の夜中、大きな猫が用箪《ようだん》笥《す》の鐶《かん》を口にくわえ、懸命に開けようとしているのが見つかる。『さては、こいつの仕業だったか』と、店の若い者が手に手に棒を持って追い回し、猫を叩き殺してしまった。

驚いた金さんが死骸を見せてもらうと、そこにあったのは飼い猫の哀れな姿。金さんは『勘弁してくれ』と泣き崩れるが、事情を聞いて感心した店の主《あるじ》が五両の金を出し、コマは両国《りょうごく》の回向院《えこういん》に葬られることになった。

『……鼠《ねずみ》小《こ》僧《ぞう》の墓の隣に、猫の墓が建てられた。これも何かの因縁でございましょう』

噺の筋を振り返っているうち、耳元に鰕三師匠の声が蘇ってきた。

『それからはこの金さん、酒も博打も断って仕事に精を出し、やがて表店《おもてだな》へ出ましたが、その店のことを誰言うともなく、〈猫金《ねこきん》、猫金〉。末永く繁盛したと申します。世話になった主人へ小判三両で恩を返した、回向院に残る猫塚の由来の一席でございました』

（噺の前半、金さんがコマに『三両都合してくれ』と頼む場面で、『無理なら一両でもいいぞ』なんて言ってたけど……あれ、たぶんアドリブね。お客さんに大ウケだった）

事情通の先輩からの情報によると、鰕三師匠が定席でトリを取るのは五年ぶりで、人気者の落語家が急病で休席したため、お鉢が回ってきたらしい。

（本来ならば閑古鳥が鳴くはずだったのに、本当に何が幸いするかわからないわ）

早稲田《わせだ》通りに出て、やがて牛込橋《うしごめばし》。神楽坂下の交差点を右折して外堀通りへ入り、都の飯田橋《いいだばし》庁舎の隣が神楽坂警察署だ。

建物は四階建ての本館と二階建ての新館、そして、留置場。優子が所属する刑事課は、玄関の正面から左手へ広がる細長い部屋だ。

課長席の上の時計を見ると、午前七時十一分。本来の勤務時間は午前八時半からだが、新米刑事は出勤してきた先輩にお茶を汲んで出す慣習がある。しかし、少し早く来すぎたようで、まだこの時間帯、刑事《デカ》部屋《べや》には人気《ひとけ》がなかった。

とりあえず、玄関ロビーの左端にある給湯室に行ってポットを満たし、戻ってくると、

「よお。今朝はずいぶん早いんだな」

「あっ、主任。おはようございます。当直勤務、お疲れ様でした」

やってきたのは捜査一係の平林定吉巡査部長。本来の読みは『サダヨシ』だが、署内では誰もが『サダキチさん』『サダキっつぁん』と呼ぶ。落語の世界の大立者《おおだてもの》である小僧・定吉《さだきち》の影響らしいが、本人はとうの昔に訂正する気を失っていた。

年齢は五十二歳だが、オールバックにした髪だけでなく、眉毛まで真っ白。そのせいで、十歳も上に見られることがあるらしい。体付きは中肉中背で、常に柔和な表情。初対面時の優子の印象は『市役所の戸籍係』だった。

「昨夜《ゆうべ》はいかがでした？　お寝《やす》みになれましたか」

「いや、そうは問屋が卸《おろ》さない。やっと仮眠を一時間くらいだ。幸い、大きな事件《ヤマ》はなかったが、相変わらず酔っ払いの喧嘩が多いなあ」

濃いめの緑茶をいれて出すと、平林は顔をしかめながら、それをすする。

当直勤務は二つのグループに分かれ、それぞれ仮眠を取る時間が四時間を限度として設定されているが、いざ事が起きれば寝てなどいられない。

「ところで、お前さん、昨夜、神楽坂の寄席へ行ったんだろう。どうだったい、首尾は？」

落語に関連する話題になると、とたんに口調が変わり、お茶を飲む仕種も噺家さながらとなる。それを見て、優子はほんの少し苦笑しながら、

「はい。鰕三師匠のトリは満員札止《ふだど》めで、とても急場しのぎの代役とは思えませんでした」

彼女に貴重な情報を授けてくれた『事情通の先輩』が誰かは言うまでもない。

「ふうん。まさか札止めとは……まあ、単に猫が小判をくわえてきただけじゃなくて、あの師匠のキャラクターもマスコミ受けしたからな。何しろ、名うてのしわいやだ」

　鰕三師匠の倹約家ぶりは落語界でも有名で、関連するエピソードには事欠かない。

『うなぎ屋で宴会をしたら、うな重のご飯をタレだけで食べ、うなぎはお土産《みやげ》にして持ち帰った』『デパートの閉店前セールの常連で、寄席の出番とかち合うと、早上がりをしてすっ飛んでいく』『地元の信用金庫の上客で、毎日のように顔を出し、支店長室にある客用の煙草を根こそぎ失敬してくる』などなど。

　テレビのワイドショーはそんな行動をおもしろがり、盛んに取り上げた。それが話題になるにつれ、鰕三師匠の態度にも変化が生じ、新聞写真での困惑ぶりが嘘のように、自ら積極的にマスコミ対応をし始めたのだ。

「噺家の中にはしゃれでけちん坊を演じてる人もいるが、鰕三さんの金への執着は本物だ。今回の小判だって、この俺に首根っこをつかまれてなければネコババした可能性が高い。あとでばれたらどうなるか知っていたので、渋々届け出たんだろうな」

実は、鰕三師匠には博打の借金で首の回らない芸人たちに金を融通し、利息を取っていた過去があり、もしそれが表沙汰になればただでは済まない。そんなわけで、平林の前ではまったく頭が上がらなかった。

「で、昨日のトリネタは何だった？　また『猫の恩返し』か」

「あ、はい。私、あの噺は初めて伺いました」

「そりゃ、そうだろう。実話をもとにした一席だが、ほとんど演《や》り手《て》がない」

「えっ、実話？　あんなことが、本当にあったのですか」

「うん。文化《ぶんか》年間というから、十九世紀の初め頃、深川《ふかがわ》の商家の飼い猫が、自分をかわいがってくれた近所の魚屋が病《やまい》に伏せっていた時、小判一枚を恵んで助けたんだ」

「へえ。じゃあ、もしかすると、その猫も殺されたのですか」

「たぶん、一両じゃ足りないと思ったんだろうな。今度は店から十三両盗み出そうとして見つかり、叩き殺されてしまった」

「かわいそうに……あれ？　でも、ちょっと待ってください。今の話、何だか変ですよ。猫が十三両なんてお金を盗めるものでしょうか」

「いや、少しも変じゃない。よそからの入金を紙にくるんであったんだ。猫は包みをくわえて表へ駆け出したが、追いかけられ、小判を道にばらまいてしまう」

「なるほど。重たいので、中身だけ落ちたのか。そして、しまったと思って立ち止まったところを棒で叩かれたわけですね。さすが、実話だけあって、リアルだなあ」

「だから、落語の方の設定に無理があるんだよ。猫は三両の金を裸でくわえられない。三回に分ければ一応可能だが、現実には難しい。それなのに、なぜ実話の小判一枚から二枚増やしたのか……そこが謎だな」

優子は思わずうなってしまった。言われてみればその通りで、さすが、考察が深い。

平林定吉が『落語刑事』と呼ばれるようになった理由は単に落語好きというだけではなく、若い頃、八代目林家《はやしや》正蔵《しょうぞう》師匠に弟子入りし、短期間とはいえプロだったと署内で信じられているせいである。

実際には入門を許されたものの、当時所属していた警察署の署長の懇願により、翌日には破門を言い渡されてしまったのだが、今でも平林は稲荷町《いなりちょう》にある師匠宅へ頻繁に足を運んでいる。

ただし、訪問の目的は昔話でも落語談義でもない。実は平林にとって、正蔵師匠は捜査の知恵袋的存在なのだ。その事実を知っているのは署内でも限られた人間だけで、彼らは師匠を『高座のホームズ』などと呼んでいた。

「しかし、鰕三師匠にとって、今回の騒動はまさに僥倖《ぎょうこう》だが、我々にとっては迷惑千万《めいわくせんばん》。

警察は完全に貧乏くじだよ」

茶を飲み干した平林がうんざりした表情を浮かべる。

「それにしても、まさかこんなところで、だらだら長者の埋蔵金伝説がクローズアップされるとはなあ」

4

『だらだら長者の埋蔵金』。まずその名前からして奇怪だが、以前から一部マニアの間では有名だったらしく、ワイドショーに登場したあやしげな財宝発掘人《トレジャー・ハンター》の言を借りれば『都内屈指の規模』なのだそうだ。

物語の主人公である長者の名は生井屋《いくいや》久太郎《きゅうたろう》といい、江戸時代末、現在の筑土八幡町《つくどはちまんちょう》に広大な屋敷を構えていた。おかしな異名を奉られた理由は、彼が年中だらだらとよだれを垂らしていたせいで、幼少期に脳の病を患ったものと考えられている。

生井屋久太郎は江戸町奉行所の与力・鈴木藤吉郎《すずきとうきちろう》と結託し、お蔵米の買い占めなどを行って財を成したとされるが、安政《あんせい》六年春、相棒の藤吉郎が突如失脚し、牢に入れられてしまう。

　すると、その直後、何の前触れもなく、久太郎が自宅で急死し、さらには藤吉郎まで牢内で亡くなってしまった。二人とも死因は不明だが、毒殺された可能性が高いという。長者には親類縁者がなかったため、近所の住民が集まって家財を改めると、枕元の手文庫の中から二百両の金と『大地に埋め置くこの宝』などと記された書きつけが見つかったが、久太郎の蓄財がたった二百両のはずがないので、書きつけは莫大な埋蔵金の存在を示すものだと考えられ、関係者は我先《われさき》にそれを捜し始めた。

　その結果、屋敷の床《とこ》の間《ま》から近所の空き家まで抜け穴が掘られていたことが判明し、地下道の途中から油樽に収められた小判千二百枚が発見された。

　さらに、この数十倍の量が埋まっているはずだと信じ、それ以降も多くの人々が発掘に関わったが、何も出てこないまま明治維新を迎え、すべてがうやむやになってしまった。

「どこの局のワイドショーだったかなあ。今回見つかった小判と埋蔵金伝説を最初に結びつけたのは」

　デスクに湯飲みを置いた平林が腕を組む。

「あの着眼点はさすがだと思ったよ。大衆が何を欲しているか知り抜いている。宝探しの話題は誰だって好きだからな」

「あれでいっぺんに火がついた感じですね。まあ、テレビ局は視聴率さえ取れればいいのでしょうが……改めて伺いますけど、主任は例の小判が本当にだらだら長者の埋蔵金の一部だとお考えですか」

「うーん。それはどうかなあ。そもそもエイプリルフールの日に載った記事だから、俺なんか、最初《はな》から信用してなかったんだが……まあ、幕末に埋められたとすれば、とりあえず小判の種類は合ってるな」

「あとは、小判にこびりついていた泥の鑑定結果ですよね。あのインパクトが強烈でした」

問題の天保小判が伝説の埋蔵金の一部だとする報道の根拠となった鑑定だが、そこに至るまでの経緯は以下の通り。

三月三十日午前六時過ぎ。目覚めた鰕三師匠の妻・豊島はる子《こ》さん（六十三歳）が声に気づき、玄関の格子戸を開けてみると、すぐ外の敷石の上に飼い猫がお座りをし、足元に小判が一枚落ちていた。

驚いたはる子さんは『大変よ。大福がこれをくわえてきた』と言って師匠を起こし、問題の小判を見せた。前の晩に降った雨の影響か、表面にかなりの泥が付着していたので、まずは新聞紙を広げて丁寧に落とし、さらに水道の水で洗い流す。

きれいになったところでしげしげと観察してみると、重さといい、光沢といい、本物としか思えない。そこで、午前十一時頃、鰕三師匠が神楽坂署へ届け出たのだが、その際、泥を落とすのに使用した新聞紙は土間の隅に畳んだまま放置されていた。それがテレビ取材班の眼に留まり、専門機関へ持ち込まれたというわけだ。

「鑑定の結果、小判に付着していた泥と長者の邸宅跡で採取したサンプルとの間には明確な共通性が認められました。土壌の成分をはじめ、含まれる微生物や植物の種などが——」

「おいおい。捜査のプロがマスコミの言うことを簡単に真《ま》に受けちゃいけない」

　平林が右手を振りながら、優子の言葉を遮る。

「屋敷跡で採取したという触れ込みだが、そもそも生井屋久太郎の旧邸の正確な場所が現在では不明だ。筑土八幡神社の境内の一部が含まれるのは確かだが、敷地の広さが何千坪もあり、どの方向へ伸びていたかわからないのだから、事実上、お手上げさ。

今回はたまたま八幡様の東隣に普請場があって、そこで鰕三師匠の飼い猫らしき白猫をよく見かけたという情報にテレビが飛びついただけなんだ」

「それは知っていますが……ただ、現場で目撃されたのは大福で間違いなさそうです。先週金曜のワイドショーで、レポーターが追跡して、師匠の家へ帰るのを確認しましたから」

「猫を追跡した？　へえ。そこまでやるのか。ご苦労な話だな」

平林が呆れ顔になる。問題の場所は三階建てのビルの建築予定地で、ちょうど今、基礎工事の真っ最中。そのため、掘り返した軟らかい土が山積みになっていて、ワイドショーのスタッフが地主の許可を得て、サンプルを持ち帰ったのだそうだ。

鰕三師匠宅から現場までは直線距離で二百五十メートル。雄猫の行動範囲として、この程度は珍しくない。ちょうど発情期だったので、大福は毎晩のように遠出をし、朝方帰宅する日々が続いていた。

「あそこの地主……ええと、川村《かわむら》さんか。彼もずいぶんとまたテレビに協力的だよな」

「飲食店を経営されているので、話題になるのは大歓迎なんだと思います。実際、二軒とも大変な盛況だと聞きました」

「まあ、今回の件ではずいぶん顔を売り、その度に店の名前が出たからなあ」

筑土八幡神社の東側で行われているビル工事の施主は川村英吉《えいきち》さんといって、神楽坂四丁目でフレンチレストランと芸者バーを経営している。

すぐ近くの市谷《いちがや》船河原《ふながわら》町《まち》に東京日仏学院がある影響で、神楽坂近辺にはフランス料理店が多く、また伝統的な花街《かがい》なので、現役の芸者さんがママを務めるバーも点在している。川村氏はそんな土地柄を活かした商売で成功を収めた人物で、三軒めの店を筑土八幡町に出そうとビルを新築中、今回の騒動が起きた。

「だったら、もうパトロールなんかしなくてもいいんじゃないか。地主は大喜びなんだし」

「そうはいきません。近所の人たちからの苦情がすごいですから。あれを無視していたら、そのうち署へ集団で怒鳴り込んできますよ」

筑土八幡町は大久保《おおくぼ》通りの北側にあたり、通り沿いには商店や飲食店が軒を連ねているが、全体としては静かな住宅地で、新規出店予定のバーはいわば隠れ家的雰囲気を狙っていた。

そんな地域へ突然スコップと懐中電灯を携えた不審者が出没すれば、近隣住民が不安を抱くのは当然だ。訴えを受けた神楽坂署ではすぐに若手署員を中心として深夜のパトロールを開始したが、かなり手を焼いていた。

「まったく厄介な話だよ。昨夜はうちの上山《うえやま》が出向いたんだが、あいつ、一本気《いっぽんぎ》で融通が利かないだろう」

平林が渋い表情になる。上山博文《ひろふみ》は一係所属の刑事で、優子よりも一年後輩だ。

「四十絡《しじゅうがら》みの男を署へ引っ張ってきて、住居侵入と公務執行妨害の現行犯だってんだが、きいてみると、退去命令に口答えしただけ。やむを得ず微罪処理でお茶を濁したが、やつは俺の対応が不満だったらしい」

　正当な理由なく他人の土地へ侵入すれば、そこが更地であっても住居侵入罪が成立するが、正式に逮捕するとなれば、書類作成の手間が大変なので、容易には踏み切れない。

「テレビが煽るので、警察は手出しできないと思っているんですよ。上山君が頭に来るのもわかります。若い署員でシフトを組むといっても、人数には限りがありますから」

「そうだよなあ。深夜のパトロールに婦警は役に立たないし……いや、その、お前さんは別だけどな」

「はい。もちろん、命令があれば本日からでも出動する覚悟です」

　腰を痛めたせいで道場からは足が遠のいているが、優子は柔道黒帯で二段。腕っ節ではそこらの男性に引けを取らない。女性刑事は仕事の性質上、勤務が深夜に及ぶことも珍しくないが、普段の当直のローテーションからは外されていた。

「しかし、まあ、今回の騒動は、鰕三師匠にとってはまさに僥倖《ぎょうこう》だったよ。棚からぼた餅……いや、猫のおかげだから、棚から大福というべきだな。噂によると、本人はすっかり舞い上がってるらしい」

「鰕三師匠はご自宅も豪邸ですし、神楽坂界隈に地所を何カ所かおもちだと伺いました。そんな資産家でも、やはり売れたいのでしょうか」

「そりゃもちろんさ。銭金《ぜにかね》の問題じゃない。微々たるワリしかもらえない寄席の出番だって、喉から手が出るほどほしがってるクスブリ芸人が山ほどいるんだ」

『ワリ』は寄席の給金。客一人あたりいくらで計算されるが、テレビの人気者でも驚くほど少額だと聞いた。

「その証拠にというか、ほら、夜席のヒザに柳田新兵という漫談師が出てただろう。年が五十五、六だが、やつは三十代前半まで漫才をやってたんだ。玉山《たまやま》シャン太《た》・ペン太という芸名で、柳田がペン太だった」

「シャンタにペンタ……合わせて、シャンペンか。何だか、売れそうもない名前ですね」

「勝手に決めつけるなと言いたいが、その通りだから情けない。同年輩の、いわゆる凸凹《デコボコ》コンビってやつで、チビのペン太が若はげの相棒をしきりにからかうんだが、人気の出ないままコンビは解散。漫談家として高座に上がるようになった。その後、多少売れて、テレビの演芸番組に出ていた時期もあるんだが、ここ十年ほどは寄席からもめったに声がかからなかった。

　売れっ子の師匠では相手にされないと思ったらしく、鰕三師匠のご機嫌取りをしていると聞いて驚いたが、何とかこの芝居のヒザに使ってもらい、しかも、降って湧いたような騒ぎのおかげで連日満員御礼。さぞやご機嫌だろうなあ」

「はい。確かにそうでした。今回の騒動を題材にした漫談でウケていましたが、正直、あまりおもしろくは……」

その時、二人のそばのデスクで電話が鳴り、平林が腕を伸ばして受話器を取る。

「はい。一係……ええっ？　あの、場所はどこなんです」

平林の顔つきが険しくなる。何か事件が発生したらしい。

優子が急いでメモ用紙とボールペンを渡すと、平林は盛んに右手を動かしながら、

「西五軒町《にしごけんちょう》の、どのあたり……ああ、わかりました。で、誘拐されたのは？」

『誘拐』という単語を聞き、優子は息を呑む。これはめったにない大きなヤマだ。

「高校三年生の娘さんで、名前がカワムラシホコ。漢字は……なるほど。で、父親の名がエイキチで、レストランとバーを経営している……待ってくださいよ。もしかして、それ、筑土八幡のビル工事の施主じゃありませんか」

5

新宿区西五軒町は北部を目白《めじろ》通りに接し、南部は牛込《うしごめ》総鎮守として尊崇される赤城《あかぎ》神社のある赤城元町《もとまち》に接している。町内には住宅や商店、工場などが混在していて、特に印刷や製本関係の企業が多い。

そんな町の一角にある川村英吉氏の自宅。応接間には五人の人物の姿があった。

黒い革張りの三人掛けソファに主の英吉氏と妻の清子《きよこ》さん、向かい合っているのが警視庁捜査一課から派遣された二人の刑事で、平林は彼らの脇でダイニングから運んできた木製の椅子に控えていた。

室内には西洋アンティークの家具や調度品が揃い、かなりの年代物と思われる柱時計の針が午前九時十分を指している。

「よろしいですか。ご心中はお察ししますが、ここからが正念場です」

重苦しい雰囲気の中、深沢公春《ふかざわきみはる》部長刑事が口を開いた。

「お嬢様が無事に戻ってこられるよう我々も全力を尽くしますから、お二人もこちらの指示にできる限り忠実に従ってください。どうかよろしくお願いいたします」

年齢は四十五、六。百戦錬磨のベテラン刑事に噛んで含めるよう言われ、被害者の両親は緊張した面持《おもも》ちでうなずく。

深沢が目配せすると、部下の本間真也《ほんましんや》刑事がぐっと身を乗り出して、

「志保子《しほこ》さんが誘拐された時刻は確定されておりませんが、午後六時過ぎだと仮定すると、それからすでに十五時間が経過しました」

こちらは三十代半ばらしいが、さすが、年齢に似合わぬ落ち着きぶりだ。

二人が所属しているのは警視庁捜査一課第一特殊犯捜査第一係。担当は誘拐や人質籠《ろう》城《じょう》、ハイジャック、企業恐喝などである。

特別捜査本部はすでに神楽坂署に設置済みだが、それを仕切るのは本庁からの派遣組で、所轄の刑事たちは彼らの手足として働くのが主な役割。ただし、現場周辺に土地勘のある者が一人はぜひ必要という判断から、被害者宅への潜入班に捜査一係でも古株の平林が選ばれたのだ。

ちなみに、三人ともグレーの作業着姿。裏の家との境にある生け垣を一部切り払って立ち入ったのだが、念には念を入れ、地元のガス会社から服を借りた。

「脅迫状に『電話を待て』と書かれていますので、そろそろ犯人側から接触があるはずです。その場合、ご両親のうち、どちらが対応されますか」

「えっ？　それは……どう、すればいいのかしら」

右手にハンカチを握った川村清子さんが困惑しきった眼で傍《かたわ》らの夫を見る。英吉氏は眉を寄せ、しばらく考えていたが、

「私がやりましょう。家内では荷が重すぎます。私にとっても、かわいい娘であることに変わりありませんから」

この発言が示す通り、誘拐された川村志保子さんは英吉氏の実子ではなく、清子さんの

連れ子なのだ。この返事を聞いて、刑事たちは視線を合わせ、うなずいた。

「では、お義父《とう》さんにお願いしますが、犯人から電話がかかってきたら、相手に切らせないことが肝要です。どんな手を使ってもいいので、会話を引き延ばしてください」

「引き延ばす……目的はむろん逆探知でしょうが、うまくいくかどうか」

「ご心配なく。犯人への質問事項の一覧を用意してありますし、我々も一緒に会話を聞き、その都度、メモをお渡ししますから」

　声紋分析を依頼するケースを想定して、電話機は録音装置を接続可能な機種に交換済み。キャッチホン機能も備えているため、たまたま別の電話が入り、話し中にかかってきたとしても問題はない。

「わかりました。とにかく、腹を括《くく》って、やってみます」

　川村英吉氏は五十四歳。長身のやせ型で、豊富な黒髪をきちんとオールバックに整えている。浅黒い肌、上まぶたの厚い眼と尖った鼻。時代劇なら悪役が似合いそうな風貌だ。

「どうすればいいか、わからない時には、とりあえず『娘の声を聞かせてくれ』と言って、粘れるだけ粘ってください」

「なるほど。そのあたりはテレビの刑事ドラマと同じですな」

「はい。ただ、向こうはなかなか要求に応じないでしょうし、仮にお嬢さんを電話口に出したとしても、できるだけ早く切らせようとするはずです。受話器を置かれたらそれまでなので、一覧にも書かれている通り、『お腹は空いてないか』『体の具合はどうだ』『怖い思いはしてないか』『痛い思いは』など、お義父さんから矢継《やっ》ぎ早《ばや》に質問していただき、お嬢さんからなるべく長い答えを引き出せるように努力を……ん？　あの、何か……」

本間刑事が言い淀んだのは、被害者の母親がはっと息を呑んだのに気づいたからだ。

「どうかされましたか、お母さん」

深沢刑事が尋ねると、清子さんは眼を大きく見開いたまま、力なく首を振り、

「……い、いえ、何でもありません。あの子が今どんな状態でいるかと思って、つい動揺してしまいました」

この説明を聞き、本庁の二人の刑事はすぐにうなずいたが、平林は納得できなかった。

（場合が場合だから、母親が取り乱すのは当然だが、そのタイミングが変だったぞ。一体何に反応したんだろう？）

けれども、この状況では、その点を問いただすわけにもいかなかった。

川村清子さんは夫よりも九歳下だが、小柄で童顔のためか、もう少し若く見える。色白で丸顔、きれいな二重の眼。美人というより、かわいらしい感じだ。セミロングの髪にゆるくパーマをかけ、赤い縁の眼鏡をかけていた。

テーブルの上には録音のための機材などとともに、誘拐された志保子さんの制服姿の写真が載っていた。見ると、眼鏡はかけていないものの、母親に似た面差しで、それをさらに端正にした感じ。長い髪と黒々とした瞳が印象的な美少女だ。

「ええと、では、先ほどの話の続きですが」

深沢刑事が二人に向かって言った。

「もし志保子さんを電話口に出せないと犯人が主張した場合には、お嬢さんしか知らない事実を質問する手があります。例えば、生年月日やクラスの出席番号……担任の先生の名前などもいいですね。その答えによって、安否の確認が可能です。

それと、もう一つ、重要なのは身代金について。今後、どのような方法が指示されるかわかりませんが、その受け渡しが犯人を逮捕する絶好の機会になります。我々も万全の手配りをすべく準備を進めていますが、渡す前につかまえるというのはなかなか難しい。できれば要求通りの額を持参したいところですが……いかがです？　用意できそうですか」

「もちろん、娘の命は金に替えられません。いろいろと手は打っていますが……」

川村英吉氏がふと絶句し、眉間《みけん》に深いしわを寄せる。

「しかしねえ、私も不動産をはじめとしてさまざまな資産を保有していますが、すぐ自由になる金となると、それほど多くはない。いきなり、二千万よこせなんて言われても……」

苦々しげにテーブルの上の白い紙を指差す。それは、今朝川村家に届いた脅迫状だった。

6

犯人が使用した便箋は大量に販売されている『書翰箋《しょかんせん》』と呼ばれる商品で、筆記用具は黒のボールペン。どちらも一般的すぎて、捜査の手がかりにはなりそうにない。細長く三つ折りにされた脅迫状の文面は縦書きで四行。小学生が書いたとしか思えない字で、

『娘はあずかった
二十四時間以内に二千万用いしろ
でん話を待て
けいさつに言えば殺す』

筆跡を隠すためにボールペンを利き手ではない方の手で握った可能性が高く、『預』『意』『電』『警察』がひらがななのは書くのが難しかったからだと考えられた。今後署へ持ち帰り、鑑識係が指紋検出を試みるが、出てくればめっけもの。犯人がそんな初歩的なミスを

犯してくれるとは考えにくかった。

誘拐事件に関するこれまでの経緯は以下の通り。

昨日の日曜日、川村志保子さんは所属する吹奏楽部の練習に参加するため、午前八時頃に家を出た。彼女が通っている私立女子高校の所在地は目黒《めぐろ》区中目黒《なかめぐろ》二丁目。最寄り駅は山手線の恵比寿《えびす》である。

練習は午後三時過ぎに終了したが、オーボエ担当で副部長を務める志保子さんは仲間の部員四人と、九日水曜日に開催される部活動紹介の際、新入生に配付する勧誘チラシの作成にかかり、作業が終了したのが四時十分頃。

その後、志保子さんはかかりつけの歯科医へと向かった。半年前から歯並びの矯正治療中で、現在はワイヤーを調整するため、月に一回通院しているが、責任感の強い彼女は部活の練習を休むのを嫌い、日曜日でもみてくれるところはないかと探して、御茶《おちゃ》ノ水《みず》駅から徒歩五分の歯科医を見つけた。ここは隔週で日曜日の診療を行っているので、第一日曜の夕方に通うのを習慣にしていたという。

午後五時からの予約で、治療を終え、六時少し前に歯科医院を出たが、足取りが確認できたのはここまでだった。

夜に入り、帰宅が遅いことに不安を抱いた清子さんが心あたりへ電話をかけたが、一向に行方がわからない。ただ、これまでに無断外泊がないわけではなかったので、警察への通報をためらっているうち、今朝になって、清子さんが新聞受けから朝刊を取り出したあとで、念のため郵便受けを確認したところ、宛名も差出人もない茶封筒が入っているのを見つけたのだ。

それが午前六時二十分頃のことで、文面に目を通した清子さんはすぐ夫に相談した。脅迫状の最後できつく釘を刺されているので、通報するかどうか、なかなか意見がまとまらなかったが、結局、清子さんが英吉氏に説得される形で一一〇番へ電話することになった。

志保子さんが誘拐されたのは昨日の午後六時以降、現場は御茶ノ水から西五軒町の間と推測される。現在、複数の署が協力して聞き込みを行い、目撃者を探しているが、成果の報告はまだ届いていない。

（朝、小判が舞い込む家もあれば、大金をせびる脅迫状が放り込まれる家も……世の中、さまざまだな）

指示を待つ身の気楽さもあって、平林がそんなことを考えていると、

「まったく理不尽ですよ。今回の件は、マスコミの連中にも大いに責任があります」

英吉氏が例の騒動について、苦言を呈した。

「あいつらが調子に乗って大騒ぎしなければ、こんな事態は招いていなかった」

「いえ、そんな……あなただって、取材に来た皆さんに嬉々としてお店の宣伝をしてたじゃありませんか」

「おい。何を……ば、ばかなことを言うな！」

大声で叱りつけられ、清子さんが首をすくめる。つい非難めいたことを口にしたものの、家庭内での力関係は夫の方が上らしい。

「連中に押しかけられ、渋々応じただけだ。それともお前は、俺がつまらない欲を出したせいで志保子が狙われたとでも言いたいのか」

（しかし、まあ、女房がこぼしたくなる気持ちもわかるよな）

夫婦のやり取りを聞きながら、平林は心の中でつぶやいた。

（あれだけ目立てば、家族が犯罪に巻き込まれる可能性も否応なしに増すのが道理だ）

「まあまあ。ここで争ったところで、問題は何も解決しません」

険悪な雰囲気の中、深沢刑事が割って入る。

「話を戻しますが、最前の質問にまだお答えいただいておりません。身代金が用意できるかどうか。もし用意することが可能なら、いつ頃になるか、見込みを教えてください。脅迫状では特に指定されていませんが、札の番号から足がつかぬよう、犯人側が『古い札で』と指定してくる可能性があります。その場合、番号を控える時間も必要ですから」

「それはもちろん、金策は急ぎますが、先ほども申し上げた通り、当座の運転資金を除くと、遊んでいる金なんて……」

ふと言葉を詰まらせた英吉氏は、その場にいた三人の刑事の顔を見回してから、

「一応、仮の話として伺いますが、本物の現金以外のものを持参するという選択肢はないでしょうか」

「えっ？　新聞紙で作った偽の札束でも渡すという意味ですか。そのようなものが使われた例はありますが、あまりお勧めできません。万一取り逃がした場合、事実を知った犯人が逆上し、お嬢さんに危害を加える恐れがある」

「いいえ。そんな稚拙な手段じゃなくて……以前小耳に挟んだのですが、誘拐事件発生を想定し、警視庁本部の金庫にはかなりの額の精巧な偽札が保存されているそうじゃありませんか」

（うわあ！　こいつ、またとんでもないことを言い出したな）

その噂なら、確かに平林も耳にしていたが、本庁に六年間勤務した彼でさえ真偽のほどは知らない。ただ、あらゆるケースを想定した訓練を日々重ねている特殊犯捜査係なら、それくらいの準備はしている可能性があった。

深沢刑事がどう返事をするか、実は興味津々だったのだが、

「川村さん、よく聞いてください。どんなに精巧に作られていようと、偽札は偽札です。そんなもの、実際の役には立ちませんよ」

さすがに用心深く、偽の札束について、『ある』とも『ない』とも答えなかった。

「それよりも、ご苦労は重々承知しておりますが、相手の要求通りの額をきちんと揃える努力をしていただきたいものです」

「あなたは他人事《ひとごと》だから、気軽にそんなことが言えるんです。時間的余裕がたっぷりあるならともかく、たった一日やそこらで二千万作れだなんて……その半分くらいなら何とかなるが、残り半分をひねり出すのが並大抵じゃない」

「あ、あの、すみません。お願いですから、今はどうか、志保子が無事に帰ってくることを最優先にして……ください」

ハンカチを握りしめながら、清子さんが言った。言葉の最後は涙声になっていた。

「昨夜、私は一刻も早く警察に連絡したかったのに、『そのうちケロッとして帰るから放っておけ』なんて言われて……今朝だって、私が『身の安全が第一だから、何とかお金を作って』と泣いて頼んだのに……」

「おい、落ち着け。刑事さんたちの前で、何を言い出すんだ、お前は」

思わぬところで妻に逆襲され、英吉氏がひるむ。

「俺はただ事実を指摘しただけじゃないか。これまでにも無断で家を空けたことがあったから、今回もその可能性が高いと思ったんだ」

「あなたは以前から志保子に対して冷たかった。今年の初め、関西の音楽大学のオーボエ科に進学したいと本人が言い出した時にも、『学費が高いから音大なんてダメだ。自宅から通える短大を探せ』だなんて――」

「もうよせ！　何だ、くだらないことばかり。お前はそうやって大騒ぎをしているが、そこにある脅迫状だって、疑おうと思えば……い、いや、何でもない」

英吉氏は口をへの字に曲げ、深く息を吐いてから、

「だったら、まあ、金は早急に何とかします。ただ、今日中にできるかどうかは……」

「ある程度の時間がかかるのは当然ですし、犯人もそのへんの事情は理解していると思われます。身代金の減額要求は危険を伴いますが、受け渡しを多少延ばしてもらうよう交渉するのはかまいません。先ほど、ご自身でおっしゃっていましたが、『金の半分はできたから、もう少し待ってくれ』とか……そういう話題が続いている間は向こうも電話を切りづらいので、逆探知できる可能性が高まります」

「なるほど。そうですか。そして、金策を急ぐとなると、私自身が先方へ出向かなければならないかもしれませんが……」

「それはやむを得ません。その間にもし電話があれば、奥様に対応をしていただきましょう」

一連の会話を聞いて、平林はおぼろげながら家庭内の事情を把握できた気がした。昨夜、警察への通報を控えたのは、被害者の義父である英吉氏が『ただの無断外泊かもしれないから大事にするな』と妻をたしなめたせいだったらしい。

しかし、一夜明けて、脅迫状が発見され、状況は一変した。最後の一行を見て震え上がった清子さんが『身の安全が第一だから、警察には連絡せず、身代金を渡そう』と主張したのに対し、今度は英吉氏が通報するよう説得を始めた。たぶんその時、内心では『いざとなれば偽の札束を用意してもらえる』と踏んでいたはず。事業の資金ぐりが大変で、二千万の現金を短期間で用意する自信がなかったのだろう。

(それに、さっき、聞き捨てならないことを言った。『脅迫状だって、疑おうと思えば疑えないことはない』……つまり、狂言誘拐だと勘ぐっているんだ)

確かにないとは言えないが、現在のところ、特捜本部内で表立ってその可能性を口に出す者は誰もいなかった。

過去に警視庁管内で起きた誘拐で最も社会的反響が大きかったのは昭和三十八年の吉展《よしのぶ》ちゃん事件だが、この時には捜査員たちの信じられないミスが重なって、誘拐犯にまんまと身代金を持ち逃げされ、警察は日本中から激しい非難を浴びた。その二年後、犯人を逮捕・起訴することはできたものの、被害者の幼児はすでに殺害されていて、それから十数年が経過しても、失われた威信が完全に回復したとは言えない。そんなわけで、誘拐事件に関しては誰もが神経質にならざるを得なかったのだ。

（最悪のケースを想定して動くのは当然だが……ただ、かなり複雑な家庭みたいだから、もっと深く探ってみる必要があるな）

もちろん、基本的な内容については、すでにこの場で聞き取りを済ませていた。主に担当したのは本間刑事だ。

清子さんは昭和四十六年に代々木《よよぎ》で自転車店を経営していた夫と死別し、その四年後、英吉氏と再婚した。知り合ったきっかけは、清子さんが英吉氏が経営している神楽小路《かぐらこうじ》のレストランでウェイトレスとして働き始めたことで、二年間の交際を経て入籍。当時、志保子さんは中学一年生だった。夫婦の間にほかに子供はいない。

一方の英吉氏は初婚で、彼が神楽坂にフレンチレストランを開いたのが昭和四十五年。経営不振に陥っていた店舗を料理人ごと居抜きで買い取り、新装オープンさせたそうで、当初は仕入れの手伝いなどをしていたが、経営が軌道に乗ってからはすべてを従業員に任せている。昭和五十年、本多《ほんだ》横丁にバーを開き、現在、三店めを出す準備中。肩書きは有限会社川村物産代表取締役社長で、不動産や株に関する業務も行っているそうだ。

「私から、一つ質問させていただいてもよろしいでしょうか」

会話がとぎれたタイミングを見計らって、平林が口を開いた。

「まずはご主人に伺いますが、今回の事件の犯人について、心あたりはありませんか」

「はい？　そんな……いきなり、心あたりと言われても……」

英吉氏は質問の意味が理解できない様子だった。

「あくまでも可能性ですが、営利誘拐は見せかけで、過去の恨みへの報復を目的とした犯行だということも考えられます。そんな観点から思い浮かぶ人物が誰かいないか、確認しておきたいのです」

「要するに、私を恨んでいる人間が娘を……いいえ。まったく思いあたりません」

「そうですか。それでは、同じ質問を奥様に」

「私も、他人に恨まれる覚えなんて……あの、そんなことよりも……」

急に感情が高ぶったらしく、清子さんはハンカチを握った手をブルブルと震わせながら、

「刑事さんたち……お、お願いです。うちの娘を何とか救い出してください。こんなことをしている間にも、志保子はどんなめに遭っているか。それを思うと、もう、私は……ううっ」

「奥さん、お気持ちはわかりますが、焦ってはいけません。今は犯人からの連絡を……」

言いかけた時、テーブル上に置かれていた電話機の呼出音が鳴り響いた。

「午前十時……五十三分です」

本間刑事がヘッドフォンを装着し、録音機のスイッチを入れる。特捜本部がそれをすぐさま感知し、電電公社へ逆探知を依頼する仕組みで、犯人の居場所の特定に成功すれば、すぐに警察官やパトカーを大量投入できる体制が整えられていた。

「お願いします。とにかく、落ち着いて。私たちが示すメモを見ることを忘れずに」

「……わかりました」

深沢刑事に促され、川村英吉氏が硬い表情で受話器を上げた。

7

「……二十一時、十七分。脅迫状が発見されてから、もうすぐ十五時間か」

ペン形ライトで左手首の時計を照らしながら、上山博文が言った。

「川村家の電話は十一時前に一度鳴ったきりで、それも新聞の勧誘。あとは、どこからもかかってきていないそうです」

「案外ゆったり構えてるわね。身代金が目的なら、必ず電話は来るはずだけど」

右隣に立っていた優子が応じた。その直後、ライトが消され、周囲は淡い闇に閉ざされる。

「『二十四時間以内に金を用意しろ』。それがホシからの要求だったけど、いつから二十四時間かが曖昧だった。いまだに連絡がないところを見ると、事件発生ではなく、ご両親が脅迫状を受け取った時点からだったみたい。まあ、こんな話をしている間に、電話が入ってるかもしれないけど」

「パトカーの車内にいれば即座に無線で情報が入りますが、まさかこの格好で、無線電話を常時担いでいるわけにもいきませんしねえ」

警視庁の通信指令室とパトカーが交信する車載通信系とは別に、署外活動に従事する警察官用の、いわゆる署活系携帯用無線電話機が六年前に実用化されたが、かなりの大きさと重さなので、今日のように一般人を装った張り込みの際には目立たない場所に置き、必要に応じて署と連絡を取るのに使用していた。

西五軒町にある川村英吉氏の自宅前、正確には東へ二十メートルほど離れた道の反対側。そこに小さな八百屋があり、店先に木の箱や段ボール箱が積まれていたので、二人はその陰に身を隠していた。街灯からも遠く、張り込みにはうってつけの場所だ。住宅地の中なので、道幅は広くないが、二百メートルほど真っすぐに続いている。ミカンの香りのする木箱に手をかけ、やや腰を屈めながら、川村家へ目をやる。この近辺では珍しい洋風の二階建てで、勾配の急なスレート屋根にモルタル吹きつけの外壁、ブラインドつきの上げ下げ窓。豪邸というほどではないが、人目を惹く、しゃれた造りだ。

敷地を囲んでいるのはイヌツゲの生け垣で、正面右脇に路地がある。そのおかげで、今回は裏手から捜査員を送り込むことができたのだ。

煉瓦《れんが》造りの門柱と鉄製の門扉。向かって右の柱に掲げられた表札が門灯の淡い光に照らされ、その下に木製の郵便受けが固定されていた。上部に差し込み口があり、下半分が扉で、今朝そこから脅迫状が取り出された。さらに、その下の金属製の横に長い筒は新聞受け。外国映画などでよく見るタイプだ。

カーテンが閉ざされているため、家の中の様子はわからないが、電話機のある応接間には現在三人が詰めているはずだ。本庁捜査一課の本間刑事と平林、そして、被害者の母親の清子さん。現場の指揮をとる深沢部長刑事は秘密の通路を使って、一時間くらい前、いったん神楽坂署の特捜本部へ戻った。川村英吉氏は金策のため、午後六時頃に玄関から出ていき、まだ帰宅していない。

「今日はこのまま動きがないかもしれないわね。長期戦になるかも」

ジージャンの襟を合わせながら、優子が言った。四月になったが、夜に入ると、冬の寒さが戻ってくる。警察関係者であることを隠すため、下はブラックデニムのジーンズを選んだ。

「でも、三崎さんはまだいいですよ。日付の変わる頃には交替要員が来ますから。自分は朝まで……もっとも、若い女性が午前二時、三時頃、道端にいたら、かえってあやしまれちゃいますけどね」

上山の服装は紺のブレザーにワイシャツ、黒ズボン。現場に着いてから、ウィンドブレーカーを重ね着した。

電話で連絡すると脅迫状には書かれていたが、犯人かその仲間が被害者宅の様子を窺いに来る可能性がないとは言えない。そこで、捜査員が裏から潜入するとほぼ同時に、玄関付近の見張りも始めた。

方法は覆面パトカーの中からが基本だが、長時間に及ぶ路上駐車は目立つので、途中で何度か、通行人を装った張り込みに切り替えた。優子は盗犯担当の三係所属だが、今回のような事件は総力戦なので、組織上の垣根など取り払われてしまう。

(男女アベックならば、まさか刑事とは気づかれまい。そんな理由で、私が駆り出されたみたいだけど、この組み合わせはイマイチだったわねえ)

優子の方が上山より十センチも背が高いので、たぶん見た人に違和感を与えてしまう。あまりバランスがいいとは言えなかった。

上山博文は中学・高校時代、卓球に打ち込み、全国大会にも出場したそうで、小柄だが、均整の取れた体付きをしている。色白で、くりっとした眼元がやさしげな印象。五分刈りの頭のせいで、高校球児に間違われるとよくぼやいていた。

去年九月、二人同時に刑事課へ配属されたが、彼の方が年下なので、普段の会話でも常に敬語を崩さない。真面目一方の性格なのだ。三月三十日生まれの優子は、自分より誕生日が遅い人間に今まで会ったことがなかったが、上山の誕生日は何と四月一日。究極の早生まれだった。

「しかし、身代金誘拐なんて、よくやる気になりますよ。割に合わない犯罪だということが、なぜわからないんだろう」

夜空を見上げながら、上山がふとつぶやいた。

「まず、成功率がゼロに近い。首尾よく大金を手に入れて高飛びし、事件は迷宮入り。そんな前例は皆無だし、ほとんどは身代金の受け取りにも失敗しています。その上、営利誘拐と比べても格段に罪が重いのに。金が目当てだと、眼がくらんじゃうんですかねえ」

「営利誘拐と比べても……ええと、たしか、以前は一括りにされていたはずよね」

「はい。十六年前、刑法が改正されました。現在は、営利誘拐が一年以上十年以下の懲役なのに対し、身代金誘拐は無期または三年以上の懲役。言うまでもありませんが、そうなったのには訳があって……」

　上山の説明によると、昭和三十年代後半以降、身代金目的の誘拐事件が頻発し、被害者が殺害されるという悲惨な例もあったため、世論が沸騰。それを受け、単純な人さらいである略取誘拐と営利誘拐との二分類を改め、後者から身代金誘拐を独立させて、かつ厳罰化した。その結果、営利誘拐は『営利、猥褻または結婚を目的としたもの』と新たに定義されたのだそうだ。

「罪の重さだけでなく、身代金誘拐の場合、世間の注目度が高いので、逮捕されたとたん、日本中に顔と名前が知れ渡ってしまいます。そうなれば、ほぼ人生終了。割に合わないこと、この上ないですよ」

「それはその通りだわ。報道協定が結ばれているから、今のところ、新聞もテレビも沈黙してるけど、事件が決着すると同時に必ず大ニュースになるものね」

　報道協定とは、誘拐事件の被害者の生死が確認されるまで、マスコミ各社が一切の取材と報道を自主的に控えるという取り決めを指す。

　これについても、上山は解説してくれた。報道協定成立の契機となったのは昭和三十五年に起きた小児誘拐殺人事件で、この時、新聞各紙が捜査側の動きを詳細に報じたため、のちに逮捕された犯人は『新聞を読んで自分が追いつめられているのを知り、怖くなって殺した』と裁判で供述した。この事件の反省から、現在の制度が作られたのだ。

外見はおよそデカには見えない上山だが、すべてが成り行き、署内人事の都合で刑事課勤務を命じられた優子とは違って、刑事への登竜門と呼ばれる看守係として地道に実績を作り、熱烈に希望して現在の部署へ移ってきた。したがって、これまでの努力の積み重ねが優子とは段違いで、会話の端々《はしばし》にそれが表れていた。

「だから、協定締結中に新聞記者やテレビカメラがうちの署の捜査本部に来ることはなく、事件の推移や捜査の進捗《しんちょく》状況についての説明は、すべて本庁の捜査一課が窓口になります。その代わり、協定が解除されたら、一気にマスコミの連中が押し寄せてきますよ。まあ、我々下《した》っ端《ぱ》はマイクを向けられたりしないでしょうけどね」

「その方がありがたいわ。ああ、そうそう。上山君、今日、被害者《マルガイ》が通っている高校へ行ったんでしょう」

「はい。平林主任から電話で指示されたので、栗原《くりはら》さんと二人で。校長先生に面会して極秘で事情を打ち明け、担任の先生を呼んでもらって話を聞きました」

「なるほど。で、志保子さんの学校での生活ぶりは？」

「生活指導上、何も問題のない優等生だそうです。四大進学クラスに在籍していて、成績は中の上。吹奏楽部の副部長で、下級生から人望があり、クラス内にも友人が多い。性格的にはややおとなしいが、とにかく真面目で、二年間無遅刻・無欠席だそうです」

「本当に模範的だわ。だったら、マルガイのプライベートとは関係なさそうね」

「そう思いますが……ただ、平林主任からの電話によると、志保子さんは過去に何度か、親に無断での外泊があるらしいんです。昨夜、保護者が警察に相談しなかったのもそれが原因だと。その点について、何か思いあたることがないかと担任の先生に尋ねたら、『詳しくは知りませんが、かなり複雑な家庭みたいで』という答えでした」

「ふうん。たしか、英吉氏とは血がつながってないのよね」

「はい。実の父親は志保子さんが小学生の時、病気で亡くなり、母一人子一人でずいぶん苦労されたらしいです。その後、母親の清子さんが英吉氏の経営しているレストランに勤めたのが縁で、二人は結婚しましたが、その際にかなりの額の借金を英吉氏に肩代わりしてもらったみたいです」

「金で縛られたってわけか。じゃあ、今でもお母さんや娘さんは肩身の狭い思いをしてるかもしれないわね」

「これも担任からの情報ですが、志保子さんは部活ではオーボエを担当し、それを専門的に学ぶため、音大進学を希望していました。ところが、学費が高額だという理由で英吉氏に反対され、ひどく落ち込んでいたそうです」

「なるほど。そんな話を聞くと、この誘拐事件、もしかしたらと思っちゃうわよねえ」

「もしかしたら……何です？」

「自分の気持ちを理解してくれない義父への強烈なあてつけ。いかにも女子高生が考えそうなことじゃない」

「つまり、狂言だというわけですか。まあ、確かにその可能性は——」

「ちょっと待って。あれは……」

優子が木箱の上に出ていた首をあわてて引っ込める。

「……どうか、しましたか」

「まだわからないけど、とにかく、こっちへ来て」

優子は積み上げられた箱の陰へ上山を誘い、「誰か、来たみたい」と小声でつぶやいた。

8

川村家とは反対の方向を見ると、闇の先に小さな白い光が見えた。それが微かに揺れながら、徐々に近づいてくる。大きさとスピードから推して、どうやら自転車らしい。

「見つかると面倒だから、うまくやり過ごしましょう」

背中を丸めながら、優子が言った。

「『そこで何してる？』ときかれて、『兄妹《きょうだい》で引っ越しの相談です』なんて答えるわけにはいかないもの」

口に出してから、苦笑する。これは落語のマクラによく登場する小噺で、暗がりで話す男女二人に嫉妬した町内の若い衆が水をかけたら、兄と妹による転居の相談だったというのがオチ。

（仕事中に、ついこんなことを口走るのは平林さんの悪影響だわ。まあ、通じる相手じゃないけど……）

「今のは、たしか『うまや火事』のマクラですよね」

「え……その通りだけど、よくわかったわね。あなた、落語なんて聞くことあるの」

「まるで興味がなかったのですが、最近は時々、ラジオで。実はこの間、自分の祖父が若い頃に二年ほど、林家正蔵師匠の弟《おとうと》弟子《でし》だったと教えられたものですから」

「えっ？　あなたのお祖父様が……それは初耳だわ。で、芸名は――」

「ちょっと待ってください。何だか、様子が変ですよ」

つい深入りしそうになり、後輩の言葉で現実に引き戻される。見ると、問題の自転車は二人がいる場所から五、六十メートルの地点まで接近していたが、蛇行しながら近づいてくる。

「酒酔い運転らしいけど、声なんかかけちゃだめよ」

「当然です。自分も時と場合はわきまえてますから、ご心配には及びません」

道路交通法では『何人も酒気を帯びて車両等を運転してはならない』と定められていて、自転車も車両等に含まれるが、処罰対象となるのは真っすぐに歩けない、受け答えがおかしいなど、明らかに酔っている場合のみ。厳しく取り締まられていないのが実情だ。

やがて、ライトが間近に迫ってくる。乗っているのは男性のようで、案の定、酩酊《めいてい》状態らしく、走る速度は普通だが、左右へハンドルを取られ、ひどく危なっかしい。

着衣は黒いヤッケのようなもの。それでも寒いのか、フードを被っていたし、辺りが薄暗いため、髪形や顔立ちはわからなかった。

前を通り過ぎてから、二人揃って障害物の陰から顔を出す。ちょうど川村邸の前に差しかかった自転車は大きく左へよろけ、バンという音を響かせて、門柱に体をぶつけた。

「あっ、バカ。酔っ払いめ、やりやがった」

「けがしなかったかしら？　左端ぎりぎりを走っていたので、出っ張っている郵便受けをよけきれなかったのね」

　衝突の反動で右側へ倒れそうになったが、その直後、さっと足をつき、転倒を避ける。

「おっ、すごい。なかなかの運動神経だ」

　上山の声は笑いを含んでいた。話題の人物は再びペダルを漕ぎ、その場から去っていく。

「図体《ガタイ》もいいし、何かスポーツでもやってそうですね。てっきり転ぶと思いましたよ」

「私も。別に期待したわけじゃないけどね」

　優子も笑いながら見送っていたが、数秒後、さっと左右を見渡し、道を横断しようとする。

「先輩、どうされたのですか」

「いや……たぶん、気のせいだと思うんだけど」

　自転車の男性が振り返る気配はないし、ほかに人影も見あたらない。優子は小走りに目指す家の門に近づいた。

　郵便受けは煉瓦へ打ち込んだ釘に引っかけてあり、衝撃でやや傾いていた。

　取っ手を引いて、中を見た瞬間、

（ええっ⁉　こ、これは……しまった。やられた）

　優子は全身の血が逆流するのを感じた。前任者との引き継ぎ情報によると、脅迫状が発見されて以降、郵便受けは被害者の母・清子さんの手で何度か確認されている。午前十一半時頃、配達員が訪れたが、入っていたのはハガキ一枚のみ。それ以降、ずっと空っぽだったはず。しかし今、郵便受けの底には脅迫状と同じ縦長の茶封筒が落ちていた。

(さっきのあいつだ。よろけたふりをして、こんなまねを……酔っ払いだと思って、油断したのがまずかった。張り込みに気づいていたのか)

　二カ月前、優子はスリ常習犯の捜査中、自分が気づかないうちに、ショルダーバッグへ封筒を投げ込まれるという苦い経験をした。ほんの一瞬の隙《すき》にがま口式の留め具を開け閉めされたのだが、その早業《はやわざ》に比べれば、これくらいは児戯に等しい。

(ああ、何てことだ！　狂言誘拐かもしれないなんて心のゆるみが重大なミスにつながった。とりあえず、そんな可能性は捨てて、任務に集中すべきだったのに……)

「先輩、どうされました？　何かあったのですか」

　いつの間にか、後輩が背後から心配そうに覗き込んでいた。

「え……お、お願い！　すぐにあの自転車を追って。事情はあとで説明するから」

「わかりました」

　上山が脱兎《だっと》のごとく駆け出していく。郵便受けの内部を見て、おおよその事態は把握できたはずだ。

焦る気持ちを抑えながら、優子は両手に白手袋をはめ、問題の封筒に触れてみた。妙にふくらんでいて、感触が柔らかいので、紙ではなく、中には布か綿が入っているらしい。取り出して門灯の下で見ると、表に宛名はなく、裏返したが、差出人の名前もなかった。封はされていなかったので、中身をつまみ出してみて、優子はぎょっとした。手袋の上に広がったのは、何と白のパンティ。レースで縁取りされ、ウェストに水色のリボン、その脇にワンポイントの赤いハートマーク。リボンやレースの端がすり切れていたから、明らかに新品ではない。そのほかには何も入っていなかった。

（もしかして、これ、マルガイの下着なの？　だとすると、志保子さんは、もう犯人たちに……）

おぞましい映像が頭をよぎった瞬間、右方向から「うわっ！」という男性の叫び声が聞こえてきた。

驚いて眼をやると、五、六十メートル先で、例の自転車が反対側から来た歩行者と接触したらしく、街灯の真下あたりで停まり、路上に誰か横たわっている。

「おい、止まれ！　貴様、ひき逃げする気か」

上山が迫りながら大声で叫んだが、男は振り返らずにペダルを踏み込み、そこからぐんぐんスピードを上げる。上山も懸命に追っているが、両者の距離は開くばかりだ。

それを見て、下着を戻した封筒を持ったまま優子も走り出す。とりあえず、あお向けに倒れていた人物に駆け寄って、

「大丈夫ですか？　もしどこか痛ければ、すぐに救急車を呼びますよ」

そこにいたのはグレーのコートを着た長身の男性で、すぐ脇に黒いアタッシュケースが放り出されていた。

声に反応し、相手はうなり声を発しながら上半身を起こす。街灯に照らされたその人物を見て、

「えっ？　あなた……川村英吉さんではありませんか」

いきなり名指しされた英吉氏はあわてふためき、寝たままアタッシュケースを引き寄せる。

「どうかご心配なく。私、神楽坂署刑事課の三崎と申します」

「何、刑事課……？　だって、お前、女じゃないか」

ジャンパーのポケットから警察手帳を出すと、ようやく納得してもらえた。

手を貸して、立ち上がらせる。事故の状況を確認すると、胸のあたりがハンドルに触れただけで、転倒はしたものの、痛みを伴うような打撲はないとのことだった。

「何なんだい、さっきのあいつは。傍迷惑《はためいわく》な」

吐き捨てながら、英吉氏は荷物を両手で胸に抱える。相当大事なものが入っているらしい。転んだせいで、せっかくの高そうなスーツが泥だらけだが、よほど念入りに油で固めているのか、オールバックの頭はきちんとしたままだった。

「警察官なら、たとえ自転車でも、酔っ払い運転を取り締まらなきゃだめだろう」

「あのう、ですから、それについては……」

事情を説明しようとした時、上山が激しく息を切らせながら戻ってきた。

「……せ、先輩、申し訳、ありません。目白通りの手前で見失って……しまいました」

「それは仕方ないから、あなた、大急ぎで本部に連絡取って。緊急配備《キンパイ》を依頼するのよ」

無言でうなずいた上山がまた走り出す。目指すのは八百屋の店先に隠してある無線電話機だ。

(どんなに酔っていても、驚いた拍子に素面《しらふ》に戻ることがある。まさにその類いね。うまく検問の網に引っかかってくれるといいけど)

英吉氏を助け起こし、連れ立って歩き出す。二人とも無言だったが、川村家の門の手前まで来た時、優子が何気なく、

「悔しいなあ。せっかく、ホシの一味に出くわしたのに……」

「えっ、ホシノイチミに出くわす？　それ、どういう意味だね。さっきの彼は私をひき逃げした犯人を追ってくれてたんじゃないんですか」

無意識のつぶやきに対して、鋭い突っ込みを入れられ、答えに窮してしまった。

「じゃあ、ひょっとして、自転車の男は誘拐犯の一味では……あの、それ、ちょっと見せてください」

英吉氏は抱えていた荷物を左手に持ち替え、もう片方の手を優子の方へ伸ばす。思いがけないほど素早い動きだったため、持っていた茶封筒を奪い取られてしまった。

「これは……まさかこの封筒、うちのポストに入ってたんじゃないでしょうね」

「だから、ええと……どう説明すればいいのか」

本来は隠す必要などないが、いきなりこんな物を見せられては被害者の両親はショックを受けてしまう。落ち着いた場で、きちんと説明するべきだ。

「とにかく、それ、返してください。指紋がつくとまずいです」

「指紋がつくと、まずい？　じゃあ、やっぱり二通めの脅迫状なんだな」

不用意な発言が再度藪蛇《やぶへび》になってしまう。柔道の技を応用して関節を取ればすぐに取り返せるが、この相手ではそうもいかない。

そのうちに、優子の制止も聞かず、封筒の中へ手を突っ込むと、

「この中には……ええっ？　な、何なんだ、これは！」

問題の下着を見て、英吉氏が大声で叫ぶ。その眼には明らかに恐怖の色が浮かんでいた。

「ば、ばかな……一体どうやって、これを？」

「だから、お宅の郵便受けに、ついさっき放り込まれて……あっ、そうだ。川村さん、先ほど自転車の男と接触されましたけど、顔は見ませんでしたか」

無理にでも話題を変えたいと思い、苦し紛れに口から出た質問だった。

「顔？　ええと、さっきの自転車の……」

「はい。もしわかれば、ぜひ特徴を教えていただきたいです。街灯の真下でしたから、見えたはず……あるいは、相手の顔に見覚えがありませんでしたか。知人の家族を狙った誘拐の可能性もあり得ます」

「顔に見覚え……うーん。そう、言われても……」

下着を手にしたまま、うつむき、考え込んでいた英吉氏が弾けるように顔を上げ、「あ、あいつだ。間違いない」とつぶやく。唇が微かに震え、憑《つ》かれたような眼をしていた。

「ええっ？　あいつって……じゃあ、正体をご存じなのですね。それは、どこの誰――」

言いかけた時、被害者宅の玄関ドアが開く音が聞こえた。やがて門が押し開けられ、平林が出てくる。

「おい。どうしたってんだ？　ホシの一味が見張ってるかもしれないのに、騒ぎを起こしちゃダメじゃないか」

「申し訳ありません。そんなつもりはなかったのですが、実は、その……」

険しい表情の平林に叱責され、しどろもどろになりながら言い訳を始めた時、突然甲高い悲鳴が聞こえ、問題の品が次の人物の手へと渡る。

「赤いハートマーク……これ、志保子の下着じゃありませんか⁉　まさか、誘拐犯が送りつけてきたんじゃ……ひょっとして、そうなんですか？」

その場にいた二人の刑事へ取りすがるように問いただす。顔を見るのは初めてだが、現れた女性が被害者の母・川村清子さんであることは明白だった。

「あの……奥さん、どうか落ち着いてください」

平林がなだめようとするが、清子さんの狼狽ぶりはひどくなるばかり。そのうち、崩れるように膝を折り、大声で泣き出した。

これでは、異変があったことが近所中に知れ渡ってしまう。困った事態だが、どうすることもできなかった。

しばらくしてから、平林に促され、優子がまずは家へ入るよう説得を始めたのだが、

「……母さん、ごめんなさい」

何と、自宅の脇にあった路地の奥の暗がりから、また新たな人影が現れた。小柄な体に長い髪。服装は襟に白線の入った紺のセーラー服とプリーツスカート。捜査本部で見た写真と寸分違わない姿だ。

（ええっ？　なぜ、ここにマルガイ本人が……）

やがて、両眼いっぱいに涙をためた川村志保子さんは絶句している刑事二人の前を素通りし、しゃがみ込んでいた母親の肩に手をかける。

はっとして顔を上げた清子さんは流れる涙を拭おうともせず、「志保子！」と叫んで、娘の体をひしと抱き寄せた。

9

「……ははあ。そういう経緯だったんですか。聞いてみなきゃ、わからないもんだねえ」

優子の説明に一区切りついたところで、正蔵師匠がうなずいた。

「『新宿区内で誘拐事件発生、女学生の被害者を保護』って……いや、『女子高生』だったかもしれないけど、ほら、あの、ブラウン管の上の方に出てくる字幕さ」

「あ、はい。テロップのことですね」

「そうそう。あたしは眼が悪いから、わざわざ画面に近寄って見たんだよ。だけど、詳しく知りたいと思って、そのあと、定時のニュースを見てもさっぱり要領を得ないし、それ以降、ほとんど続報がない。

新聞記事だって、同《おんな》しさ。『川村志保子さんの生命の安全を第一に考え、報道を差し控えてきましたが』なんて、前置きだけは立派だけど、中身は空っぽ。端午の節句の鯉のぼりじゃあるめえし、中身がなくちゃしょうがないよ」

「被害者が保護された時点で報道協定が解除され、一斉に臨時ニュースになりましたが、その後、各社とも扱いに困ったみたいです。情報が少なすぎると言って、本庁の捜査一課長に嚙みついた社もあるそうですが、別に隠しているわけではありません」

「そりゃ、そうだろう。報道を自粛させる代わりに、包み隠さず情報提供するという協定だからね。もし警察側でその約束を反故《ほご》にしちまえば二度と協力は得られない」

「はい。実際のところ、本当に捜査が暗礁に乗り上げているんです」

被害者保護から一週間後の月曜日、午後四時過ぎ。場所は、神楽坂の毘沙門《びしゃもん》様として親しまれている善國寺《ぜんこくじ》から坂を下り、最初の角にある喫茶店・檸檬《れもん》だ。

煉瓦造りを模した柱と焦げ茶色のフローリングの床。落ち着いた雰囲気の店内の一番奥で、優子は林家正蔵師匠と向かい合っていた。

落語界最長老の師匠は、来月の誕生日で御年《おんとし》八十五歳。人情噺や怪談噺を得意とする昭和の名人の一人で、歌舞伎と同様の書き割りや三味線、太鼓などの鳴り物を用いた道具入り芝居噺の唯一の継承者でもある。

両眼とも白内障の手術を経験しているので、分厚いレンズの眼鏡をかけているが、血色がよく、明るい茶のスーツに白ワイシャツ、ボロータイと、服装も若々しかった。

「そうなのかい。暗礁に……そいつは意外だったねえ」

正蔵師匠が口元でカップを傾ける。中身はお気に入りのキリマンジャロだ。

「さっき、話を聞いた時点では、これで事件はめでたく解決だと思ったよ」

「現場に居合わせた私もそう確信しました。誘拐された被害者が無事に戻り、犯人一味と思われる男の顔に見覚えがあると義父の英吉氏が証言した。それだけ揃えば、一気に真相に迫れるはずでしたが……」

優子がため息をつき、カップの紅茶を一口する。眼の前に置かれた皿の上には半分食べかけのチーズタルトが載っていた。店名通り、レモン風味のタルトで味は絶品だが、深刻な話題が災いして、さすがの優子もあまり食欲が湧かなかった。

「いざ事情聴取に入ると、まさかの事態が待ち構えていました。これから追々《おいおい》ご説明しますが……やはり、捜査が行きづまった最大の原因は私にあります。犯人に遭遇しながらまんまと逃げられ、顔の特徴さえ確認できないなんて、我ながら情けないです」

「いや、三崎さんのせいじゃない。そんなこと、予見は無理だよ」

「ありがたいお言葉ですが、取り逃がした当事者としては、落ち込んでしまって……それで思い余って、今日こちらへお伺いしたわけなんです。毎度のことで恐縮ですが、何かアドバイスを頂戴できれば……」

「いやいや。本職に向かってアドバイスなぞはできないけど、俗に岡目《おかめ》八目《はちもく》てなことを言うから、老人の世迷《よま》い言《ごと》の類いとして聞いてもらいたいね」

正蔵師匠は謙遜したが、探偵としての卓抜した能力はこれまでの事件で実証済みだ。すでに、頭脳がすさまじい速さで回転を始めているに違いない。

これまでは稲荷町の自宅へ出向いていたが、今回の事件については、頻繁に来客のある長屋では相談しづらい。そこで、神楽坂倶楽部四月中席昼の部に出演中の師匠の出番終了時刻に合わせ、ご贔屓《ひいき》の喫茶店で待ち合わせたのだ。

幸いなことに、ほかに客はなく、ひげ面のマスターも気を利かせてくれたのか、カウンターの奥へと姿を消した。正蔵師匠に捜査情報を明かすことについては、もちろん神楽坂署署長の許可を得ている。

「ご自宅へお電話を差し上げた時点では、平林も同席する予定でしたが、急に別の用事が入ってしまいました。では早速、先ほどの続きを申し上げますが……」

暗い路地の奥から突如現れた志保子さんを見た平林は、すぐさま彼女を自宅へ引き入れた。下っ端の優子は道路にとどまったので、ここからはのちの伝聞である。

刑事たちは志保子さんのけがの有無、健康状態などの確認を済ませてから、早速事情聴取を開始した。

被害者は激しく動揺している様子で、かなり長い時間泣き続け、なかなか聴取がはかどらなかったが、やがてぽつりぽつりと語り出した。けれども、その内容は捜査関係者の期待を大きく裏切るものだった。箇条書きにすれば、以下の通りとなる。

（一）事件当日の午後六時過ぎ。御茶ノ水の歯科医院を出て駅へ向かう途中に声をかけられ、車へ誘い込まれた。犯人は男女二人組。

（二）目隠しをされ、連れていかれた監禁場所は倉庫のような場所だったが、主犯の男は不在がちで、見張りの女が常にそばにいた。部屋の入口は施錠されていたが、手足は拘束されず、暴行も受けていない。

（三）共犯の女は今回の誘拐にそもそも反対だったようで、男に何度も中止するよう進言していたが、それが聞き入れられないと知り、被害者の解放を独断で決めた。

（四）解放の条件が、犯人特定につながる証言を控えることで、被害者は共犯の女に対して『必ず守ります』と約束した。

（五）その後、再び目隠しされ、自宅の裏手の通りまで送ってもらい、車から降りる際にも約束について念押しされた。家へ向かうと、門のところで話し声がしたので立ち止まり、しばらく聞いていたが、母親の清子さんが泣き出したので、たまらなくなり、出ていった。

「……えっ、それだけ？　ほかには何も喋らなかったのかい」

　この質問に対して、優子が無言でうなずくと、正蔵師匠は顔をしかめ、

「だったら、ずいぶんあちこち抜けてる。まるで破れ障子だ」

「本当に穴だらけです。なぜ犯人の車に乗ってしまったのかがまずわからないし、車種や色も不明。さらに、肝心要《かんじんかなめ》の犯人像が『男女二人組』という以外は何も……」

「早い話、『自分を無傷で解放してくれた共犯の女に義理があるから、何も話せない』ってわけだね」

「はい。我々も困り果ててしまいました。聴取に立ち会った者の話では、取りつく島もなかったそうで……埒《らち》が明かないので、いったん打ち切りになってしまいました」

「なるほど。強面《こわもて》の刑事さんたちも、可憐な女子高生は苦手ってわけか。だけど、志保子さんて娘は真面目な気性らしいから、会ったこともない男の運転する車に易々《やすやす》と引っ張り込まれるとは思いにくい。たとえ、連れの女がいたとしてもね。となれば、知り合いの犯

行とみるのが妥当かな」

「捜査本部でも同様の意見が大勢を占めました。月初めの日曜の夕方、被害者が歯医者へ行く習慣があることを知り、待ち伏せしたと考えれば、ますます知人説が濃厚になります。それに、川村英吉氏も主犯と思われる自転車の男を見知っていた様子ですし……」

「ああ。そのことをすっかり忘れてた。『あいつだ。間違いない』と言ったんだろう。だったら、義理の親父から誘拐魔の正体を聞けばいい」

「ところが、そううまくはいかなかったのです。何と、英吉氏も事実上、証言を翻してしまって……」

「じゃあ、何かい。それだけ思わせぶりな台詞《せりふ》を吐いておきながら、あとで『やっぱり勘違いでした』なんて言い出したのか」

「おっしゃる通りです。結局、英吉氏は二日、志保子さんは四日間、事情聴取を続けましたが、何の収穫もありませんでした」

「ふうん。実に奇妙だねえ。あと、自転車に乗っていた男も行方知れずなんだろう」

「はい。検問にも引っかかりませんでしたし、その後も懸命に捜していますが、今のところ……」

「志保子さんというのは、今どこにいるんだね。自宅かな」

「いいえ。都内の親戚の家にかくまってもらっています。もちろん、捜査本部では居場所を把握していますけど。新学期が始まって一週間経ちますが、まだ高校の周辺にマスコミ関係と思われる人影が絶えないので、やむを得ず欠席を続けている状況です」

志保子さんが雲隠れをしているため、取材は義父に集中した。これまでとは違い、英吉氏は渋い表情だったが、なまじ小判騒動でマスコミ関係者とのつながりができてしまっていたので、断りきれなかったらしい。

その内容で唯一明らかになったのは、被害者が保護された時点で、すでに英吉氏が身代金分の金策を済ませていたという点で、それだけは誇らしげに語っていた。大事そうに抱えていたアタッシュケースの中身は札束だったのだ。

「マスコミの連中《れんぢゅう》もしつっこいねえ。いいかげんに諦めりゃいいのに……しかし、まあ、あいつらの立場になれば仕方のない面もあるのかな。最初《はな》、実名まで出してニュースにしておきながら、尻つぼみじゃ格好がつかない」

「きっと、そうだと思います。だからといって、情報がないまま憶測で記事を書けば、もし間違いだった場合、世間からのしっぺ返しが怖い。今回被害を受けたのが女子高生で、さらに、封筒に入れられていた下着の件もありますし」

「あ、そうだ。それについても、志保子さんはダンマリを貫いたのかい」

「申し訳ありません。抜けてしまいました。郵便受けに投げ込まれたのは替えのパンティで、ちょうど生理中だったので、通学鞄に入れていたとのことです」

「なるほど。そいつを脅迫に利用されたってわけだね。さて、これで、一通り説明を聞いたけど……」

両腕を解いた師匠はコーヒーカップを取り上げ、薄く笑う。

「これから現職の刑事さんの前で好き勝手なことを言い散らかすかと思うと、何だか気が引けるなあ」

「はい？　いえ、そんな……滅相《めっそう》もありません。きちんとメモを取って、署に戻ってから平林にも伝えますので」

優子が手帳を開き、ボールペンを構えると、師匠ははぐらかすように笑い、ソーサーにカップをカタンと置いて、

「あんまり期待されても困るよ。あたしだって、浄玻璃の鏡の持ち合わせはないんだから」

「えっ……？　ああ、なるほど。閻魔大王の鏡ですね」

推理を披露する前に一息入れたいらしい。それを察した優子はいったんボールペンをテーブルに置く。

「あの世へ行ってしまうと、まず第一番に閻魔の庁へ呼び出されます。正面には閻魔大王、馬頭《めず》牛頭《ごず》、見る眼嗅ぐ鼻、冥界十王、ずらっと並んで、その下には赤鬼青鬼。『しわい屋のけち兵衛というのはその方か？　お前《まい》のこれまでの罪業がこの浄玻璃の鏡に映る……見ろ！』」

「ほほう。これは驚いた。うちの弟子に勧誘したいくらいだよ」

正蔵師匠が口元をほころばせ、二、三回拍手する。

「実はね、ついさっき、神楽坂の寄席でその噺を演ってきたところなんだ」

「えっ？　『死ぬなら今』をですか。わあ、それは残念！　せっかくの機会を逃してしまいました」

10

『死ぬなら今』は現在、正蔵師匠以外に演り手のない珍しい一席で、言うまでもなく、講談社版『古典落語』には収録されていない。優子はこれを、平林から借りたラジオ放送の録音で聞いた。

　重い病にかかったしわい屋のけち兵衛が今際《いまわ》の際に息子を呼び、『死んだら、頭陀袋《ずだぶくろ》の中に三百両の金を入れてくれ』と遺言する。『一代で身上《しんしょう》を築き上げるにはずいぶん他人をひどいめに遭わせた。きっと地獄へ堕《お》ちるだろうが、地獄の沙汰も金次第。金の威光で、あるいは極楽へ行けるかもしれない』。

　息子は二つ返事でこれを承知するが、いざ亡くなり、葬儀となると、親戚が黙っていない。『もったいないから』と説得され、芝居の小道具に使う小判を棺桶に入れ、葬ってしまった。

　さて、閻魔の庁へ連れていかれたけち兵衛。お調べを受けると、浄玻璃の鏡に過去の悪事が次々に映し出され、危うく地獄へ落とされそうになるが、大王の袖口へ小判を放り込み、部下たちへもばらまいたおかげで、無事に極楽へ行くことができた。地獄は時ならぬ好景気に浮かれ出したが、贋《にせ》の小判が極楽にも出回ると、騒動が起こる……。

「サゲ……いわゆるオチがとても斬新なので、ぜひ一度生でと思っていました。今日、伺えなかったのは残念ですが、平林から借りてダビングしたテープがあるので、また聞いてみます」

「演るのに骨の折れる噺じゃないから、前もって言ってもらえば、また高座にかけますよ。それにしても、三崎さんの記憶力てえものは本当にすごい。さっきの言い立てなんか、実に鮮やかだった」

「言い立て？　ああ。『正面には閻魔大王、馬頭牛頭、見る眼嗅ぐ鼻、冥界十王……』って、あれですか」

「平林さんに聞いたけど、全編そらんじている噺がたくさんあるんだってね」

「ええ、まあ。確かに暗記は得意です。勉強は苦手でしたから、自慢になりませんけど」

『死ぬなら今』は短いので、一度聞いただけで大体覚えてしまった。無論、音だけなので、『メズゴズ、ミルメカグハナ、メイカイジュウオウ』の意味は皆目わからず、あとで平林に教えてもらった。『馬頭牛頭』は馬や牛の頭をもち、体は人間という地獄の鬼たち、『見る眼嗅ぐ鼻』は小旗のついた矛《ほこ》の先につけられた生首で、亡者の善悪を見通す裁判官、そして『冥界十王』は閻魔大王を含めた十人の王のことで、いわば地獄の幹部だ。

「特に、あなたの映像に関する記憶は特殊能力と呼ぶにふさわしい。それを活用し、立てたお手柄もあると伺ってますよ」

師匠が話題にした『特殊能力』は子供の頃から優子の身に備わっているもので、頭の中でスイッチが入ると、目にした場面が一枚の写真として脳裏に刻みつけられるのだ。

「まあ、他人にない取り柄だとは思いますが、その分、ドジですから、周りの足を引っ張ってばかりです」

「そこでさ、今日は一つ、試してみたいことがあるんだよ。三崎さんの特殊な記憶能力について、ちょいと実験をさせてもらいたい」

「記憶の実験……もちろん、かまいませんが、何を目的とした実験なのでしょう」

正蔵師匠の言葉に戸惑いながら、優子は尋ねた。

「その心配はごもっともだけど、まあ、そこは羽織の紐てえやつでね」

「はい？　ハオリノ、ヒモ……」

優子が考え込んでいると、師匠が笑いながら解説してくれた。これはいわゆる『見立て言葉』で、寄席関係者との会話によく登場する。羽織の紐は胸のあたりについているので、『自分の胸にある』という意味だそうだ。

それを聞いて、優子も納得した。何しろ相手は名探偵・高座のホームズ。四の五の言わず、何もかもお任せすればいい。

「しばらく前に、知り合いの大学の先生から聞いた話だがね」

師匠はテーブルに置かれていた帽子を手に取りながら、

「人間の頭の中は巨大コンピューターみたいなもので、オギャーと生まれてから現在まで、見たもの聞いたものを細大漏らさず覚えてるらしいんだよ」

「へえ。私なんか、記憶に自信があると言いながら、つい最近のことを忘れたりしますが」

「似た経験は誰にもあるけど、それは記憶が消えてるわけじゃない。物忘れの激しい人てえのは記憶を引っ張り出す能力に欠陥があるんだそうだ」

「なるほど。つまり、師匠はその能力に長《た》けていらっしゃるわけですね。お年を召した現在でも、長編人情噺を口演されているわけですから」

「いやあ、それは買いっ被りさ。しょっちゅう度忘れして、高座で冷や汗をかいてる。現に今も……」

師匠はもてあそんでいた帽子を元の位置に戻し、小首を傾げる。

「イライラしながら考えてるところだ。というのも、度々話題になってる川村英吉ってお人ね、あの顔をどこかで見た気がするんだが、どうしても思い出せない。

まあ、その話は置くとして……さて、実験だ。三崎さん、先週の月曜の晩、西五軒町で犯人の一味なるものを取り逃がした時のことを、頭に思い浮かべてもらいたい」

『犯人の一味なるもの』という言葉に、優子は微かな違和感を覚えた。なぜ単純に『犯人』とか『犯人一味』と言わないのだろう。

「あなたの頭の中でスイッチが入ると、見た光景が一枚の絵として目に焼きつく。前にそう伺ったが、最前の大学教授の説がもし正しければ、あなたの頭の中にはこれまで目にした一切合切《いっさいがっさい》が記録されているはず。常人とは違った能力をおもちだから、努力次第でうまく引き出せるかもしれない」

「まあ、やってはみますが……具体的には何をお知りになりたいのでしょう？」

「自転車でやってきて門柱へぶつかった例の男が、本当にポストに手で触れたかどうかさ」

「はあ……？　い、いや、それは思い出すまでもない気がしますけど」

あまりにも意外な師匠の言葉に、優子はしないはずだった反論を、ついしてしまった。

「昼間、郵便配達が来た時点で中が空であることは確認済みですし、その後はずっと見張られていました。自転車の男の仕業でないとすると、そもそも茶封筒が入っているはずがありません」

「だから、そこが思案のしどころさ。もう一度、よく思い出してごらん。衝突した時、ポストのあたりが見えない位置にいたのなら、無理に決まってるけど」

「いいえ。角度的にも大丈夫でしたし、門灯があったので見えてはいましたが……承知しました。一切の思い込みを捨てて、振り返ってみます」

大きく深呼吸をしてから、顔を伏せ、眼を閉じる。

（ええと、左方向から自転車がフラフラとやってきて……それから……）

黒いヤッケを着た男の姿がまぶたの裏に浮かび上がってきた。最初はおぼろげな画像だったが、息を詰めているうち、次第に焦点を結び始める。

そして、バンという音が耳元で聞こえ、続いて上山の声……。

『あっ、バカ。酔っ払いめ、やりやがった』

次の瞬間、優子は勢いよく顔を上げた。

11

「ええと、あの、もちろん写真のような鮮明さではありません。最初にそれをおことわりしておきますけど……問題の場面が浮かんできました。郵便受けにぶつかったのは肩のあたりでしたが、どちらの手もハンドルから離していないので、あれでは封筒を放り込めません」

「やっぱりそうかい。三崎さんはついこの間、知らない間にバッグへ封筒を投げ込まれるなんて経験をしたから、ついそう決めつけちまったんだろう。そして、周りもそれに引きずられたってわけだ」

「改めて思い返すと、郵便受けの中を見に行ったのも、あくまでも念のための確認だったのです。それなのに、中に茶封筒が入っていたので、パニックになってしまいました。

ですが、師匠、自転車の男がやったのでなければ、パンティの入った封筒がなぜあそこに……あっ、もしかして……」

はっと息を呑んだのは、予想もしていなかった一つの可能性が頭に浮かんだからだ。

「あれは川村清子さんの仕業だったのですね。捜査関係者が絶えずポストを監視していたとはいえ、開けて中を見たわけではありません。何度か確認したのは被害者の母親……彼女なら、簡単に封筒を入れることができます」

「密室状態のポストの中に忽然《こつぜん》と茶封筒が出現。そのトリックは……てえところだね」

勢い込む優子をいなすように、正蔵師匠は笑い、コーヒーを口に含む。

「おもしろいけど、またちょいと記憶をたどってごらん。娘と再会した時、お母さんの様子はどうだったね。芝居をしてるような気配を感じたかな」

「それは……いいえ。記憶をたどるまでもありません。はっきり覚えています」

一時の興奮が単なる錯覚によるものだったことを、優子は悟った。

「清子さんは泣きじゃくっていて、顔が……滂沱《ぼうだ》の涙ってやつですね。どんな名女優でも、あんな迫真の演技はできないと思います。となると、師匠、あの封筒は一体……」

「あたしなりの考えはあるんだが、ご披露するのは時期尚早かな。それよりも、もう一つ、振り返ってもらいたい大事な点がある。同じ場面で、父親が吐いた台詞だがね」

「川村英吉氏が……ああ、確かに。自転車の男が事件とは無関係だとすると、『あいつだ。間違いない』という彼の言葉は不可解です。何か隠しているんだと勘ぐっていましたが、本当に誰かと勘違いしたのでしょうか」

「まあ、そこも奇妙だけど、実はもっと解《げ》せない点がある」

「もっと解せない……何ですか、それは？」

「茶封筒の中から下着を取り出した直後に、義理の親父は何と言ったね」

「それは、ええと……ああ、そうだ。『ばかな。一体どうやって、これを』」

「おかしいと思わないかい」

「別に、問題のある発言だとは思いませんが……」

「そうかな。だって、その前に、三崎さんから封筒を奪い取り、『これ、ポストに入ってたんじゃないでしょうね』とか言ったんだろう」

「はい。さすが、よく覚えていらっしゃいますね。だけど、それが……ん？　ちょっと、待ってください」

遅ればせながら、優子の頭も精一杯回転を始める。

（言われてみれば、確かに変だ。あの時の英吉氏の言葉は、正確には『この封筒、うちのポストに入ってたんじゃないでしょうね』だが、それより前に『自転車の男は誘拐犯の一味では』とも言っている。

『一体どうやって、これを』ときかれ、とっさに私は『だから、お宅の郵便受けに』なんて説明したけど……そんなこと、英吉氏はとっくの昔にわかっていたはず。それなのに、なぜ私にあんな質問をしたのだろう？）

「『どうやって、これを』という言葉は、この場合、二つに解釈できる。三崎さんは封筒がポストに入っていた理由を尋ねられたと思ったみたいだけど、『こんなもの、ここにあるはずがない』という意味かもしれない」

「それはそうですが……だとしたら、事件にどのような影響があるのでしょう？」

「だからさ、羽織の紐だよ。そう言ったじゃないか」

頭が混乱した優子に向かって、師匠が自分の胸のあたりを拳《こぶし》で軽く叩く。

「あたしの考えでは、今回の一連の出来事はすべて何者かがあらかじめ筋書きをこしらえ、いくつかハプニングはあったものの、基本的にはその筋書き通りに進み、終了した。あたしはそう睨んでる」

またまた意外極まる宣言に、優子の困惑は極みに達してしまった。

「一連の出来事って……それはどの時点から始まるのですか。やはり、川村志保子さんの失踪……」

「いいや、違う。例の小判騒動がことの起こりさ」

「ええっ⁉　ま、まさか、それは……」

思わず大声で叫んでしまい、大あわてで店内を見渡す。そんなこと、今の今まで考えてもみなかった。

「いくら何でも、あり得ない気がしますが……それに、筋書き通りに進んで終了したとおっしゃいましたが、犯人は身代金ももらわないまま、志保子さんを解放してしまったんですよ」

「だから、身代金の要求はまやかしで、その陰で何らかの実利を得ているはずなんだ。ただ、その方法がわからなくて、弱ってる」

「それでは、師匠、せめて筋書きを書いたのが誰か……目星はついていらっしゃるんですよね」

「ああ。むろん、ついてるさ」

「ぜひご教示ください。それは、一体……」

その時、入口でカウベルの音がして、「おや。稲荷町の師匠じゃありませんか」と声がかかった。

「ごぶさたしておりましたが、お元気そうで何よりです」

「ああ、六《ろく》さんかい。しばらくだったねえ。そちらもご壮健で、結構だよ」

新たな客は師匠と同様、この店の常連の鈴木六助《ろくすけ》さん、七十二歳。警視庁を定年退職され、現在は悠々自適。義理の息子さんが松葉家扇吉《まつばやせんきち》という名の中堅真打ちだが、事情があって、今は寄席をお休みしている。

小柄だが、がっしりした体付き、きれいにはげ上がった頭と長いひげ。布製のショルダーバッグを肩に掛けていた。

「おや。三崎さんもご一緒でしたか。こりゃ、いいとこで会った。ちょうど、誰か現役の方にご相談したいと思ってたところなんですよ」

「え……あ、ああ、そうでしたか」

「もしお邪魔でしたら、後日、神楽坂署へ伺いますよ」

「いいえ。大丈夫です。私なんかで、もしお役に立てるのでしたら、何でもおっしゃってください」

会うタイミングが悪すぎたが、何しろ相手は自分の大先輩。嫌な顔などできない。

「では、早速……相談したいのは、ついこの間、世間を騒がした件についてなんですがね」

師匠の脇に座った六助氏はマスターにブレンドコーヒーを注文すると、すぐに話を切り出してきた。

「お二人ともご存じだと思いますが、例の神楽坂の小判騒動です」

正蔵師匠と優子はさっと顔を見合わせたが、六助氏は何も感じなかったらしく、それに続けて、

「近頃、世情に疎くなっちゃって、おまけに、身内に心配事があったでしょう。新聞記事は気にも留めてなかったし、テレビのワイドショーも見なかったんですよ。ところが、昨日、奥歯の詰め物が取れたので、近所の歯医者へ行き、待ち時間に雑誌を読んでたんです。そうしたら、写真を見て、びっくり仰天。もしかすると、私が現役時代に関わった二十年前のヤマに関係があるかもしれないと思って……最新号じゃなかったから、もらってきたんですがね」

脇に置いたバッグの中から取り出したのは暴力団にまつわる記事と芸能ゴシップが売り物の週刊誌。四月五日発売の号だった。

「ええと……これこれ。これですよ」

差し出された頁を見ると、見出しは『落語家の飼い猫が恩返し？』『小判はだらだら長者の埋蔵金の一部か』。

写真は大福を抱いた鯤三師匠だが、最初に載った新聞記事とは違い、慣れた感じの抱き

方で、口元には微笑が浮かんでいた。

「実はね、見てもらいたいのは、こっちの写真なんですよ」

六助さんが指差したのは、見開きの左頁にあった小判の写真。表と裏が並んで掲載されていた。

「今から二十年……正確には二十一年前か。デパートの展覧会で大量の大判小判が盗まれた事件があって……そうだ。師匠は地元なので、ご記憶でしょう」

「……思い出すどころの沙汰じゃあない。よおく覚えている。火事場泥棒というか、手前《てめえ》たちで火を放ち、その騒ぎに乗じて盗み出すという卑劣極まりない手口だった。一歩間違えばどれくらい死人が出たかわかりゃしない。たしか、賊は二人組だったね」

「その通りです。当時、私は上野署の三係にいて、捜査に加わりました。展示会のパンフレットを穴の開くほど見て、すべて頭へ叩き込みましたが、八方手を尽くしても贓《ゾウ》品を掘り出すことができず、結局、お宮入りしてしまいました」

「なるほど。すると、その写真は盗まれたうちの一枚だと言うんだね」

「はい。裏に墨で大きく『伊セ屋』と書いてありますが、カタカナの『セ』がかなりの癖字で、はねた線の先が縦棒を突き抜けています。これと同じ字が書かれた天保小判が間違いなくパンフレットに載っていました。

展示されていたのは名品ばかりなので、値段の安い天保小判はたった一枚。珍しい献上判なので、含まれていたらしいです。それから、ついでにお話しすると、もう一つ……」

言葉に詰まったのは、注文したコーヒーが運ばれてきたから。六助さんはマスターが去ったあとも、カップには触れようとせず、

「犯人は顔をマスクとサングラスで隠していたし、例の火事騒ぎもありましたから、捜し出す手がかりがほとんどありませんでしたが、逃げ遅れそうになった買い物客の一人が妙なことを言い出したのです。

ホシはノッポとチビの二人組でしたが、体形の取り合わせがとある漫才コンビに瓜二つだと……一応調べてはみましたが、何の証拠もないため、自然と捜査対象から外れてしまいました。ところが、一週間前、ふとテレビをつけたら、そのコンビのうちの一人が誘拐事件の関係者として、インタビューを受けていたんですよ」

「ええっ⁉　あの、事件の関係者ということは、つまり……」

「あはははは。いやあ、六さんのおかげで、助かったよ」

驚愕する優子の脇で、正蔵師匠が破顔一笑する。

「あたしもやっと誰だか思い出した。喉まで出かかって、イライラしてたんだ。とにかく、これで何もかも合点《がてん》がいった。小判騒動から誘拐事件まで、あたしの見込み通り、ちゃん

と筋書きがあったんだね。

料理にたとえれば、小判騒動がいわばつき出しか前菜で、誘拐が主菜。しかも、前菜の方は『死ぬなら今』によく似ている」

「えっ？『死ぬなら今』に、ですか」

「だって、そうじゃないか。小判が出てくるところも一緒だけど、何よりも主人公が名うてのけちん坊。だからこそ、それを利用して悪事を企む手合いが現れたんだろうな」

12

「……この小判が回り回って極楽へ来た。

『おい。給仕、給仕』

『はい』

『この小判はどこから来た？』

『ええ、地獄からまいりました』」

いつの間にか、ヘッドフォンが少しずれていたので、きちんと両耳にあて、ついでに少し音量を上げる。

去年の夏に発売されたカセットテープ型ヘッドフォンステレオのウォークマン。二カ月前、優子はどこでも落語を聞けるようにと、これを購入した。

「『何、地獄から？　地獄はかような贋の小判を取り締まるのが役目じゃないか。それを自ら使っているとは』」

月給の四分の一を費やしただけあって、音質は抜群。夜の街角にいながら、すぐ眼の前で正蔵師匠が演じてくれているような臨場感だ。

「ビービービー。ボタンを押しますとな、武装した警官がトラックに乗っかって閻魔の庁へ押し寄せ、閻魔大王、馬頭牛頭、見る眼嗅ぐ鼻、冥界十王、青鬼赤鬼……残らず縛って牢屋へ入れてしまいました」

と、ここで、しばらく間があって、

「……ええ、このお話はここでもってお終《しま》いなんでございますねえ。もう一遍、くり返しますが……ビービービー。ボタンを押すてえと、武装した警官がトラックに乗っかり、閻魔の庁へ押し寄せて、閻魔大王、馬頭牛頭、見る眼嗅ぐ鼻、冥界十王、ことごとく、青鬼赤鬼まで召し捕って、牢屋へ入れてしまいました。

地獄には誰もおりませんでね……死ぬなら今……」

盛大な拍手の音。噺の余韻を楽しんでから、優子は停止スイッチを押した。

（これ、考えオチ、でいいのかな。本当に言葉って、不思議。まるでだまし絵みたいに、複数の意味に解釈できることがある。そういえば、『一体どうやって、これを』という例のつぶやきだって……まさかあんな意味だとは思わなかった）

耳では正蔵師匠の絶妙な語りを聞きながら、優子の眼は斜め前方に立つマンションの玄関付近に釘づけになっていた。

翌々日の水曜日の午後十時半、場所は大田区東蒲田《ひがしかまた》一丁目。京急《けいきゅう》蒲田駅から北東へ六百メートルほどの場所だ。

大切な任務の最中に落語を聞くのは不適切な行為のようだが、優子にはとっておきの言い訳があった。ヘッドフォンをつけて夜の道端に立つ若い女性を見て、刑事だと思う者などまずいない。正体を隠す小道具として最高だ。

張り込み開始から三時間以上が経過すれば、さすがに時間をもて余す。眠気覚ましのつもりでテープを再生したが、決して油断はしていない。

京急本線と平行して延びる第一京浜道路の東側に広がる住宅地。最近は近辺に雑居ビルやマンションも増えてきたが、そのうちの一棟である四階建てマンションに川村英吉氏の妻・清子さんの従姉《いとこ》の自宅がある。ここに志保子さんはかくまわれ、マスコミにもまだ嗅ぎつけられていなかった。

優子の後方三十メートルほどの位置に上山博文が運転する覆面パトカーが駐《と》まっていて、万一尾行に気づかれたとしても、すぐに対応できる準備が整っていたし、さらには別動隊も用意されていた。

(あと三十分で交替の時刻か。志保子さん、今日も部屋から一歩も出ないつもりかなあ)

本人からみれば従伯母《いとこおば》にあたる四十九歳の女性は、国鉄線蒲田駅西口にあるビルの地下でバーを経営していて、今の時間帯は不在。独身なので、部屋には志保子さんが一人でいるはずだ。

西五軒町の自宅に彼女が戻った際、優子はほとんど接触しなかったし、夜間の出来事なので顔を覚えられている可能性は低いが、念のため、服装を変え、伊達眼鏡をかけてきた。

(それにしても……芝居の小道具などではなく、本物の大判小判が三十枚並んだら、きっと壮観だろうなあ)

最上階の部屋の明かりを眺めながら、優子は考えた。

(新聞記事には時価六百万円相当と書かれていたけど、二十一年経ち、物価が十倍以上になっている。最も高価だった元禄《げんろく》大判は当時の価値で五十万……今は一体いくらで取り引きされるのか。考えただけで、気が遠くなるわ)

昭和三十四年一月二十五日の日曜日、上野のデパートの七階催事場で開催された古銭と切手の展覧会で、展示されていた古銭三十一点が盗まれる事件が発生した。同じフロアの一角に灯油をまいて火をつけ、警備員や店員が大勢の客の避難で忙殺されている間に、犯人は強化ガラス製のケースをハンマーで叩き割り、大判・小判を強奪して非常階段から逃走した。

幸い、火はすぐに消し止められ、死傷者は出なかったものの、悪質極まりない犯罪として窃盗罪並びに現住建造物等放火罪容疑で、捜査が開始された。

しかし、困ったことに、白昼堂々の犯行であったにもかかわらず、誰もが我先に階段やエスカレーター、エレベーターへ殺到したため、目撃者がほとんどいなかったし、盗まれた品々の行方も杳《よう》として知れない。結局、懸命な捜査が実ることはなく、公訴時効を迎えてしまった。

それ以降も盗まれた古銭が日の目を見ることはなかったが、犯人たちが盗品を手放した可能性はあり得ると考えられていた。物が物だけに、あやしい品だと知った上で購入する好事家が多数存在するのである。

（ただし、なぜか、途中で捜査対象から外れてしまった情報があったのよ。たった一人だけ、事件発生時にトイレで用を足し、逃げ遅れそうになった男性客がいて、彼がたまたま演芸ファンだったため、『自分の知っている漫才師に体形がよく似ていた』と証言した。

彼はあくまでもたとえのつもりで、そう言ったんだけど……おや？　あれは……）

マンションの玄関から現れた小さな影。黒のスウェットの上下を着て、長い髪を後ろで縛っている。

その人物は恐る恐る左右を確認し、背中を丸めて歩き出した。部屋の明かりが消えていないのは、在室中を装うためだろう。優子もすぐにあとを追う。特に合図はしなかったが、上山も移動を開始したはずだ。

尾行の途中、志保子さんは一度だけ振り返ったが、たまたま近くにあった電柱の陰へ隠れ、難を逃れる。それで安心したのか、そこからは背後を気にする素振りを見せなかった。最初、大通りへ向かったので、京急蒲田駅に行くのだろうと思ったが、少し手前の角で左折する。その先に小さな公園があった。広場の隅にブランコと滑り台が置かれ、脇にトイレと水飲み場がある。辺りは住宅ばかりだが、街灯が設置されているので、暗くはない。

ブランコの脇まで来た志保子さんは、手持ちぶさたそうに鎖を揺すっていたが、しばらくすると、板にお尻を乗せ、小さく漕ぎ出す。

それを見た優子は背後から接近し、十五メートルほど離れて立つ大木の陰に身を潜《ひそ》めた。

それから十分経過し、公園の隅にもう一つ人影が現れた。黒っぽいオーバーを着た男性らしいが、それにしては小柄だ。

「よお。どうした？」

真っすぐ歩み寄ってきて、右手を大きく上げる。それに対し、志保子さんは漕ぐのをやめ、足を地につけたが、立ち上がろうとはしなかった。

「ブランコ遊びとは、思ったより元気そうじゃないか」

「……この、嘘つき！」

低いが、鋭い刃物のような声だった。

「こいつはご挨拶だな。俺は嘘なんかついちゃいないぜ」

「何もかもデタラメだったじゃない。未成年だから、ニュースは全部匿名《とくめい》になる。一晩で戻れば近所や学校にも知れないなんて言うから……信用してたのに、まさか、こ、こんなことに……」

突然涙声になり、そのまま志保子さんはうなだれてしまう。

「まあ、落ち着けよ。人の噂も七十五日。どうせ、すぐに忘れちまう。うまい具合に大金が手に入ったから、約束通り、分け前はやるぜ。その金で音大へ行けばいい。
いやあ、英吉の野郎に煮え湯を飲ませてやれて、実に痛快だった。上野の古物商の手形が不渡りになり、取り込み詐欺に遭ったと知った時、あいつはどんな顔をするだろう。まさか、だまし取られたのが盗品では警察へ駆け込むわけにもいくまい。しかも、これでやつはお前にちょっかいが出せなくなった。もしおふくろさんに知れたら気苦労をかけるとか、悩む必要がなくなったじゃねえか。だから、今日は俺が持ってきた金を素直に受け取って――」

「お金なんかいらない！　こんな思いをするくらいなら、母さんに何もかも話すわ。あと、マスコミの人にだって……」

「何だって？　おい。ふざけるなよ。そんなまねはさせねえからな」

「ちょっと……やめて。な、何をする気なの⁉」

ただならぬ状況を見て、優子が木の陰から飛び出そうとした瞬間、

「よし。そこまでだ！」

別の男性の声が辺りに響いた。一瞬、上山かと思ったのだが、トイレの陰から平林が姿を現す。『別動隊』も抜かりなく尾行を完遂したらしい。

ブランコに覆い被さっていた黒い影が後方へ離れ、志保子さんがゆっくり立ち上がった。

「なかなか興味深い話を聞かせてもらった。ぜひ続きを伺いたいので、二人とも神楽坂署へご同道願います」

平林が少し笑いを含んだ声で言った。

「まあ、暴行罪には未遂がないから、この場で逮捕はできないが、まさか任意同行が嫌だ

なんて言いませんよね。柳田新兵……いや、昔の名前で、玉山ペン太さんと言った方がよかったかな」

13

「……いやあ、今回もまた師匠に大変お世話になってしまいました。本当にありがとうございます」

　平林が畳に手をつき、丁寧にお辞儀をする。脇で、優子もそれにならった。

「おかげさまで、かたくなに黙秘していた柳田もようやくすべてを自白し、事件を無事解決することができました」

　四月十九日土曜日の午前十時過ぎ。二人は正蔵師匠の自宅を訪れていた。住所は台東区東上野五丁目。旧町名の稲荷町は地下鉄の駅にその名を残している。

　戦火を逃れた二階建て四軒長屋の東の端。居間兼客間である六畳間で、小さな机を前にして師匠があぐらをかいていた。安楽椅子探偵《アームチェア・ディテクティブ》じゃなくて、座布団探偵《フロアクッション・ディテクティブ》だなと評したのは平林だが、言い得て妙な命名だと優子も思っていた。

「今回、あたしは大して貢献しちゃいないよ。おおかたそんなとこだろうとは思ってたけど、はっきり見定める前に六さんが来ちゃったからね」

「いいえ。滅相もありません」

優子が口を開いた。ちょうどその場に居合わせただけに、黙っていては申し訳ないと思ったのだ。

「核となる手がかりを鈴木六助さんから頂戴したのは事実ですが、師匠の示唆がなければ、事件の全容解明は難しかったでしょう。さすがのご炯眼《けいがん》でした。捜査が一段落したので伺いたいのですが……師匠はなぜ柳田新兵の犯罪だと見抜かれたのでしょう。その根拠をぜひご教示ください」

「いやあ。根拠と呼べるほどのものはありゃしないから、あまり持ち上げられると、くすぐったいよ」

長袖のポロシャツを着た師匠はそう言って、照れたように笑った。

「ただね、例の小判騒動なるものの経緯があまりにもおあつらえ向きすぎると思ったんだ。あれ、煎じつめれば、家の玄関に小判が一枚落ちてたってだけの話だろう。普通は全国ニュースになんかならない。

それが、なぜか飼い猫の善行として取り上げられ、飼い主である噺家のけちん坊ぶりが話題になり、おまけに小判についてた泥の鑑定結果から、伝説の埋蔵金の一部だとまで噂されて……あれよあれよという間に、鰕三さんは時の人になった。いくら何でも段取りがよすぎる。何者かの作為があったと考えた方が自然だ」

「なるほど。それで……改めて振り返ってみると、確かに不自然な印象を受けます」

「最初《はな》は自作自演を疑ったけど、鰕三さんは別に金に困ってないし、あの人なりに売れたがってはいるだろうが、そんな手数のかかることを企む気性でもない。それに、そもそも、マスコミを動かすことができるとも思えなかった。となれば、隠れている黒幕がいるはずだ。あたしはね、そいつには三つの資質があると睨んだんだよ」

「三つの……それは、何と何でしょう」

「まず第一に、騒動の黒幕は落語の世界についてかなり詳しい。だって、そうだろう。鰕三さんが名うてのしわい屋で、しかも『猫の恩返し』がもちネタの一つだと知ってたわけだから。

第二に、マスコミの連中に何らかの手蔓《てづる》がある。そして第三に、鰕三さんが見つけた小判をネコババできないことを知っていた」

「ええと、柳田新兵にあてはめてみると、第一の資質はもちろんですし、第二についても、一時テレビやラジオに出ていたそうですから、うなずけないことはありません。ただ、第三の意味がよくわからなくて……」

「おいおい。皆まで言わせなさんな。名探偵に対して失礼だ」

小首を傾げていると、平林が呆れ顔で話に加わってきた。

「柳田は鰕三師匠から博打の元手を借りたことがあったので、師匠が警察から睨まれ、ネコババなんかしたら即座に豚箱行きだと知っていたのさ。マスコミ関係者とのつながりは、おそらくギャンブル絡みだろう。仕事がなくなっても、そういう腐れ縁は消えないからな」

「さすがだね。その通りだよ。それら三つに加え、柳田のやつが近頃、鰕三さん家《ち》へご機嫌伺いに通っているという話を聞いてたからね。さてはこいつ……となったわけだ。

そして、鰕三さんが世間で名を上げたと思ったら、今度は埋蔵金の在処《ありか》の地主と称される男がやたらとテレビに顔を出すようになった。その顔にどこかで見覚えがあるんだが、どうしても思い出せない。そんな時、三崎さんからお誘いを受けたってわけさ」

「それにしても、柳田は大それたことを考えたものです。マスコミの力を利用して鰕三師匠の名を上げ、さらには川村英吉……過去のことがあるので、呼び捨てにしますが、やつをにわか有名人に仕立てるなんて。いわば日本中を巻き込むわけですからね。

確かに、そうすることによって、川村英吉はのっぴきならない立場に追い込まれ、無理にでも金策せざるを得なくなる。『万一、志保子が殺害された場合、〈あいつは金を惜しんで、義理の娘を見殺しにした〉なんて噂が立つのはまずい』。そう考えるに決まってますよ。おまけに、誘拐犯に目をつけられたのは自分が変に名を売ったせいだと思い込み、知り合いの仕業だと気がつかない。まさに、一石二鳥です」

「だけど、策士、策に溺れるというやつで、悪知恵を働かせたのはいいが、結句《けっく》、手前《てめえ》の悪行《あくぎょう》を満天下に知らしめることになっちまった。自業自得とはいえ、あわれなやつさ」

その言葉に、二人の刑事は深くうなずく。二十一年前に起きた古銭強奪並びに放火事件の犯人は、言うまでもなく柳田新兵と川村英吉……漫才師の玉山シャン太・ペン太だった。英吉が自転車と接触し、転倒したあと、オールバックの黒髪に少しの乱れもなかったが、あれはカツラだったのだ。

揃って博打好きだった二人は賭け麻雀で質《たち》の悪い借金を作り、どうせなら大きく狙おうという単純な気持ちで犯行に及んだ。したがって、計画も杜撰《ずさん》そのものだったが、予想外の成功を収めてしまったのだ。

当初、二人は盗んだ品の半分ほどを博打場での知り合いに教えられた闇のルートへ流し、買い叩かれはしたものの、借金を完済し、余剰金まで手にすることができた。貧乏芸人にとっては大金でも、大判小判の価値に比べればさほどの額ではなかったのである。

と、ここまではよかったが、漫才コンビを解消し、それぞれの道を歩み始めてから、二人の間に大きな差ができた。手元に残った資金を有効に活用し、飲食業で成功を収めた川村英吉に対し、ピン芸人になった柳田新兵は再びギャンブルにはまって、元の木阿弥《もくあみ》。テレビやラジオに出ていた時期もあるが、結局、売れない芸人に逆戻りとなった。

「このところ、二人は完全に没交渉だったようですがね」

お茶をすすりながら、平林が言った。いれてくれたおかみさんは、何か用事があるらしく、少し前に出かけていった。

「柳田の話によると、何年か前、昔の相棒のところへ借金を申し込みに行ったんだそうです。ところが、けんもほろろの扱いを受けて柳田は激怒し、それが今回の犯罪の遠因になりました。たまたま一枚だけ手元に残っていた天保小判を使い、一芝居打つことを思いついたわけです」

「ははあ。だから、あまり売れているとは言えない鰕三さんのご機嫌を取り結んだりしてたんだな。自分の計画に利用するために」

「はい。一方の川村英吉もこのところ事業がうまくいかず、いちかばちかで新店を計画したものの、内情は火の車。十枚近く残っていた小判を処分して運転資金にしたいと、売却先を探していました。

窃盗罪の時効は七年ですし、さらに、盗品について民事で損害賠償請求が可能な二十年も超えてしまいました。つまり、川村は堂々と盗品を売買できる立場にいたのですが、現在の自分の社会的信用を守るため、過去を暴かれないよう細心の注意を払う必要がありました」

「なるほど。さっき話に出たけど、柳田はその弱みにつけ込んだってわけだ。あらかじめ売買交渉をもちかけておいて、大至急金策せざるを得ない状況を作るため、義理の娘の志保子さんを仲間へ引き入れ、狂言誘拐を仕掛けた」

「柳田に協力したのは上野六丁目のビルの地下で古物商をやっている渡辺《わたなべ》という男ですが、もともとはやつの贔屓客《ひいききゃく》でした」

「あっ、そうそう。思い出しました」

そこで、優子が口を挟む。

「神楽坂倶楽部で聞いた漫談で、たしか、そんなことを言っていましたよ」

「寄席の高座だから大丈夫だと、高を括っていたんだな。渡辺の方から川村に近づき、うまく探りを入れながら商談をもちかけた。最初は川村も慎重な姿勢だったらしいが、やがて警戒心を解き、売却を承諾した。買い取り価格は九点で二千八百万円だそうです」

「へえ。二千八百……何だか気が遠くなるね。あたしたちが寄席でもらうワリでそれだけ稼ぐには、百年かかるかもしれない。まあ、事件当時、大卒の初任給が一万ナンボのはずだから、小判の値が上がるのも当然だな」

「とにかく、その値段で折り合ったのですが、支払い方法でもめまして、川村は現金一括、相手方はまず五百万円を現金で払い、残りは手形と主張していました。しかし、高額の身代金を急きょ作る必要に迫られた川村は仕方なく、『八百万即金でくれるなら、残りは手形でいい』と譲歩しました。手元の金と合わせれば、それで何とか二千万になる。つまり、柳田が仕掛けた罠《わな》にまんまとはまったわけです」

「なるほど。じゃあ、たぶん、その古物商は柳田からもらう分け前を行きがけの駄賃にして、いったん店を畳むつもりだったんだ。そうすりゃ、手形なんぞはただの紙っ切れ。また商売がやりたければ、知らん顔して別の名前の店を出せばいい」

「ご明察です。渡辺を署に呼んで、ちょっと脅したらガタガタ震えてましたよ。ただ、取り込み詐欺といっても、未遂なので、起訴までもっていけるかどうかはわかりません。そこは知能犯担当の二係に任せようと思います」

「できれば、ちゃんと罰を与えてもらいたいけど……そうだ。罰といえば、平林さん、とどのつまり、柳田新兵はどんな罪になるんですね？」

「それはもちろん、法律に則《のっと》っての判断ということになりますが……」

師匠に問われた平林が困ったような顔になる。

「窃盗罪についてはとうの昔に時効が成立していますし、それよりも段違いに重い現住建造物等放火罪も六年前に時効。先ほど申し上げた通り、詐欺罪に関しては未遂の段階でしたから……」

「早い話、おとがめなしってわけですか。これだけのことをしでかしておいて」

「いいえ。まさか。狂言誘拐は立派な犯罪です。取り調べが済み次第、逮捕・起訴することになるでしょう。偽計業務妨害罪並びに公務執行妨害罪。まあ、身代金誘拐に比べれば、罪はだいぶ軽いですがね」

「それでも、よかったよ。お仕置があるなら。柳田は万一露見しても、身代金誘拐に比べれば微罪で済むと知り、狂言誘拐を企んだに違いない。あたしはやつの性根《しょうね》が気に入らないんだ。もちろん、そんな悪人には二度と寄席の高座は踏ませないよ」

「一つ、つけ加えれば、川村志保子さんは同じ罪の共犯ですが、未成年なので、こちらは起訴までいかないと思います」

「うん。その方がいい。ぜひ穏便に計らってやっておくれ。ということは……川村英吉については、本当におとがめなしなんだね。法律の規定がそうなら仕方ないけどさ」

「実はその件なんですよ。師匠」

　話が一段落したところで、優子が切り出した。

「どうしても一つ、納得できない点があって、平林に質問しても教えてくれません」

現在、取り調べは捜査一係中心で行われているので、三係の優子は蚊帳《かや》の外なのだ。

「志保子さんがなぜ狂言誘拐の計画に乗せられたのか。それが不思議なのです。任意同行を求める直前、柳田は『分け前はやる。その金で音大へ行け』と言っていたので、音楽大学進学を義父に反対されたのが一因であることは確かですが、それだけで犯罪に手を染めたとも思えませんし……」

「それはねえ、平林さんがはっきり答えないのも無理ないよ」

師匠が片眼をつぶりながら、軽く首を振る。

「いくら同僚とはいえ、若い女性に尋ねられたら、ちょいと口に出しづらい。あたしはもう年だから、そのまんま喋っちまうがね。ほら、例のパンティの一件さ。そいつを封筒から引っ張り出した時、川村が言った一言があっただろう」

「あ、はい。『ばかな。一体、どうやって、これを』……あれから、ずっとその意味を考えていますが、腑に落ちないままです」

「そうかもしれないなあ。まともな人間にとっては想像の外の行為だからね。実はあれ、親父が義理の娘の下着をかすめて、手前《てめえ》の部屋かどこかに隠してたんだよ」

「下着を、隠す……ああ、なるほど！　だから、あんな言い方になったのですか」

顔をしかめながら、優子がうなずく。眼の前に、まったく新たな光景が現れた瞬間だった。

「『一体どうやって、これを』……自分自身の手で盗み出し、隠匿《いんとく》していた下着が突如眼の前に現れたのなら、それで納得です。すると、つまり、洗濯物が消えたのを不審に思った志保子さんが義父の部屋を捜して見つけ出し、こっそり取り戻しておいたというわけですね。単にレストランやバーの経営者というだけならともかく、ひょんなことで有名人になってしまいましたから、事実が公表されれば、途方もない痛手のはずです」

「そうだろうな。川村英吉はその点に気づいたので、自分の口からこぼれたその言葉をごまかすため、嘘をつかざるを得なくなった。自転車に乗ってた例の男を知り合いのように装ったのがそれだ」

「ははあ。つまり、その時点で英吉は誘拐が狂言であると見抜いたけれど、すべてが公になれば、義父である自分が娘に対して不埒《ふらち》な行為に及んでいたことまで明るみに出てしまう。おそらく、下着泥棒以外にも何かあったのでしょう。そのため、嘘八百を並べて、志保子さんの狂言に荷担する必要が生じた」

「優しい娘のようだから、母親に心配をかけまいとしたんだろうね。音大の進学資金が手に入るのに加え、警察が介入した状態で義理の親父に例の下着を見せれば、間違いなく震え上がり、二度とおかしなまねはしない。そんな思いがあったので、つい柳田の口車に乗せられてしまったんだ」

「その件に関連しますが、実は私、誘拐事件発生の報を受け、川村家へ潜入した時点で、少し妙だなと思ったんです」

平林がまた新たな事実を明かす。

「誘拐犯からの電話にどう対応するかという打ち合わせの最中に、母親の清子さんが突然はっと息を呑みました。今にして思えば、義父と娘との関係があまりにも険悪だったので、川村英吉が窓口になった場合、志保子さんとの会話が成立するかどうか、危惧されたのでしょうね。

それに、学校では真面目一方の優等生が、家に戻れば無断外泊をくり返しているというのも変な話です。何か訳があるに決まっている。義父から体を狙われれば、そりゃ、逃げ出したくもなりますよね」

「まあ、スケベ親父を懲らしめられたのはよかったが……いや、まだ安心はできない。また性懲りもなく何かしでかさないよう、平林さんあたりからみっちり釘を刺しておいてもらいたいな。言語道断の所業なんだから。できることなら、あたしから直に説教してやりたいくらいだよ」

「承知しました。二度と変な気を起こさないよう、とっちめてやります」

　師匠の険しい表情を見て、平林は深くうなずく。今ではすっかり角が取れたが、若い頃の正蔵師匠は『トンガリ』とあだ名されるほど短気だったそうで、優子はその片鱗を見た気がした。

「それはそうと、例の自転車男はまだ正体が知れないかい」

「残念ながら、特定できていません。というか、今回の事件とは無関係であることが判明したので、捜すのをやめてしまいました。現場周辺は隈《くま》なく聞き込みしましたから、どうやら近くの住人ではなさそうですね。酔っ払いのくせに、自転車を漕ぐ能力は抜群。まったく人騒がせな野郎ですよ。おかげで、捜査は大混乱でした」

「いいえ。それは違います。たとえ自転車でも酒酔い運転は法律違反だし、上山君の制止を聞かずに逃げたのもよくないですが、捜査を混乱させた責任はすべて私にあります」

　優子は首を振りながらそう言い、大きなため息をついた。

「あの時、私がおかしな勘違いさえしなければ……穴でもあったら入りたい心境です。あの失態さえなければ、誘拐が狂言だったという事実がもっと早く明らかになったはずなのに」

「気に病むことはないよ。何もなかったはずの郵便受けに忽然と新たな封筒が現れれば、誰だって頭が混乱する。当たり前の話さ」

　改めて落ち込んでいると、師匠がそう慰めてくれた。

「それに、ポストの内側にテープで貼りつけておくなんて、志保子さんて娘はなかなかの知恵者《ちえしゃ》だ。郵便屋が来て、何か差し込めば一緒に落ちちまうからね」

「その点は私も感心しました。通報を受け、捜査員がすぐさま裏から潜入し、同時に玄関付近の見張りも始めましたが、多少のタイムラグが必ず生じますから、もし郵便受けに第二の脅迫状が出現すれば、空白の時間に犯人一味が来たと判断されたでしょう。

ところが、あの日はたまたま配達がハガキ一通のみだったので、かろうじてもちこたえてしまった。それが、自転車の男性が接触した衝撃で落ちたわけですね」

　使用されたのはごく簡単なトリックで、あの日の未明、志保子さんが自宅の郵便受けに最初の脅迫状を入れた際、箱上部の内側にセロテープの輪を別なテープで固定し、そこに二通めを貼りつけておいたのだ。あとで確認したところ、痕跡がちゃんと残っていた。

　誘拐事件は狂言だったので、四月六日の晩、志保子さんの身柄が拘束されていなかったのは言うまでもない。アパート暮らしをしている友人宅にかくまわれていたのが真相だ。

　事件について一通り語り尽くした時、階段を下りてくる音がして、やがて体の大きな黒猫がのっそり現れた。六歳になる師匠の愛猫で、名前が黒兵衛《くろべえ》。

猫は客二人を『またお前らか』と言いたげに眺めてから、師匠の膝に乗り、毛繕いを始める。師匠は黒兵衛の丸い背中をやさしくなでながら、

「こいつも雄だから、夜出歩いてばかりいやがる。このところ、何かと物入りだから、せめて一万円札の一枚もくわえてこないかねえ。そうなったら、あたしは鰕三さんとは違って、届け出たりしないよ。そのまんま懐《ふところ》へしまっちまう」

正蔵師匠は真顔でそう言ったが、もちろんこれは冗談。何しろ、寄席へ通うため、地下鉄の定期券を購入しても、他の用事がある時にはちゃんと別に切符を買うほど潔癖な師匠なのだ。

「あたしはね、神楽坂の猫の恩返しを初めて耳にした時、『こりゃ、あやしいな』と思ったんだ。噺の通り、一度に三枚くわえるのは無理に決まってるけど、たった一枚だって、猫にとっては苦行だよ。坂の上の方から運んでくるなんてね。

そもそも、そんなに長い距離、落とさないよう、がっちりくわえたら、小判に歯形がつくはずだ。そんな話は聞かなかったから、最初《はな》っから眉唾《まゆつば》だと睨んでたのさ」

第二話　反魂香奇談

「おう。こんばんは。起きとくれ、薬屋さん。起きないとねえ、近所から火事が出るよ」

「な、何だい。物騒な方だ。表の戸をドンドン叩いて……何かご用様で？」

「買《か》い物《もん》だ、買い物。開けとくれ……開けとくれよ」

「ああ、さようですか。まだ寝たわけではございません。ただいまお開けいたします。小僧や、表を開けな。へい。いらっしゃいまし。何かお買い物で？」

「うん。あのう……火ん中へ入れると、出るだろ」

「えっ……？」

「だから、火ん中へ入れるとさ、こう、出るだろう」

「ああ、ああ。花火？」

「花火じゃねえや。あの、煙《けむ》がこう出てね、煙ん中から、こう……前帯《まいおび》を締めてさ、裲《しかけ》襠を着て、頭は立兵庫《たてひょうご》ってやつだ。かんざしをこんなに差しちまって、長《なげ》え煙管《きせる》をこう突いて、こっちの手を懐へ入れてさ。反《そ》り身《み》になって……『お前《まい》は島田重三《しまだじゅうざ》さん』てえのをくれよ」

「さあ、わからない……あのう、番頭さん、何をあげたらいいでしょうねえ」

「さて、のぼせ引き下げの薬かね」

「何を言ってやんでえ。わからねえかなあ。ほら、ええと……ああ、ここに看板がある。おう。真ん中にあるじゃねえか。『越中《えっちゅう》富山《とやま》の反魂丹《はんごんたん》』……反魂丹てえのを三百《さんびゃく》文ばかりくんねえか」

「ああ、さようでございますか。反魂丹。へい。ございます……ええ、お待ち遠さまでございました」

「ずいぶんあるねえ、これ。袋にいっぱいあるじゃねえか」

　あなたがこの手紙を開いた時、きっと、私はすでにこの世にはいないでしょう。本来なら面と向かって思いを伝えるべきですが、あなたは私よりも格段に口が達者で、下手をすれば言いくるめられてしまう。だから、このようなものをしたためました。

　これと一緒にしてあるのは、ほんのわずかですが、手元にあった宝石や貴金属類です。すべて処分して、葬儀代の足しにしてください。間違っても、誰かに譲ったりするのはやめてください。お願いします。

　本当に、なぜこんなことになってしまったのでしょう。結婚当初から、あなたは仕事に夢中だったし、もともと普段は口数が少ない人なので、テレビドラマに出てくるような家庭の団欒《だんらん》とは無縁の暮らしでした。その後、いろいろなことがありましたが、夫婦になる前、私が思い描いていた関係とは明らかに違っていました。

　とはいうものの、別に言い争いが絶えないわけではないし、公務員なので収入も安定し、それなりに幸せだと、ずっと私は考えていました。そう。あなたが、あんなひどい過ちを犯すまでは。

1

「……それでは、お時間も残り少なくなってまいりましたので、お別れにもう一《ひと》っ節《ぶし》、おつき合いくださいまし」

五月上席初日の木曜日。夜の部のヒザは出演者に変更があり、音曲の桃《もも》の家《や》とも歌《か》さん。三味線を抱えての一人高座で、きりっとした顔立ちに藍の着物がよく似合っていた。

「これもごくお古いところで、『見世物小屋』と申します。本日のトリの正蔵師匠が『両《りょう》国八景《ごくはっけい》』と題して、向こう両国の賑わいをお語りになりますが、あれを唄にしたものと思っていただければよろしいでしょう。

ただ、もちろんあたくしは菰《こも》張《ば》りの掛け小屋興行なんて、実際に見てはおりません。ご覧の通り、オコチャマですから。ここだけの話ですけど、正蔵師匠はうちの曽祖母《ひいばあ》ちゃんと同い年……あの、嘘じゃありませんからね」

意外な告白に笑い声が起きる。若いのは確かで、たぶん優子と同年輩だろう。昔は十代での出産も多かったから、八十代半ばの曽祖母がいてもおかしくない。

「『向こう両国』というのは両国橋の東詰め、つまり、本所《ほんじょ》側の広小路のことでしてね」

演者が糸の調子を合わせている間に、左隣の席から鈴木六助さんが小声で話しかけてきた。二人がいるのは客席のほぼ中央だ。

「あそこは火除け地だから、普通の建物はご法度《はっと》で、仮設小屋での見世物や芝居、寄席などの興行が盛んだった。もちろん食い物屋なども多く、江戸で一、二を争う盛り場だったんですよ」

「なるほど。そうでしたか」

　優子は今日、仕事が休み。この芝居の初日と五日めに正蔵師匠が夜の部でトリを取ると聞き、大喜びで駆けつけてきた。いわゆる『代理主任《ダイバネ》』。すると、寄席の表で六助さんとばったり会い、一緒に木戸を潜《くぐ》ったのだ。いろいろと解説してもらえて勉強になるが、相手は大先輩なので、お菓子を食べづらいのが難点だった。

　準備が整ったところで、とも歌さんはまず「あまたある見世物小屋で、やれつけ、それつけ、ろくろっ首」と歌い出し、そこからテンポの速い三味の音《ね》に乗せ、「あいや、お立ち会い。ご用とお急ぎでない方はゆっくりと見ておいで」とガマの油の口上を述べる。

「……抜けば玉散る氷の刃《やいば》、一枚が二枚、二枚が四枚《よまい》、四枚が八枚、八枚が十と六枚」

　半紙を刀で切り刻む段は、同名の落語でもおなじみ。若さに似合わぬ達者な芸だ。

　曲が終わり、とも歌さんが拍手とともに高座を下りると、正蔵師匠のおなじみの出囃子

『あやめ浴衣《ゆかた》』が場内に流れ出した。

「いやあ、楽しみですな。特に今日の高座はね」

六助さんが笑顔で言った。

「お元気とはいっても、ご高齢なので、十日間トリを務めるとなると、どうしても手慣れた噺を選ばざるを得ない。大看板なので、一、二日限りのダイバネなんてめったにありませんから、これは聞き逃せないと思いましたよ。何をお演りになるか、興味津々《しんしん》です」

寄席通いを始めたのは息子さんの入門以降だそうだが、それにしても二十五年近くになるわけで、さすがに目のつけどころが違う。

やがてメクリが替わり、下手から正蔵師匠が姿を現し、ゆったりした足取りで高座へ。

座布団に座ると、客席の方を向き、にっこり笑って、お辞儀。拍手が途絶えたところで、おもむろに口を開く。

「江戸っ子てえものがおりまして、まことに勇ましいものでございますが、言うことががさつで、態度が粗暴だってんですな」

普段通りの口調で、今日の高座が始まる。

「しかしながら、『俺は江戸っ子だい！』てえ言葉の裏には、仁義をわきまえていて、決して悪事はしないという誇りがございます。そんな江戸っ子ですが、経済にかけては、どうもあてにならない。『宵越《よいご》しの銭は持たない』ってんで、毎日稼げば日銭が入ってまいります。その日、その日を暮らしゃあいいと、こうなるわけですが……」

背中に手を回し、扇子を取り出す。高座に上がる時、帯の後ろに挟んでおくのだと聞いた。それを座布団の右端へ差し込み、

「ただ、こいつ、よく考えるてえと、宵越しの銭でございましてねえ、宵越しの金《かね》じゃあない。まとまった金ならどうなるかわかりませんが、銭だから、もう、満遍《まんべん》なく遣っちまおうってんで……。

『おい。お前《めえ》、顔の色が悪いぜ。どうかしやしねえか』

『弱ったよ、どうも。昨夜《ゆんべ》、腹掛けのどんぶりに、八百《はっぴゃく》文残ったまんま寝ちまったから、それで冷えたんだね。今日は具合《ぐええ》が悪《わり》いんだ』

『ばかだな、この野郎。そういう時には寄席へ行くんだよ。木戸《きど》銭を払って、余った銭を高座に上がってる噺家へ叩きつけてくりゃいいんだ』……って、相談はできましたが、叩きつけられた噺家は一人もいなかったそうですから、こいつはあてにならない」

とぼけたマクラに客席が爆笑する。快調な出だしだが、ここから何の噺へ入るつもりなのか、見当がつかない。そんな時、左隣から小さなつぶやきが聞こえた。

「まさかと思ったが……『反魂香《はんごんこう》』だ」

2

（えっ？　これが『反魂香』……稲荷町の師匠もお演りになると聞いていたけど、まさか今日出会うとは思わなかった）

優子は興奮を覚えた。講談社版『古典落語』には収録されていないこの噺を、優子が初めて聞いたのが二カ月前。ラジオの放送で、演じたのは昭和三十九年に亡くなった八代目三笑亭《さんしょうてい》可楽《からく》師匠だ。

この師匠の口演は初めてだったが、低い声で、ぼそぼそと語り込んでいく。地味な芸風だが、不思議な味わいがあり、途中から優子は独特な世界へ引き込まれた。

噺の筋立ては共通していて、主人公はおなじみの八《は》っつぁん。同じ長屋に住む浪人が毎晩夜中に鉦《かね》を叩き、念仏を唱えるのに腹を立て、『やかましくて寝られやしねえ』と苦情を言いに行く。

「『おう。これはこれは隣家の八五郎《はちごろう》殿か。まあ、お上がりなされ』

『言うこた、堅《かて》えねえ。〈八五郎殿か〉と来やがった。おい。どういう訳で、お前さんとこじゃ夜更けに鉦を叩くんだよ。辺りがしーんとしてるのに、カァ……ン、と来やがる。

そして、またしばらく経つと、カァ……ンだ。冗談じゃねえぜ、本当《んとう》に。もっと早打ちにカンカンカンカン叩いたらどうなんだい』

『いや、そうは叩けん』

『だったら、その訳を話しねえ。もっともだと思ったら、俺が長屋に触れて歩いてやるから。もう、子供なんぞはおびえちまって、便所《はばかり》へ行かないよ。それがためにおねしょをするから、天気の時には長屋中、門並《かどな》み、布団が干してある。子供ばかりじゃねえ。こないだなんぞ、俺がやっちゃった』

『まことにしまりがないな、それは』」

とぼけたクスグリが大きな笑いを呼ぶ。たぶん優子たちと同様、異例のダイバネを楽しみに足を運んできた客も多いのだろう。

八五郎に訳をきかれた浪人は身の上話を始める。彼は名を島田重三郎《じゅうざぶろう》といい、吉原三《よしわらみ》浦屋《うらや》の高尾太夫《たかおだゆう》と末は夫婦《めおと》にと誓い合った仲だった。その後、高尾は伊達公《だてこう》に身請《みう》けされたが、彼に操《みさお》を立て通し、お手討ちになってしまったので、供養のため、夜な夜な鉦を叩き、念仏を唱えているという。

「『取り交わしたこの反魂香を火中にくべると、煙《けむ》の中から高尾が現れる』

『おい、本当かい？　へえ。斬《き》り殺されちゃってるから、血だらけになって……』

『そんな姿では出ない。廓《くるわ》にいた全盛そのままの姿だ』

『そうかねえ。じゃあ、一つ、くべてごらんよ』

『いや、これはかけがえのない香であるから、むやみに焚くことはできん』

『やっぱり、嘘なんだ』

『いいや。嘘ではない』」

押し問答の末に、仕方なく浪人が香を取り出して火中へ投じると、煙の中から高尾太夫が現れた。

ドロドロドロドロッと大太鼓《おおど》が鳴り、三味線の寂しい曲が流れて、

「『ああ！　出た出た、出た。南無阿弥陀仏《なむあみだぶ》、南無阿弥陀仏』

『大きな声を出してはいかん。そちゃ、女房、高尾でないか』」

呼びかけると、幽霊は右手で長煙管を立てる仕種をして、左手を袂《たもと》へ入れて肘を張り、芝居がかりの口調で、

「『お前《まい》は島田重三さん。取り交わせし反魂香、あまり焚いてくださんすな。香の尽きるが、この世の見納め』

『わしゃ、焚くまいと思えども、隣家の八五郎殿の疑念を晴す、そのためじゃ。許してくれ。頓証菩提《とんしょうぼだい》、高尾、頓証菩提、南無阿弥陀仏、南無阿弥陀仏……』」

合掌し、念仏を唱えているうちに、鳴り物が止まる。

「『へええ。驚いたねえ。〈おひひのびっくり、おかかの感心〉てえくれえのもんだ』」

聞き慣れない言葉で驚きを表現した八五郎は、そこから一転、しんみりした口調になり、

「『おいらのとこにも、おさきって、いい女房がいたんだ。あっしにゃ過《す》ぎ者《もん》だと言われてたんだが、早死にしちまいやがってねえ。死に別れてから三年、いまだにやもめで暮らしてるんだよ』」

そして、「亡くなったかかあの姿が見てえから、香を半分おくれ」と頼むが、浪人に拒絶される。「じゃあ、四半分《しはんぶん》。だめなら、四々半分《ししはんぶん》、しししし……これより、舌ぁ回らねえや」と言って場内を沸かせたところで、「覚えてやがれ、しみったれめえ」と捨て台詞を残し、八五郎は表へ出る。

（……なるほど。落語って、演者によって、ずいぶん違うものなんだなあ）

可楽師匠の『反魂香』の八五郎はもっと短気で、香を譲ってもらえないとわかったとたん、『今夜、鉦叩いてみろ。お前《めえ》んとこ、ぶち壊してやる』とすごむのだが、正蔵版では随所に人のよさがにじみ出ている。

（例えば、浪人の家を飛び出したあとで、『あのじじいは幸せだなあ』なんてつぶやくのも、善人ならではの……ええっ？　これ、どういうこと）

何気なく視線を左へ向けると、トリを楽しみにしていたはずの六助さんが、完全に顔を伏せてしまっていた。

（まさか、眠いわけじゃないだろうし。ははあ、そうか。六助さんも奥様を亡くされていたんだ。たしか、この噺と同じ三年前……いや、四年前だったかな。どちらにしろ、身につまされてしまったのだろう）

八五郎は歩きながら何とかならないかと思案するうち、反魂香を反魂丹と勘違いして、薬屋へと足を向ける。『反魂丹』は腹痛の薬だそうだが、優子は一度も飲んだことがなかった。

薬屋の表の戸はすでに閉まっていたが、無理やり叩き起こし、さて注文という段になって、八五郎は買う品物を忘れてしまう。すったもんだの末、袋いっぱいの反魂丹を抱えて自分の長屋へ帰り、早速火にくべる。

「『俺《おら》ぁ、女房に会うんだ。〈そちゃ、女房、おさきでないか〉〈お前は大工の八っつぁんかい〉なんぞはありがてえ。

かかあのやつ、早く出てくりゃいいのに……どうだ。もう一っくべ……出てこないよ。

まあ、無理もねえな。十万億土って、遠いとこから来るんだからねえ。三年めに会うんだし、ちょいとこう、顔を洗って、鼻の頭かなんかに白粉《おしろい》をなすってね、口紅なんぞくっつけちまいやがって……』」

亡き妻との再会をしきりに妄想するが、一向に幽霊は現れない。そのため、次第に火へ投下する反魂丹の量が増えていく。

「『このくれえ、くべたらいいだろう。これで出てくるよ、たしか……出ねえ。どういうことになってやがるんだろうなあ？　隣のじじいんとこは、こんなにくべねえうちに朦朧《もうろう》と出たんだがなあ。

こうなったら、この袋ごと放り込んじまえ。そして、渋団扇《しぶうちわ》で扇ぎ立てれば……えっへ、えっへ、うっふ……こりゃ煙いねえ。早く出てくんなくちゃ困るよ。早く出なよ』」

立ち昇る煙に咳込みながら、しきりに念じるうちに、表の戸を叩く音がして、「こんばんは」という女の声。それを聞いた八五郎は大喜びで、

「『表の方から来やがった。ああ、ありがてえ、ありがてえ……そちゃ、女房、おさきじゃないか』

『何言ってんだよ。隣のおかねだがね、きな臭いけど、火事じゃないかい？』」

大きな笑い声とともに『反魂香』が終わる。追い出しの太鼓の音が響き、楽屋からは

『ありがとーございまーす』という前座さんの声。正蔵師匠が深々とお辞儀をする中、天井から緞帳《どんちょう》が下りてきた。

珍しい噺を初めて生で聞くことができ、優子は大満足だったが……脇を見ると、六助さんは顔を伏せたままで、手も叩いていない。稲荷町の師匠の絶対的なファンであるだけに、それは何とも異様な光景だった。

もちろん、この世に未練がなくなったわけではありません。化けて出るつもりはないものの、未練はあります。仕事柄、あなたが家を空けることが多いのは仕方ないし、それが皆さんの役に立っているのだと思えば、自分だけで家を守る寂しさにも耐えることができました。

今はこんなでも、あなたが退職後はゆったりした夫婦の時間がもてるようになる。そうすれば、二人で旅行に出かけるとか、人並みの楽しみが味わえる……ばかですね。そんなことを本気で考えていました。

浮気は男の甲斐性《かいしょう》だと言います。百歩譲って、もしその言葉が正しいとしても、やはり相手次第でしょう。よりにもよって、あの女と……

3

「……いやあ、お見苦しいところをご覧に入れました。まことに恐縮です」

玄関ロビーへ出た直後、鈴木六助さんは優子に向かって頭を下げた。

「普段なかなか聞けないネタは大歓迎ですが、よりにもよって今日、稲荷町が『反魂香』をお演りになるとは……まさか席を立つわけにもいかず、弱ってしまいました」

「よりにもよって今日、稲荷町の……それ、どういう意味でしょう。違う日に、違う噺家さんの『反魂香』なら問題なかったように聞こえ……あっ！　も、申し訳ありません」

　事情をきくつもりなどなかったのだが、つい興味が勝《まさ》ってしまった。

（私って、ダメねえ。思ったことは何でも口に出しちゃう。『お前は場の空気が読めない』って、オバQにもさんざん叱られたのに……）

　自らの至らなさを再認識させられ、落ち込んでしまった。『オバQ』は直属の上司である海老名《えびな》敬七《けいしち》警部補のあだ名。この間まで、優子は自分一人だけで『タコ坊主』と呼んでいたが、秘密の通り名があることを最近になって知り、宗旨替えした。ちなみに、『オバケのQ太郎』は藤子不二雄《ふじこふじお》作の人気漫画で、優子が小学生の時にはアニメも放映され、絶大な人気を誇った。

頭を下げ続ける優子の姿を見て、六助さんはどこか寂しげな微笑を浮かべ、軽く周囲を見渡してから、

「檸檬へでもお誘いしたいところですが、あいにく、今日はこれから人と会う約束がありましてね。あそこに座って、少しだけお話ししませんか。客席の掃除をする間、五分や六分は大丈夫でしょう」

指差されたのは、客席へ通じる扉の脇に置かれた三人掛けのベンチ。優子がうなずき、並んで腰を下ろす。

「ねえ、三崎さん、『権兵衛狸《ごんべえだぬき》』なんて噺をお聞きになったことがありますか」

「はい。生ではありませんが、ラジオでなら。亡くなった鈴々舎馬風《れいれいしゃばふう》師匠の録音でした」

「実はあの噺と同様で、今日が愚妻の祥月命日《しょうつきめいにち》なんですよ」

「じゃあ、五月一日が……そうだったのですか」

落語『権兵衛狸』では、いたずらダヌキが床屋をしている老人につかまり、殺されかけるが、たまたま父親の命日だという理由で、頭の毛を刈られただけで解放される。

「たしか、亡くなられたのが四年前だと伺いましたが……」

「ほう。よく覚えていらっしゃいますね。乳癌があちこち転移してしまい……詳しい話は

やめますが、ああいう病気にはなりたくないと思いましたよ」

　控えめな表現だったが、それだけで、悲惨な臨終の場面が想像できた。

「いやあ、だから、稲荷町の『反魂香』だけは勘弁してほしかった」

「そこがどうも不思議で……いえ、あの、もし差し障りがあるなら、ご説明していただかなくて結構です」

　性《しょう》懲《こ》りもなく、またそんなことを口走ると、六助さんはほんの少し笑って、

「おもしろいもので、亡くなった八五郎の女房の名前が演じ手によってバラバラなんです」

「ええと、そう言われてみれば……可楽師匠の場合は『お梅《うめ》』でしたね」

「『おかじ』で演る人もいます。字は『梶棒』のカジかな。落語ではあまりなじみのない名ですが、サゲの手前を盛り上げる目的で、あえて選んだのでしょう」

「ああ、なるほど。『火事』と『梶』か」

　つまり、八五郎が反魂丹の煙にむせびながら『おい。お梶、カジ！』と叫ぶわけで、それを聞いて隣家の女房が仰天するという演出だ。ちなみに、『梶棒』は荷車などを引くための長い柄。

（すると、命日に正蔵師匠の『反魂香』を聞きたくなかった理由は……きっと、奥様の名

前が『咲子《さきこ》』か『咲江《さきえ》』だったんだ。それで、途中から顔を伏せてしまったのか）

『そちゃ、女房、おさきじゃないか』。優子にとっては何でもない台詞が、死の床にあった奥様のやせ衰えた姿を思い起こさせ、耐えられなくなったのだろう。

「家内の方が七つも年が下だったので、先に逝《い》くとは夢にも思いませんでした。八五郎ではありませんが、私にとって、まさに過ぎ者でしてね。現役時代、仕事一筋と言えば聞こえはいいが、家庭をまったく顧みない生活をしてましたから、一緒に旅行はおろか、ちゃんとしたレストランで食事したこともありません。それなのに愚痴一つ言わず、私の世話はもちろん、体の利かなくなった親父やおふくろの面倒をみて、看取《みと》りまで……今更ながら、本当に頭が下がりますよ。

定年退職後、多少は埋め合わせをしたつもりですが、まるっきり足りていなかったと思います。まあ、それはまだいいとして……」

ふと言い淀んだ六助さんは一つ、大きなため息をついてから、

「お咲さんか、お梅さん……お梶さんでもいいけれど、もし浪人が反魂香を八五郎に譲ったとしたら、現れた幽霊は何を語るんでしょうねえ。亭主の期待に反して、恨み言を並べたかもしれない。そんな気がしてならないんですよ」

（おかみさんが、恨み言を……？　それじゃ、世間一般の幽霊になっちゃうわ。『うらめしや』なんて言いながら出てきたりしたら）

4

真意が汲み取れず、困っていると、六助さんはばつが悪そうな顔になり、

「いい年をして、お恥ずかしい限りですが、幽霊になってしまえば誰に気を遣う必要もないので、本音を言うと思ったんです。少なくともうちは……今日はたまたま命日で、これも功徳になるでしょうから、私の懺悔《ざんげ》を少しだけ聞いてください」

夜の部の客が出尽くしたらしく、従業員がホウキとチリトリを手に客席に入っていく。六助さんはそれを横眼で見ながら、

「他人様《ひとさま》にこんな話をするのは初めてですが……亡くなった家内は口数が少なく、自分の感情をめったに表へ出さない女でした」

いつもなら『私とは正反対ですね』などと言うところだが、口を慎むことにした。いわゆる『昔の女』の典型だったらしい。

「先ほども申しましたが、私にとって、まさに過ぎ者でしたよ。癌で二度手術をし、三度

入院しましたが、意識は最期まで明瞭で、つき添っている私に『面倒をかけて、すみません』『本当にいろいろお世話になりました』『先に逝くことになって、ごめんなさい』……息を引き取る直前まで、そんなことばかり言ってました。

ところが、初七日を過ぎ、遺品の整理をしていた時、裁縫箱の底から『六助様』と表書きのある封筒が見つかったんです」

「えっ？　裁縫箱の底から、ですか」

「ふふふ。なぜそんなところを見たのかと疑問に思われたのでしょう」

深刻そうに眉をひそめていた六助さんが、少しだけ表情をゆるめる。

「その点に、即座に食いついたのはさすがです。男の私には縁遠い場所で、もちろん針仕事をしたかったわけでもありません。亡くなる前の晩、家内がふと、こう漏らしたんですよ。『通帳や印鑑、保険証書のある場所は前に説明しましたが、そのほかにほんのわずか、指輪やネックレスが裁縫箱の底にしまってあります。安物ばかりですが、もし落ち着いたら、確認してみてください』ってね。

そこで、ふと思い立って、言われた通り、鏡台の脇の箱を開けてみたら、底の方からルビーの指輪や真珠のネックレスなどと一緒に私宛の手紙が出てきたんです」

「では、ひょっとして、その中に……」

「はい。私への恨みつらみが切々《せっせつ》と綴られていて、それを読んだ時には背筋が凍りました。何しろ、内容が完全に遺書でしたから。実際には思いとどまってくれましたが、一時は自ら命を絶つ覚悟をしていたらしいです」

（なるほど。そんなことがあったのでは、『反魂香』……特に正蔵師匠の『反魂香』を避けたくもなるな）

「ただ、誤解のないように申しますと、亡くなる直前まで家内が口にしていた私への感謝の言葉も、それはそれで本心だったと思います。こんな場所に長居はできないので、核心だけお伝えしますが……問題の手紙が書かれたのは最後の入院の直前などではなく、はるか昔に家内が書き綴り、裁縫箱の底にしまっておいたものだったのです。やはり、いざとなると、死ぬ踏ん切りがつかなかったのでしょう。

ねえ、三崎さん、『悋気《りんき》の火の玉』なんて噺がありますよね。黒門町《くろもんちょう》の十八番《おはこ》だった」

「え……あ、はい。知っています」

突然話題が変わり、戸惑いながら優子はうなずく。『黒門町』は亡くなった八代目桂文《かつらぶん》楽《らく》師匠のこと。『悋気の火の玉』は講談社版『古典落語』に収録されていた。『悋気』とは焼き餅だ。

（ええと、たしか『上』で、『酢豆腐』の次だったな）

眼の前に、上巻の目次が浮かんでくる。本人はこれがあたり前だと思っていたが、平林に言わせると特殊能力の類いらしい。

（浅草花川戸《あさくさはなかわど》の商家の主《あるじ》が吉原の女郎を身請けして、根岸《ねぎし》に妾宅を構える。すると、本妻と妾とが主を取り合って激しく嫉妬の炎を燃やし、お互いに藁人形《わらにんぎょう》に釘を打ち込んで相手を呪い、結局、同じ日に急死してしまう。その後、花川戸と根岸からやってきた火の玉が、毎晩大音寺《だいおんじ》前でぶつかって火花を散らし、それが評判になって……ははあ、そういうことか）

「まったく、お恥ずかしい限りです。ふとしたことから、道を踏み外してしまいました。すでによくご存じでしょうが、警察官というのは何かと誘惑の多い職業です。金に関してだけでなく、女性に関しても……私はどうにかこうにか無事に定年を迎えられましたが、危険な誘惑に負け、若くして退職に追い込まれた例を何人も知っています。

とはいえ、その時は、まあ、十五年も前の過ちなので、もう時効だろうと都合のいいことを考えていましたが……甘かったですね。ずっと黙っていたその手紙の件を死ぬ直前になって言い出したのは、もちろん私に読ませたかったからでしょう。つまり、闘病中の世話に感謝はしていても、心の底では私を許していなかったという——」

「いいえ。それは違います」

とっさに断言してしまったが、口が滑ったわけではない。

「えっ、違う？　疑問の余地など、ないように思いますが……」

「もし本当に読ませたかったのなら、『安物ばかりだ』なんてことわるはずがありません。その一言のせいで、裁縫箱を永遠に開けない可能性だってある。奥様はきっと、手紙を書いたことをお忘れになっていたんですよ。ご主人を責める気持ちなどなかった証拠です」

「いや、まさか、それは……」

　言葉の途中で絶句した六助さんは、しばらくして、すーっと長く息を吐くと、

「そんなこと、まるっきり考えもしませんでした。家内は私に恨みを残したまま逝ったのだと……ありがとうございます。真相は藪《やぶ》の中ですが、少し気が楽になりました。さすが、平林主任が将来有望と太鼓判を押すだけのことはある」

「ええっ……？　とんでもない。私なんか、三係のお荷物だと陰口を叩かれています」

「いや、彼はお世辞の嫌いな男です。それはそうと、実は今後、私は三崎さんに教えを請う立場になるんですよ。今日が初出社でした」

「初出社？　すると、どこかにお勤めになるのですか」

「はい。新宿駅西口に本社のある警備会社に。そこの社長が古くからの知り合いで、どうしてもと頼まれましてね」

七十歳を過ぎて再就職と聞き、驚いたが、警備関係なら充分あり得る。日本初の警備保障会社が設立されたのは昭和三十七年だが、その後開催された東京オリンピックや大阪万国博覧会において警備員の活動に注目が集まり、存在が世間に広く認知されるようになった。

しかし、業界が発展するにつれ、悪徳業者による事件やトラブルが多発したため、昭和四十七年に警備業法が制定・施行された。法の規定では、必要に応じて警備会社へ立入検査をする権利が警察官に与えられていて、もし違反が見つかれば即時是正指示や営業停止命令、さらには営業継続に必要な認定証の返納が命令されることさえあり得る。つまり、事実上、警備会社は警察の管理下に置かれているわけで、このような事情を反映し、警察ＯＢの再就職先となる例が多かった。

「『長年培った経験を活かし、新たに雇用する保安員の研修を担当してほしい』。最初、社長にはそう言われましたが、『それだけじゃ嫌だ』と返事をしたんですよ」

『保安員』は商業施設で万引きやスリなどの犯罪抑止のために働く私服警備員のことで、勤務開始前の研修が警備業法で義務づけられている。

「やはり現場に立たないと、やりがいがありません。今日は初日なので、挨拶程度でしたが、明日からは早速社員の派遣先を回ります。会社の上得意は新宿、千代田、文京区あたりのスーパーなので、おそらく、神楽坂署の三係のお世話になる機会があると思います。その節はよろしくご指導ください」

「いえ、こちらこそよろしくお願いいたします。保安員の皆さんには、普段からこちらがお世話になっていますから」

「そんな訳で、忙しくなる前にと思って寄席に来たら、思いがけず三崎さんにお会いして、愚痴まで聞いていただき……胸のつかえが取れました。せがれの件もあるので、ここで心機一転、老骨に鞭《むち》打って頑張りますよ。とりあえず、やつが寄席へ戻ってくるまではね」

自分に言い聞かせるように、六助さんが言った。活動休止中の松葉家扇吉師匠の今後については優子も気になっていたが、ここで質問する勇気は湧かなかった。

「では、そろそろ私は失礼を……ううっ！」

ベンチから腰を上げかけた六助さんが突如低くうめくと、そのままの姿勢で固まってしまう。にこやかだった表情が一変し、おびえたような眼で正面を睨んでいた。

（な、何……？　一体、どうしたっていうの）

六助さんが顔を優子の方へ向ける。しかし、視線はすぐに彼女から逸れ、ベンチの左脇……そこは客席の入口で、バタンと音を立て、扉が閉まった。

（ああ、そうか。戻ってきたお客さんを眼で追っていたんだ）

たぶん、忘れ物を取りに来たのだろう。優子は話に夢中だったので、そのことに気づかず、ほんの一瞬、後ろ姿をとらえただけ。したがって、顔はわからないが、中年の女性のようで、白いブラウスに藤色のカーディガン、ベージュのスカート。肩先までの髪に軽くパーマをかけていた。

「……似て、いる」

「えっ？ 今の方《かた》が、誰かに似ていましたか」

優子が思わず尋ねると、六助さんは明らかに戸惑った表情を浮かべ、

「いや、その……家内の姪にね。もう長いこと会ってないから、ひょっとしてと思ったんだが、他人の空似でした。そもそも、あいつが寄席へなんか来るはずがない」

そう言ったあとで、今度は苦笑いをすると、

「まだまだ修業が足りませんな。顔の真ん中がほんの少し黒いってだけで動揺するなんて……漫画のロボットじゃあるまいしね」

不可解な言葉ではあったが、何しろ相手は大先輩だし、それほど親しいわけでもないので、問いただすわけにもいかなかった。

六助さんは半白のひげをしごきながら立ち上がると、

「では、三崎さん、またいつか」

会釈をし、木戸口の方へ去る。優子は無言でその後ろ姿を見送った。

5

翌日の金曜日。優子は朝から質屋回りに精を出した。目的は盗品の捜査で、これを称して『ナシ割り』と呼ぶ。『品《シナ》』を引っくり返して『ナシ』。捜査用語にはこの手のものが多い。

出先で昼食を済ませ、午後零時四十分頃、デカ部屋に戻る。上司に報告を済ませると、優子は部屋の隅にある応接スペースへと向かった。

「あっ、主任、やはりこちらでしたね」

スチール枠に白い布を張った衝立の隙間から覗くと、平林が三人掛けのソファに腰を下ろし、出前のチャーハンを食べていた。

「今日のお昼は鳳凰亭《ほうおうてい》のキャベツチャーハンですか。美味しいですよね、それ」

「職場の昼飯なんて、味は二の次だ。まあ、手っ取り早く食えるからな」

残り少ない飯をスプーンですくいながら、平林はつまらなそうに答えたが、見ていると、結構舌が肥えていて、優子は自らの注文をする際、大いに参考にしていた。

　龍公亭《りゅうこうてい》、五十番《ごじゅうばん》、龍朋《りゅうほう》と、神楽坂には歴史の古い老舗《しにせ》中華料理店が多いが、警察署御用達の鳳凰亭はどこにでもある町の中華屋で、チャーシューや卵のほかに紅白カマボコとキャベツがたっぷり入ったチャーハンが名物だ。

「それはそうと、グニ屋回りをしてたんだろう。何か収穫があったかい」

『グニ屋』は質屋。数字の五は符牒で『グ』なので、『五《グ》＋二《ニ》＝七』。質入れすることを『グニ込む』などという。

「はい。若宮町《わかみやちょう》の恵比須堂《えびすどう》へ行ったら、一昨日、ロレックスの高級時計を質入れした風《ふう》体《てい》の悪い男がいたそうです。製造番号を控えてきたので、これから照会をかけます」

「恵比須堂の……へえ。こいつは雪でも降るんじゃねえかな」

「はい？　あの、それ、どういう意味でしょう」

「あそこのオヤジは金に汚くて、あやしいと睨んでも、めったに自分からは言い出さない」

　盗品が入質《にゅうしち》された場合、被害届提出後、一年以内であれば質屋はその品物を返還しなければならない。その際、無償ではあまりに気の毒なので、被害者が安く買い取ることもあるが、必ず損はする。それを嫌がり、警察への協力を渋る店主がいるのは事実だった。

「へえ。私が行くと、いつも愛想よく迎え、有益な情報を提供してくれますが」

「それはたぶん、あの親父の助平心《すけべえごころ》の賜物だが、お前さんは何も気にする必要はない。そんなことより……」

最後の一匙《ひとさじ》を口へ放り込むと、スプーンを置いて咀嚼《そしゃく》しながら、

「昨日……神楽坂の夜の部を聞いたんだろう。稲荷町のトリネタは何だった？」

「はい。『反魂香』でした」

「何だって？　ハ、ハンゴンコウ……ああ、しまった」

驚いた拍子に口からご飯粒がいくつも飛び出し、テーブルの上のペーパータオルであわてて拭く。

「そりゃ、めったに出会えねえぞ。いくらダイバネとはいえ……だったら、署をこっそり抜け出して、トリだけ聞くんだったなあ」

泣き出しそうな顔で悔しがる。その様子を見た優子は笑いを噛み殺しながら、

「可楽師匠とは別な趣があって、すごく楽しめました。それで……主任、ちょっと伺いますが、反魂香ってどんなものですか。何だか、幽霊の出る薬みたいですけど」

「ふふふ。幽霊の出る薬はよかったな。これは中国の故事にあるんだが……」

さすがは落語刑事だけあって、上着の内ポケットから扇子を取り出し、即座に解説が始まる。優子にとっては、すでに見慣れた光景だった。

　説明によると、その昔、漢の武帝《ぶてい》が李夫人《りふじん》の死去後、道士に整えさせた霊薬を焚いて愛する女《ひと》の面影を見たのが反魂香。一方、越中富山の薬売りが全国に広めた食あたりと腹痛の薬が反魂丹だそうだ。

「なるほど。確かに名前がよく似ているので、八っつぁんが間違えたのも無理ありません。あ、そうだ。木戸のところで鈴木六助さんにお目にかかり、そのあと、ご一緒しました」

「ほう。しばらく会ってないが、元気だったかい」

「え……ええ。お元気そうでした」

　少し迷ったけれど、裁縫箱の底から出てきた手紙の件は口外しないことに決めた。相手が平林なら特に問題はなさそうだが、理由なく明かす必要もないと思ったのだ。その代わり、六助さんが警備会社で働き始めたことを伝えると、平林は感心することしきりで、

「七十を過ぎて、新たな挑戦かあ。若いなあ。俺なんか、二十も年が下なのに、もうくたびれちまった」

「うちの管内にも得意先があるそうで、丁寧なご挨拶をいただきましたが、こちらが教えていただくことの方がはるかに多そうです」

「そりゃそうさ。何しろ、彼は本物の苦労人だもの」

　皿の脇の湯飲みを取り上げ、茶を一口飲む。

「若い頃には代用教員をされていたと聞いた。学歴は高等小学校卒だから、よほど優秀だったんだろう。正式な資格を取ろうと頑張ったそうだが、経済的な問題もあって断念し、警察官になった。

　その後、徴兵されて外地へ赴き、終戦後は西多摩《にしたま》郡内の駐在所に勤務したあと、都心の署をいくつか回り、上野署の三係で定年退職」

「本当に、いろいろなご経験をされたのですねえ」

「うん。俺が心から尊敬する大先輩の一人だな。それはそうと……昨日、せがれさんの話は出たのか」

「あ、はい。ほんの少しですが。高座復帰を果たすまで、とりあえず、仕事を頑張りたいとおっしゃっていました」

　鈴木六助さんご夫妻にはお子さんが一人あったが、幼い時に亡くなり、その後、実子が生まれなかったため、男の子を養子にもらった。それが現在の松葉家扇吉師匠だが、今年二月、とある事件に巻き込まれ、落語家としての活動を休止せざるを得なくなった。ただし、この事実はごく一部の関係者だけしか知らない。

「そうかい。まあ、俺もちょっと小耳に挟んだ程度だから、あてにはならないが、今月半ばに開かれる顔づけで扇吉師匠の名前が出るらしい」

「えっ？　では、来月から寄席に出演できるということですね」

『顔づけ』は都内の寄席の席亭や支配人たちが集まる会議で、そこで翌月の出演者が決まると聞いた。

「そうですか。だとしたら、本当に……」

『よかったですね』と続けようとした時、自分の名前を呼ぶ声が聞こえた。

すぐに返事をして、応援スペースから出ると、海老名係長が自分の席で手招きしていた。

真ん丸い眼に大きな口は、まさにオバQ。ただし、頭は長い毛が三本ではなく、五厘刈りにしている。

「はい。何でしょうか」

「甲良町《こうらちょう》のスーパーからお呼びだ。女の万引きだそうだが、ほかの連中は出払ってるし、単独《タンパン》犯行だから一人でも大丈夫だろう」

「わかりました。すぐに向かいます」

「どう扱うかの判断はお前に任せるが、今、いろいろと重なってるから、なるべく面倒のないようにな。ああ、それから……」

　そこで、係長は少し声をひそめると、

「電話をかけてきたのは鈴木六助さんといって、うちのＯＢだ。俺も何度か会ったことがある。判断するにあたっては、アドバイスに耳を傾けろよ」

この手紙を開いた時、先生がどんな驚いた顔をするか。それを想像するだけで、楽しくなるわ。

二週間前の夜の出来事、覚えてますよね。あの時は先生、ずいぶん酔っていたけど、すごく興奮していて、全身がバラバラになるかと思っちゃった。あんな快感は生まれて初めて。嘘じゃないよ。その証拠に、あれからずっと体の芯がうずいて困りました。私の方は一目ぼれだったけど、一生懸命話しかけても、最初は全然反応がありませんでしたね。そこはやはり、公務員という立場があるから、女なんて興味がないみたいな顔をしなければならないのはわかります。

だから、連絡先を交換し、先生と外で会えるようになった時にはすごくうれしかった。奥さんの眼を盗んで、週に一、二度は必ずホテルへ行ったけど、私たちって、体の相性がいいのよ。それは初めて抱かれた時に、はっきりわかったわ。

この頃、ちっとも電話をくれないけど、そんなに忙しいの？　まさか、私に飽きたんじゃないでしょうね。やり逃げは許さないわよ。スイッチを押したからって人形には戻らない。ちゃんと籍を入れてくれなきゃ、絶対に嫌。いざとなったら、奥さんを

殺して、あたしも死んでやるから。

6

インスタント食品や菓子の入った段ボール箱が床に積まれ、その脇にはさまざまな野菜の詰まったコンテナが台車の上に重ねられていた。

林立する大量の商品の間をすり抜けながら進むと、一番奥が事務室になっていたが、そこにあるのはスチールデスクと大量の書類が収められた棚だけ。殺風景な空間の隅に長机とパイプ椅子が四つ置かれ、女性同士が向かい合っていた。

「顔が見えているのが我が社の中田《なかだ》君で、背中を向けているのがマルヒです」

段ボール箱の塔の陰で、鈴木六助さんが言った。長いひげをきれいさっぱりそり落とし、服装も渋い茶のスーツ。会っても、すぐにはわからなかった。イメージチェンジの理由はもちろん人目につかないようにするためである。

『マルヒ』は捜査用語で被疑者。女性二人の関係はそれぞれの態度からも明らかで、保安員がやや顎《あご》を上げているのに対し、万引き犯は肩を落とし、顔を伏せていた。

「住所も名前も言わないので、こちらとしては処置なしでね。忙しい中、お手を煩わせたくなかったんだが、警送《けいそう》以外の選択肢を思いつきませんでした」

『警送』とは警察に身柄を引き渡すこと。デパートやスーパーでの万引きの件数は多いが、正式に届が出されることは少ない。たとえ現場をうまく押さえることができても、相手は一応客だから、被害が軽微な場合には店長の説諭程度で解放してしまうのだ。

警察にとっても窃盗罪の罰則が懲役のみという点が問題で、万引き犯全員を刑務所へ送り込んでいたら、すぐ満杯になってしまう。『刑法を改正して、窃盗にも罰金刑を新設すべきだ』というのが平林の持論で、優子もその案に賛成だった。

「商品もすべて返還され……まあ、バッグへ突っ込んだせいで変形したものは、むろん定価で買い取ってもらいますがね、とにかく、かたがついたので、いっそガラウケなしで解放しようかとも考えたんだが、あとで何が起きるかわからんしねえ」

『ガラウケ』は身柄の引き受け人。万引き行為で拘束されたショックで自殺を図った例まであるので、警察へ連絡せずに処理する場合、必ずマルヒ自身にガラウケを用意させるのが保安員のルールになっていた。

「ここまで頑強に口を閉ざすんだから、ひょっとすると前科《マエ》があるのかもしれない。まさか弁当もちではないと思うが、確認してもらう必要があるね」

「承知しました。とりあえず、私から話をしてみます。手帳を見せれば態度が変わるかもしれませんし」

『弁当もち』も警察の符牒で、執行猶予や仮釈放中の者を指す。そういった連中はたとえ百円の商品でも盗めば即座に刑務所行きなので、かたくなな態度を取りやすいのだ。

（まあ、被害総額がそれほど多くないから、マエさえなければ起訴猶予か微罪処分だろうな。オバQが言ってた通りで、その方がこっちとしてもありがたい）

六助さんの話によると、連休前の浮かれた気分も影響しているのか、ここ数日、被害が明らかに増えているそうだ。昨日も売り場の隅にあるゴミ箱にかなりの量の商品がそのまま捨てられていた。これはおそらく、万引き行為を発見されそうになり、声をかけられる前にあわてて突っ込んだものと推測される。

住所は新宿区市谷甲良町三丁目。茨城県水戸《みと》市に本拠を置くスーパーマーケットチェーンが、五年前、大久保通り沿いに都内初の店舗を構えた。扱っているのは食料品と日用雑貨だが、品揃えがよく、広い駐車場を完備しているため、なかなかの繁盛ぶりで、優子も普段利用していたし、仕事上の訪問も何度かあり、店長とも顔見知りだった。

犯罪行為の概要については、すでに六助さんから説明を受けていた。それによると、万引きが実行されたのは午前十一時二十三分から三十一分にかけて。保安員が腕時計で確認しながら記録したので、どちらの時刻も正確である。

女性保安員の中田みどりさんはこの道十五年というベテランだが、外見上はどこにでもいる中年のおばさん。その風貌が犯罪者たちを油断させるのだ。

中田さんが万引き犯の女に目をつけた理由は、落ち着きがなく、同じ棚の前を何度も行き来するなど、挙動不審が目についたため。ファスナーが半分開いたバッグを肩に掛けているのも気に入らなかった。

そこで自らも買い物かごを提げ、注意深く追尾を続けるうち、菓子類のコーナーで足を止めた女はファスナーの隙間へ次々に商品を放り込み始めた。

さらに、日用品売り場でも万引きをし、レジを素通りして外へ出たので、中田さんは急いで追いかけ、『店内保安です。精算の済んでいない製品がありますね』と声をかけた。

すると、女は悪びれもせず、『車に財布を忘れたので、取りに戻ったんです』。その答えを聞いた時、中田さんは『こいつ、初めてじゃないな』と感じたという。

確かに、厳密に言えば駐車場も店舗の敷地内ではあるが、代金を支払わずに店外へ出れば犯意の立証は可能とされていたし、その後の会話によって、自家用車で来店したというのも口から出任せであることがわかった。

中田さんは嫌がる女を何とか事務所まで連れてきて、店長立ち会いのもと、長机の上に盗んだ品を並べさせた。すると、次から次へと出てくる、出てくる。未精算の商品の合計は千三百円ほどになった。
『これらはどうされたのですか』と尋ねると、女の答えは『違う店で買ってきたが、レシートをなくしました』。その後、次第に追い詰められ、嘘をつき通せないと悟ったらしく、店内で棚取りした事実は認めたものの、そこから黙秘が始まった。自分の名前さえ答えなかったので、一同で相談の結果、警察への通報を決めたのだ。

とにかく、話をしてみないことには始まらない。長机のところまで行き、優子と六助さんが横に並んで、マルヒと中田さんに向かい合う。四十代半ばの店長は用事があるとかで、『扱いは三崎さんに一任します』と言い残し、出ていった。

うつむいているので顔立ちがわからないが、フリルカラーの白いブラウスとライトブルーのフレアスカート、胸元には真珠のネックレス。セミロングの黒髪が肩にかかっていた。

優子は警察手帳を取り出し、顔写真の載ったページを示しながら、
「神楽坂署捜査三係の三崎です。こちらのお店から通報を受け、やってまいりました」

マルヒの女が顔を上げる。年頃は五十前後か。瓜実顔《うりざねがお》で肌が白く、切れ長の眼と細い鼻。化粧も薄く、いかにも良家の奥様といった印象で、とても万引き常習者には見えない。

テーブルの上には万引きした品物がずらりと並んでいた。大きなパイナップルの缶詰、近頃流行りの調整豆乳、クレンザー、洗濯用粉石鹸、バターココナツ、ウイスキーボンボ

ン、アンパン、チョココロネパン、バナナカステラ。この順番でバッグから出てきたのだそうで、最前の話の通り、よほどあわてて詰め込んだらしく、底の方でつぶれてしまった商品もあった。

「まず、お名前を伺います。すでに犯罪の事実が明白なので、黙秘を続けるのはあなたにとって損ですよ」

　できる限り穏やかに諭してみたが、女は視線を逸らし、答えようとしない。

「よく聞いてください。正直に話していただければ、穏便に済ますことができるかもしれません。黙りこくったままでは事情がわからないじゃありませんか」

　しかし、相変わらずの無反応。そこで優子は世間話をしたり、ほんの少し冗談を言ったりして、雰囲気が和らぐよう努めたが、相手の態度は変わらなかった。

「困りましたねえ。このままの状態が続くと、面倒なことになりますよ。逮捕・連行し、署で正式な取り調べをするしかありませんが、それでもよろしいですか」

　優子の斜め向かいで中田さんが眉をひそめる。『素直に応じた方がいい』と言いたげだが、保安員は取り調べ類似行為が禁じられている。この場に同席しているのは、あくまでも警察官からの質問に答えるためだ。

　そんな中、女はなおも沈黙を続けたが、しばらくすると、優子の方を見て、

「先ほど、穏便に済ますとおっしゃいましたが、具体的には、今後どうなるのでしょう」

細く高い声で、物腰も上品だった。優子は『こんなところで言質《げんち》を取られてはかなわないな』と思いながら、

「穏便に処理できる可能性があると言っただけで、必ずそうなるとお約束はできません。どうか誤解のないよう。

言うまでもなく、万引きは立派な窃盗ですが、見たところ、盗んだ品の総額がそれほど多くはありません。こういった場合、もし過去に犯罪をおかしていなければ微罪処分の扱いをすることが可能です」

国内で起きる膨大な数の犯罪に対し、検察官の人数は限られているため、比較的軽微な犯罪については検察へ送ることなく、警察の取り調べだけで処理を完結させる場合がある。これが微罪処分だ。そうするためには、マルヒがきちんと反省しているか、被害者側が厳しい処罰を望んでいないかなど、考慮すべき点がいくつかあるが、最も重要なのは初犯かどうかで、優子の説明もそこに重点が置かれていた。

「……わかりました。ご迷惑をおかけして、本当に申し訳ありませんでした」

椅子から立ち上がり、深々と頭を下げる。座っている時はわからなかったが、女性としてはかなりの長身だ。優子ほどではないが、百六十七、八センチあるだろう。

「正直に認めるべきだとは思ったのですが、何分初めての経験だったもので、動揺してしまい……ナカムラサキコと申します。何もかも包み隠さずお話ししますので、どうか寛大なご処置をお願いいたします」

7

自供によると、万引き犯の名は中村佐紀子で、生年月日が昭和十一年四月十九日生まれの四十四歳、職業は専業主婦。実際の年齢よりもかなり老けて見える。

（……また『おさきさん』か。『反魂香』の八五郎の女房も入れると、これで三人めだな）

そんなことを考え、優子はこっそり苦笑いをした。

自宅の住所は新宿区南榎町《みなみえのきちょう》七十二番地の二。店から見て大久保通りの反対側にあたり、直線距離にすれば三百メートルも離れていない。

代表的な泥棒噺『花色木綿』では、自分の家の隣へ空き巣に入ろうとした間抜けな子分に向かって、親分が『町内を離れろ！』と叫ぶ場面があるが、これも似たようなものだ。

（……いけない。落語から離れなくちゃ。このままだと、そのうち、私まで落語女デカなんて呼ばれちゃう）

家族構成は本人と五十三歳になる会社員の夫のみで、子供はいないそうだ。

「では、正直に答えてくださいね。あなた、過去に万引きでつかまったことは？」

「いいえ。一度もありません」

そう即答した女は、すぐに唇の端をゆがめて、

「ただ、その、店員さんから、ちょっと注意を受けたことなら……」

それを聞いて、六助さんが軽く鼻でわらう。たった今、初めての経験だとか言いながら、もう風向きがあやしくなってきた。

「運転免許証や健康保険証など、何か身分を証明できるものはありますか」

「免許は持っていませんし、あいにく、今日は保険証もなくて……」

「そうですか。それでは、ご主人に身分証明書持参で迎えに来ていただきましょう。もちろん、あなたが充分に反省し、同じような行為を決してくり返さないと誓ってくださるのなら、ですが」

「あの、はい、もちろん誓います。もう絶対にしません！」

言葉の軽さが気になったが、とりあえず信用するしかなさそうだ。

「ただ、今日は金曜ですから、会社へ電話しないと、ご主人がつかまりませんよね」

「いいえ。たまたま明日の午後、うちで法事の予定がありまして、その準備もあって、昨

日から休暇を取っているので、家にいるはずです。番号は……」

家族に知らせると聞いて抵抗する犯人も多いが、観念したらしく、自宅の電話番号をあっさり口にした。

配偶者の氏名は中村次郎《じろう》。念のため、電話帳を確認したが、間違いなくその名前で登録されていた。

（こういった場合、デタラメを言うマルヒがいるから、注意しなくちゃ。まあ、この番号にかけて、ご主人が出れば問題ないけど……）

「そうだ。ご主人の勤務先をまだ伺っていませんでした。どちらでしょう」

「はい。先ほど、会社員と申しましたが、正確には法人職員というか、医療法人の職員でして……」

教えてもらった医療法人名には優子も聞き覚えがあった。核となる総合病院が中野《なかの》駅近くにあり、そのほか、都内で診療所をいくつも経営している。

「では、つまり、ご主人はお医者様……」

「いいえ。とんでもありません。高校しか出ていませんから、そんなはずは……ただの事務屋で、勤務しているのは中野の本部です」

店長はまだ戻らなかったが、前もって許可を得ていたので、事務所の電話を借りることにする。

しかし、ガラウケを呼ぶ前に、まずは犯歴照会をする必要があった。『マエ』という符牒は一般的には前科を指すが、前歴を含めてそう呼ぶことも多い。逮捕・起訴され、有罪判決を受けた場合が『前科』で、被疑者として捜査されたものの、不起訴になった場合が『前歴』。それらの記録は警視庁本部の鑑識課にあり、電話で照会すれば教えてもらえる。

少しの間待つことになるので、念のため、南榎町を管轄する交番にも電話し、調べてもらったところ、住所や家族構成に誤りはなかった。

その数分後、本庁から折り返しの電話が入り、前歴の有無を調査した結果、該当者なしであることが判明した。

そこで、受話器を取り上げ、最前メモしておいた番号をプッシュする。

やがて鳴り始めた呼出音を聞きながら、ふとマルヒを見ると、不安げに眼を伏せている。

（確かに、外出していたりするとまずいよな。別のガラウケを探せと言っても簡単には見つからないだろうし、帰宅を待っていたのではいつまでも処理が終わらない……）

「はい。もしもし。中村ですが」

「もしもし。中村さんのご自宅で間違いないですね。あのう、中村次郎さんは……あっ、ご本人様でいらっしゃいますか」

視野の隅で女が顔を上げ、ほっとした表情を浮かべる。優子と同様、たまたま不在だったら困ると思っていたのだろう。

「実は私、神楽坂署刑事課の三崎と申します。突然のお電話で申し訳ありませんが、実は今、甲良町のスーパーマーケットの事務所で奥様とご一緒しております」

「ええっ？　いや、そんなはずはありません。だって、うちの家内はちゃんと在宅……」

そこで急に言い淀み、五秒ほど黙り込んでから、

「私の知らない間に出かけていたみたいですが……もしかして、またやらかしましたか」

言葉の最後に小さな舌打ちの音が混じった。

「ええ。まあ、やらかしたと申しますか……」

「スーパーにいるということは、万引きですね」

察しがいいのは、以前にも似た体験をしたせいだろう。優子が事情を説明し、できるだけ早く迎えに来てほしいと告げると、

「承知しました。すぐにまいります。ご迷惑をおかけして、まことに申し訳ありません」

いかにも病院の事務職員らしく、受け答えはしっかりしていた。

電話を終えた時点で、保安員の中田さんは通常の仕事へ復帰してもらう。もし正式に逮捕となれば、彼女にも立ち会いを求めて実況見分を行い、調書を作成するので、最低三時

間はつぶれるところだった。

犯罪の抑止という観点からすれば多少問題があるが、お互いに忙しい体なので、手間をかけずに済ませたいと願うのは人情だ。ただ、店長も不在の中、自分一人で対応するのは不安だったので、六助さんにはこの場に残ってもらうことにした。

「ところで、中村さん、一つお願いがあるんですがね」

処分の方針が決まったところで、六助さんが口を開く。

「はい。何でしょう」

「あなたの写真を撮らせていただきたい」

それを聞き、マルヒはぐいと眉根を寄せたが、言葉は何も発しない。

「保安員も毎日同じ店にいるわけじゃなくて、頻繁に交替します。一枚あると、引き継ぎの時に便利なんですよ。あなたはもう二度と万引きなどしないと誓ってくださったので、特に問題はないはずです。普通の買い物に来ていただく分には、店の方でも大歓迎だと思いますよ」

「……わかりました。どうぞ」

相手が渋々うなずくと、六助さんは早速スーツの内ポケットから小型カメラを取り出し、シャッターを二回押す。

巧妙な手法だなと、優子は感心した。決して強制はしていないが、この状況では撮影を拒否できない。店側に万引き犯の写真が保存されていれば、相当強力な抑止力になるのは間違いなかった。

さすがは近いだけあって、中村次郎は十分も経たずにやってきた。

気配を感じて立ち上がると、女性店員に案内され、入ってきたのは紺のスーツ姿の男性。長身で肩幅が広く、何かのスポーツで鍛えた体であることが一目見てわかる。浅黒い肌に太い眉、糸のような眼、大きな口。髪は短く刈っている。左の頬には古傷らしい縦筋があり、ちょっとすごみのある風貌だ。

足早に歩み寄ってきた男性は、優子に向かっていきなり最敬礼をして、

「この度は、家内が大変ご迷惑をおかけいたしました。衷心《ちゅうしん》よりお詫び申し上げます」

張りのあるバリトン。『衷心』の意味は『真心』だが、会話で聞いたのはこれが初めてかもしれない。

「いいえ。別にご主人が悪いわけではありません。本人にしっかり反省してもらうことさえできれば、今回は微罪処分でと考えています」

「ありがとうございます。もう二度と悪事には手を染めさせません。実は明日、亡くなった母の七回忌を予定しておりまして……親戚の手前もあるので、一応顔は出させますが、

それが終わり次第、義理の両親に引き取らせ、しばらく実家で預かってもらいます。私ではどうしても昼間、眼が届きませんから」

「そうですか。確かにそれはいい方法かもしれません。ところで、身分証明書はお持ちいただけましたか」

「はい。運転免許証ですが……これです」

差し出された免許を確認すると、氏名、年齢、住所はすべて最前の話と符合していた。

（どうやら出任せではなかったみたいね。それにしても、大型に大型二輪、大型特殊免許まで……おや？）

免許の写真で、ふと眼に留まったのは中村次郎の左耳だった。つぶれたように変形してしまっている。実物をこっそり確認すると、右も同様だった。

（あれは……餃子耳《ぎょうざみみ》よね。ガタイがいいとは思ったけど、柔道をやってたんだ）

『柔道耳』と呼ぶ場合もあるが、正式には耳介血腫《じかいけっしゅ》。寝技の稽古による圧迫・摩擦などの刺激が原因だと考えられているが、もちろん柔道家全員がそうなるわけではなく、優子の両耳の形はごく普通だ。

しかし、そんな発見はもちろんおくびにも出さず、

「中村さんは、病院で事務のお仕事をされているそうですね」

「ええ、まあ。ただ、電卓を叩いたりするよりも、クレーム対応やトラブル処理が主な役割です。医療法人全体だと、どちらも結構な件数になりますから」

「なるほど。よくわかりました。では、あちらで一緒にお話を」

　優子は彼をマルヒの元へと誘う。妻の佐紀子はやや口元をゆるめ、二人を見上げていた。迎えが来て、安堵したらしい。

　亭主の方は不快げに眉をひそめ、ため息までついて、

「……お前、まだ手癖が直らないのか」

　そう吐き捨てると、とたんにマルヒの表情が強張《こわば》り、口を尖らせる。そして、猛烈な早口で、

「あなたが悪いのよ。私という妻がいながら不倫なんてするから。棚の商品につい手が伸びてしまうのはそのストレスのせい。サダコさんと別れてくれれば、きっと手癖も直るはずだわ」

「い、一体何を言い出すんだ。ここをどこだと思ってる」

　突然の爆弾発言に、中村次郎があわてふためく。

「ばかなまねはよせ。責任転嫁もいいところだ」

「だって、そうじゃない。万引きどころじゃなくて、私、本気で死んでしまおうかと思っ

たこともあるんですからね。よりにもよって、あんな女と……貞淑の『貞』で貞子《さだこ》、名字も菅原《すがわら》だなんて、いかにも堅そうだけど――」

「ちょっとお待ちください。どうも、話がずれてしまっているようですね」

社会勉強のためにも、もっと夫婦喧嘩を見学したかったが、立場上、止めないわけにもいかない。どうでもいいことだが、中村次郎の浮気相手は『菅原貞子』という名前らしい。貞子、そして、菅原も道真《みちざね》に代表される学者の家柄で、もの堅いイメージがある。

会話を打ち切らせ、マルヒの隣の椅子に座るよう促す。中村次郎は素直に従ったが、次の瞬間、「ううっ」と小さなうめき声を発した。

「えっ？　あのう、何か……」

見ると、中村次郎の視線は真向かいの席に釘づけで、しかも、眼が極限まで見開かれていた。

「ええと、こちらは、保安員の指導をされている鈴木さんですが……もしかして、お知り合いですか」

「いいえ。私は覚えがありませんなあ」

表情を変えないまま、六助さんがそう言い、咳払いを一つした。これに対し、中村はおずおずと視線を逸らし、微かに震えた声で、

「大変失礼いたしました。昔の知り合いに少し似ていたので、思い違いを……鈴木さんとおっしゃいますか。家内が本当にご迷惑をおかけいたしました」

8

神楽坂の毘沙門様として親しまれている日蓮宗の名刹《めいさつ》・鎮護山《ちんごさん》善國寺。坂を上って、その手前にある路地は毘沙門横丁、あるいはおびしゃ様の横丁などと呼ばれている。

この近辺には大きな料亭が何軒もあるが、こちらへはたいてい裏口が向いているため、繁華街の中心部にありながら、普段はどこかひっそりしていた。

特に深夜ともなれば人通りが絶えるのだが、五月四日日曜日の午後十一時五十一分、平林が着いた時には大勢の野次馬が集まり、ゴールデンウィーク真《ま》っ直中《ただなか》という事情も手伝ってか、辺りは騒然とした雰囲気に包まれていた。

路地の入口には虎ロープが張られ、本部・所轄を合わせて四台のパトカーが駐まっていた。さらに、機動捜査隊の覆面パトカーが二台。

群衆の整理を担当していたのは神楽《かぐら》坂上《ざかうえ》交番に勤務する若い警官で、平林の顔を見ると、すぐ右手で敬礼し、ロープの中へ入れてくれた。狭い道は捜査員たちでごったがえしている。おそらく、三十人はいるだろう。

「ああ。主任、お疲れ様です」

規制線を越えてきた平林を目敏《めざと》く見つけ、上山が歩み寄ってくる。今日、彼は当直なので、自宅から招集された平林と到着に時間差があるのは当然だ。

「警察犬が来てるな。何か遺留《リュウ》品があったのか」

まずは気になったことを質問する。本庁の鑑識課員がシェパードの首輪につけたリードを握り、今にも追跡を始めようとしていた。

「ナイフですが……今は誰が持っているかなあ。あとで、主任にも見ていただきますよ」

「そうか。今夜は係長も泊まりだったから、さすがに手回しがいいな」

「はい。それが不幸中の幸いで、おかげで、緊急配備《キンパイ》もうまくいきました。犯人《ホシ》が網にかかってくれるといいのですが」

殺人、誘拐、強盗、傷害などの凶悪事件が発生し、犯人が現在逃走中と判断できる場合、近隣の署が連携して緊急配備や車両検問を行うのだが、そのためには現場指揮者の資格をもつ所轄署の捜査係長が事件認定を行う必要がある。

今夜は神楽坂署捜査一係長の川端雅人《かわばたまさと》警部補がたまたま当直だったため、その手続きを迅速に終えることができた。

「被害者《マルガイ》はどうなったんだ？　むろん、もう病院に着いただろうが」

住民の通報により、駆けつけてきた救急車が西武《せいぶ》新宿《しんじゅく》駅前の都立総合病院へ搬送する。

平林が電話で聞いたのはそこまでだ。

「ちょうど今、緊急手術の最中だと思いますが、何しろ出血がひどかったので……手術の成功を祈るしかありません」

「うん。とにかく、現場を見ないことには始まらないな」

昭和二十年の東京大空襲で焼失した本堂が九年前に再建《さいこん》され、二階部分の回廊から正面と横丁側へ下り階段が設けられた。そのうち後者から十五メートルほど先に立つ電柱の真下に腕章を巻いた本庁の鑑識課員たちが何人もしゃがみ込み、作業を行っていた。

強いライトの光に路地全体が白っぽく照らし出される中、赤黒く太い帯が中央から善國寺側へ斜めに伸びていた。

凶器として刃物が使用された事件現場に来ると、信じられないほどの出血量に戸惑うことがある。血液流失の致死量は全体の三分の一だと聞いたが、見た印象としては、それを軽く超えているように思えた。

倒れていた位置には人形《ひとがた》が白く描かれ、その周囲に黒地に白で番号を記した鑑識標識がいくつも立てられていた。

「ひどいな、こりゃあ。果物ナイフで腹を刺されたと聞いたんだが……」

「果物ナイフといっても、刃渡りが百二十ミリで、尖った先端にも厚みがありました。それを使い、へその五センチ上をやや上向きに刺突したんです」

「動脈をすっぱり切断されちまったわけか。こいつはいよいよ心配になってきたな」

さすがの平林も実際に見た経験はないが、太い動脈が切断されると、心臓の鼓動により、噴水もどきに血が噴き出すらしい。場所が室内だと、天井に付着することさえある。

「目撃者はまだ見つからないのか」

「手分けして聞きあたっていますが、今のところは。通報者は神楽坂通り側から来て、腹から血を流しているマルガイを発見しましたが、ホシの後ろ姿も見ていないそうです」

「だったら、袋町《ふくろまち》や若宮町《わかみやちょう》方面へ逃げたんだな。まあ、誰にも会いたくなければ、当然そのルートになるが」

「三十七歳の会社員ですが、あちらで待ってもらっているので、主任ものちほど、ぜひ」

「わかった。しかし……ということは、万一手術が失敗に終わった場合、ホシに関する情報が皆無になるな。もちろん願うわけではないけれど」

「いや、皆無かどうか、ちょっと判断が難しいのですが……」

言いかけて、上山は困惑した表情で口をつぐむ。

「皆無じゃない？　発見後、すぐに意識を失い、何も語らなかったと電話では聞いたぞ」

「確かに具体的な内容はありませんでしたが、うわ言めいたことを少し……ただ、どう解釈すればいいかわからないので、通報者本人から直に聞き取ってください」

「うん。そうしよう。まあ、腹に刃物が入っていたわけだから、まともな会話にならないのは当然さ」

　平林は懸命に続けられている鑑識の採証活動を見つめながら、

「それにしても、七十二にもなって、こんなめに遭うとは……気の毒としか言いようがないよな、鈴木六助さんも」

9

　事件発生時の状況は以下の通り。

　今日の午後十一時七分、警視庁通信指令本部に第一発見者からの一一〇番通報が入った。内容は『神楽坂善國寺脇の路地で、七十代と思しき男性が腹部から血を流し、苦しんでいる。ナイフで刺されたらしい』。通信指令本部は基幹系無線を使い、本庁捜査一課をはじめ、機動捜査隊、自動車警ら隊、所轄署のパトカーなどへ一斉にこの情報を流した。

これを受け、真っ先に駆けつけたのは坂上の交番に勤務する警察官二人で、彼らが到着した時、現場はすでに血の海で、その中に茶色いスーツを着た男性がうつぶせに倒れていた。そして、頭部の脇には血まみれの果物ナイフ。

通報者の男性に話を聞くと、彼が路地へ入ってきた時、道の真ん中に座り込んでいる人影を見つけた。

どうせ酔っ払いだろうと思ったが、それにしては姿勢や仕種がおかしい。きちんと膝を揃えて正座し、まるで忠臣蔵に出てくる浅《あさ》野《の》内匠頭《たくみのかみ》の切腹のようだった。もしかして自殺かとも考えたが、恐る恐る近寄ってみると、腹からナイフを引き抜いた男性が彼に気づき、小声で『刺された。救急車を頼みます』と訴えたので、夢中で神楽坂通りの電話ボックスへ走ったのだそうだ。

「身寄りは息子さんが一人だが、もう連絡はついたのか」

「はい。すでに病院へ向かっているはずです。ご自宅は八王子《はちおうじ》だそうですね」

「うん。それもかなり在の方らしいから、タクシーを使っても相当時間がかかるな」

鈴木六助さんが何の目的で神楽坂まで来たか、扇吉師匠なら知っている可能性があるが、電話ではそこまで確認できず、今後病院で聴取が行われる予定だ。

「誰かに会う用事があったとみるのが普通でしょうねえ。毘沙門様は定番の待ち合わせ場所ですから」

明かりで照らされた本堂を眺めながら、上山が言った。

「そうだな。午後十一時に誰かと約束したとみるのが普通だろう。それだと、時間的にもぴったり合う」

動き回る捜査員たちの中に上司の姿を見つけた平林は歩み寄り、指示を仰いだ。すると、

「まだ海のものとも山のものともわからないからねえ。初動で何か手がかりをつかめればいいんだが……」

川端捜査一係長は四十六歳で、七三分けの髪に銀縁の眼鏡。外見的には、刑事よりも銀行の窓口係の方が似合いそうだ。

「正式な分担はあとでするとして、とりあえず、平林さんには鑑取《かんど》りをお願いします。私とは違って、マルガイと面識があるそうなので、適任でしょう」

大学では社会学を専攻したと聞いたが、物事に融通が利かず、平林とはウマが合わない。ほとんどの署員が『サダキチさん』なのに、名字でしか呼ばないのもそれが理由だが、捜査中、そんなことにこだわってはいられない。

「鑑取りは承知しましたが、どのあたりまでやりましょうか。鈴木さんの現役時代までさかのぼるとなると、大仕事になりますが」

「それは……うーん。現役時代というと、もうずいぶん前だな」

川端が渋い表情で首を傾げる。『鑑取り』は捜査対象者の人間関係や生活に関する情報収集だ。

「二昔《ふたむかし》も前の怨恨が新たな事件の火種になるとは考えづらいが、似たような例が過去にありました。我々も因果な稼業で、どこでどんな恨みを買っているかわからない」

「残念ながら、その通りですね。では、マルガイの自宅の捜査は？」

「一応、やってください。平林さん中心でお願いします。警視庁ＯＢが刺されて、瀕死の重傷。それだけだって、上層部《ウエ》はひどく神経質になる。さらに、何か厄介事でも飛び出したら……まだ初動の段階で心配してみたって始まらないか。

それはそうと、平林さん、『反魂香』という落語をご存じですよね」

「は、はい？　いや、まあ、それは……」

突然、予想外のことを上司から質問され、面食らってしまう。

「そういう名前の噺は確かにありますが……でも、なぜ、ここで？」

「通報者の証言によると、意識を失う前にマルガイが言い残したんだそうです。しかし、『ハンゴンコウ』なんて、聞いた本人もわからないし、又聞きした私もちんぷんかんぷん。困っていたら、上山が『落語の演目ですよ』と教えてくれました」

「ああ、なるほど。あいつなら知っていてもおかしくないな」

祖父が若い頃に噺家修業をしていたことを知り、上山は近頃、暇を見つけてはラジオの演芸番組を聞いている。

「これもやつに教えてもらったんだが、マルガイの息子さんは現役の落語家なんだそうですね。そんな関係で、何か伝えたかったのかもしれない。そのあたりを含めて、解釈は平林さんにお任せします」

そう言うと、川端は神楽坂通りの方へ歩き出す。パトカーのうちの一台が無線連絡車になっているので、そこへ行き、署長か刑事課長に状況を報告するつもりなのだろう。

平林は狐につままれたような気分になった。

（意識を失う直前の言葉が……そんなもの、一体どこから出てきたんだ？）

（上席の初日、六助さんが優子と一緒に稲荷町の『反魂香』を聞いたのは知っている。その時の高座がふと頭に浮かび、口からこぼれて……だけど、そんな単純な話なのかな）

ここはやはり、聞いた本人から直接説明を受けるべきだ。平林は上山をつかまえ、通報者のところへ案内してもらった。

名前が横山宏樹《よこやまひろき》で、三十四歳、会社員。勤務先は水道橋《すいどうばし》駅近くの商事会社で、今日は本多横丁で同僚と飲んだあと、袋町の西隣にあたる中町《なかまち》のアパートへ徒歩で向かう途中、たまたま事件に遭遇した。

どこにいるかと捜すと、通報者は路地の隅で本庁の捜査一課の刑事から聴取を受けていた。それが終わり、二人が歩み寄って「少しお話を」と切り出すと、グレーのスーツ姿の横山は露骨に嫌な顔をした。

「またですか。いいかげんに勘弁してください。最初に来たお巡りさんに『このあと、何度も同じ話をさせられますよ』と言われましたけど、さすがにもうくたびれました」

その気持ちはよくわかるが、こういった場合、そう簡単には解放されない。殺人など重大事件の第一発見者になると、事情聴取と現場検証で丸一日つぶれることもある。その間、もちろん食事は提供されるし、些少ながら捜査協力費も支払われるが、時間と労力には到底見合わないのが実情だ。

今回はたぶん朝までかかるが、下手なことを言って逃げられても困る。平林は「お疲れのところ、申し訳ありませんが、あと少しだけご協力をお願いします」と前置きし、質問を開始した。

「『刺された。救急車を頼みます』というのが、被害者の最初の言葉だったそうですが、その後のお二人の会話を教えていただけますか」

「それも、もう五、六度喋ってるんだけど……まあ、しょうがない。市民の義務だろうから、お話ししますよ」

　これみよがしにため息をついてから、横山は軽く首をひねり、

「『救急車を頼む』と言われた時、どう返事したかは忘れました。『電話してきますから、待っててください』……たぶん、そんなところだと思います。

　一一九番、それから一一〇番もして戻ってきた時、お年寄りはもう道にうつぶせになっていました。『起こしましょうか』ときくと、微かに首を振り、『動かさなくて結構』と」

「なるほど。そこまではちゃんと受け答えができていたわけですね」

「そのあと、私は倒れている脇にしゃがみ、顔を覗き込みました。一応、眼が合ったような気がしましたが……その時にはもう意識が遠のいていたのかもしれません。

『大丈夫ですか』『しっかりしてください』『もうすぐ救急車が来ますよ』……こちらからはそんな呼びかけをしましたが、返ってきたのはうわ言のような言葉で、その直後、意識を失ってしまいました」

「うわ言のような……ひょっとしたら、それが手がかりになるかもしれませんので、できるだけ忠実に再現してください。被害者は何と？」

「忠実にと言われても……蚊の鳴くような声だったしなあ」

　舌打ちをした横山は、それでも、眉間にしわを寄せ、しばらく考えてから、

「……だから、『ハンゴンコウ』ですよ」

「あ、ああ、はい。いきなり、そう言ったのですね」

「意味がわかりませんでしたが、そういう落語があるんですってね。そして、そのあと、『幽霊にやられた。女房の』」

「何ですって？　まさか、そんなこと……」

　反射的に首を振りかけ、思いとどまる。頭ごなしに否定すると、証言者がつむじを曲げ、捜査への協力を拒む場合があるので、信じがたい話でも、神妙な顔をして聞くのが聴取の鉄則だ。

（けれども、奥さんの幽霊がナイフで六助さんを刺したなんて……場合が場合だし、おかしな夢でも見たとしか考えられない。しかし、万一そうでないとすると……）

　困惑する平林の眼に、規制線を越え、険しい表情で駆け寄ってくる三崎優子の姿が映った。

10

（……結局、来ちゃった。我ながら困ったものよねえ、まったく）

　大久保通りの歩道で足を止め、優子は自嘲した。今日は朝からどんよりとした空模様。

天気予報も曇りのち雨だ。

(短絡思考だということは自分が一番よくわかってるから、他人《ひと》には話せない。たとえ平林さんにも……だけど、このままでは気が済まないのよ。一応、確かめてみないとね)

連休最終日である五月五日、月曜日。時刻は午後二時を少し過ぎている。

(鈴木六助さんは三日前、私と一緒に万引き犯の対応をして、昨日の深夜、何者かに襲われた。ひょっとして、ホシは中村次郎では……だって、六助さんの顔を見た時のあの表情はただ事じゃなかったもの。二人の間に何か深い因縁があったとしか思えない)

そう考えたら矢も盾もたまらなくなり、グニ屋回りの途中で抜け出し、南榎町まで来てしまった。

幸い、緊急手術のかいあって、六助さんは命を取り留めたが、今も意識不明の状態で、本人からの証言は得られていない。また、今回は初動捜査も低調で、緊急配備・車両検問は収穫のないまま終了してしまった。

殺人事件にはならなかったので、捜査用語で『帳場』と呼ばれる特別捜査本部は設置されず、現在、神楽坂署の捜査一係が中心となって捜査が行われている。署内の他の部署にも応援依頼があったらしいが、優子に命令が下されることはなかった。

(ルール違反なのはわかってるけど、生まれついての性分だからどうしようもないし、そ

れに、似たようなことは誰でもやっている)

犯罪捜査において情報共有が大切なのは言うまでもないが、手持ちの札をすべてさらしてしまったのでは個人が頭角を現す機会がなくなる。そこで、これはというネタは誰にも明かさずに自分独りで追いかけ、確証をつかんでから報告する。そんな例が珍しくなかったし、上司もよほどのことがない限り、これをとがめたりしない。要するに結果オーライの世界なのだ。

(あと、もう一つ気になるのは、六助さんが口にしたという謎の言葉よ)

市谷小学校前の交差点を右へ折れる。ここはまだ北山伏町《きたやまぶしちょう》。毎日歩き回るのが仕事だから、管内の地図は正確に頭に入っていた。

(聞いた時には本当にびっくりした。『反魂香』『幽霊にやられた。女房の』……失神する直前で意識が混濁していたとみる人が多いけど、そこに重要な手がかりが含まれている可能性だってある)

しかし、具体的にはまだ何もわからない。せめて平林だけには考えを伝えようと思ったが、鑑取り捜査のチーフとして多忙を極めているため、まだその機会を見つけられないでいた。

(とにかく、今日は中村次郎に会って、六助さんとの関係をもう一度問いただしてみよう。

その程度なら、もしばれても大きな問題にはならない。それに、言葉は悪いけど、私はあの夫婦の弱みを握っているわけだから、捜査協力を拒否される心配はまずないわ）

その時、優子の脳裏に浮かんできた映像があった。それは餃子のように変形した耳。

（ひょっとすると、彼の前歴は警察官かもしれない。そして、仕事の関係で、六助さんと知り合ったのかも……）

あながち妄想とは言い切れなかった。警察関係者の間では柔道と剣道が非常に盛んで、それは署内に武道場を備えていることを見てもわかる。全日本選手権などでも毎年必ず何名かが上位に進出していた。

考えを巡らしながら歩くうち、目指す町内に入る。新宿区南榎町は人気落語家・古今亭《ここんてい》志《し》ん朝《ちょう》師匠が暮らす矢来町《やらいちょう》の西隣にあたるが、大手出版社や印刷会社の多い矢来町とは異なり、昔ながらの一戸建てがずらりと軒を連ねていた。

南榎町のさらに西隣は弁天町《べんてんちょう》だが、中村次郎の自宅はちょうど両者の境に位置しているらしい。しかし、電柱の表示や表札を頼りに捜し歩いても、なかなか見つからなかった。

（おかしいなあ。住所を見る限り、アパートやマンションだとは思えないけど……）

南北に走る道路の左、弁天町側にブランコやシーソーが設置された公園があった。今朝、市谷甲良町のスーパーに立ち寄り、改めてメモしてきた住所は間違いなくこの付近だ。

さてどうしたものかと周囲を見渡していると、泣き出しそうだった空からとうとう雨粒が落ちてきた。

ショルダーバッグから折り畳み傘を取り出し、ふと見ると、一軒の民家の玄関先に年配の女性が立っていた。

和服の上に割烹着《かっぽうぎ》という服装の彼女はブリキのジョーロを手に持ち、空を見上げている。足元にはいくつもの盆栽の鉢植え。水やりしようと表へ出たとたん、雨が降り出し、どうしたものかと思案しているらしい。状況から推して、この家の住人であることは間違いなかった。

（ちょうどいいところで会ったから、この女《ひと》に……そうだ。どうせなら、写真を見せて、きいてみよう）

スーパーに寄った時、中村佐紀子の顔写真も店長から一枚借りてきていた。

（さんざん確認したから間違っているはずはないが、念には念を入れようというからな）

「あのう、すみません」

声をかけると、相手は一瞬きょとんとした顔になり、

「あ、はい。何でしょうか」

真っ白な髪をきれいに整え、しわは目立つものの、上品な顔立ちをしていた。

「訪ねるお宅が見つからなくて、困っています。ここに写真を用意していますが……」

「写真？　ああ、こちらですか。七十を超えてから、老眼がひどくなりましてねえ」

受け取った一枚にじっと見入っていたが、やがて眼を大きく見開くと、

「あら、まあ。これは中村さんの奥様……でしたね。年を取ると、頭の回転も鈍くなって困ります。町内会の集まりなどで、私も存じ上げていました。中村さんのお宅はうちの裏を入って、三軒めですけれど」

「そうですか。ありがとうございます。あのう、中村さんの奥様は専業主婦だと伺いましたが……」

多少なりとも内情を探りたいと思ったのだが、相手は困ったように眉をひそめ、

「中村さんの、ですか。ええと、そうですねえ。今の……まあ、現在のところは……」

「現在のところ、ということは、少し前まではお仕事をされていたのでしょうか」

「はい。四《よ》ツ谷《や》駅の近くで、小さなお店……スナックを経営されてました。ただ、客足が遠のいてしまって、三カ月ほど前に閉めたそうですよ。実は知り合いのご主人がその店の常連でしてね、だから内情を知っているのですが……」

次第に早口になり、眼が輝き出す。どうやら、この女性は落語で言うところの金棒《かなぼう》引《び》き、噂を触れ回るのが大好きらしい。

「だから、それ以来、雰囲気が変わってしまいましてねえ。今の奥様は……まあ、もともと愛想は悪くないものの、どこか険があったのですが、近頃は何だか眼つきがおかしくなって、こっちが挨拶してもろくに返事もしないんですから――」

「ああ、はい。あの、よくわかりました」

話し込んでいるところを中村次郎に見られたらまずい。そう思って、適当なところで切り上げたが、とりあえず、中村佐紀子が万引きに走った理由の一端が判明した。おそらく、スナックの店仕舞いに伴う心労が影響したのだろう。

優子が礼を言い、その場から去ろうとした時、とうとう雨が本降りになった。何となくもの言いたげな表情だった年配の女性は空を見上げ、家の内へ入ってしまう。

折り畳み傘を差して、教えられた通り路地を入り、ブロック塀がとぎれたところで左へ折れると、三軒めの右側に『中村』と書かれた表札があった。切妻屋根の二階建てだが、かなり古く、伸び放題の木々の枝が鬱蒼《うっそう》と繁っている。戦後、まだ日の浅い時期に新築された家かもしれない。

玄関の庇《ひさし》の下へ入って傘を畳み、深呼吸してからチャイムを押す。しばらくすると、インターホンの電源がＯＮになり、

『……どなたです』

中村次郎の声に間違いなかった。

「はい。あの、私、三日前にお目にかかった三崎優子と申します」

近所の人の耳にも届く可能性があるので、肩書きを言うことは控えた。

『えっ、三崎さん？　三日前って……』

「覚えていらっしゃいませんか。市谷甲良町のスーパーの事務所でお会いしましたが」

次の瞬間、相手ははっと息を呑む。狼狽《ろうばい》した様子がスピーカー越しに伝わってきた。

『あ、あの、少々お待ちください。今、開けますから』

すぐに玄関のドアが開き、グレーのスウェットの上下を着た中村次郎が姿を現した。

「……どういうことですか、これは」

近所をはばかっているらしく、やっと聞き取れる程度の小声だった。

「この間の件の処理なら、もう終わったはずでしょう」

「申し訳ありません。突然、おじゃまいたしまして」

優子は丁寧にお辞儀をしてから、

「もちろん、お伺いした理由は別の件です。昨夜十一時頃、善國寺の近くで鈴木六助さんがナイフで刺され、重傷を負ったのはご存じですよね」

「ええっ？　そんな、まさかあの鈴木さんが……」

口に出してしまってから、顔色を変える。本来ならば、ここはとぼけなければいけない場面だ。

「そうおっしゃるところを見ると、やはり鈴木さんとは以前からのお知り合いなのですね」

「……い、いや、知らない。あの時、初めて会ったんだ」

何度もくり返し首を振ったが、動揺は隠せない。どうやら神楽坂の事件は本当に知らなかった様子だ。

「どんなご事情があるのか知りませんが、捜査にご協力ください。何しろ、一歩間違えば殺人事件になるところで――」

「ねえ。一体、誰が来たっていうの？」

家の奥から女の声。今度は優子がぎょっとする番だった。

（これ、中村佐紀子の声じゃないぞ。『奥さんは実家に引き取らせる』と聞いていたから、家にいないものと思い込んでいたけど……そうか。あの時、話題になった愛人だ。妻の不在をいいことに、早速家へ引っ張り込んだわけか）

その声にあわてたのはむしろ中村次郎の方で、急いで振り向くと、「お前は来るな！」と叱りつけ、

「今日のところはお帰りください。任意の聴取には応じられません。たってのご希望なら令状持参でお願いします」

バタンとドアを閉めてしまった。その後、何やら言い争う声が家の中から聞こえてきたが、それもやがて静まる。

男の身勝手さに呆れたが、向こうの言い分通り、捜査令状はないし、上司の許可も得ていないので、無理強《むりじ》いはできない。

仕方なく引き揚げようとした時、玄関左手にある窓のカーテンの隙間から誰かが覗いているのに気づいた。見えているのは顔の一部だが、間違いなく女性だ。茶色い髪が長く、大きく見開かれた二重の眼が優子を睨み据えている。そして、彼女の鼻の先端には大きな黒いほくろがあった。

（これが……貞子さんか。下手に動いたら嚙みつかれそうだな）

背中に水を浴びせられた気分になって、優子は顔を伏せ、その場から立ち去った。

11

その後、優子は本来の役割に復帰し、質屋四軒を回って、まずまずの成果を得た。

午後六時過ぎに署へ戻り、上司に報告を済ませる。あとは明日でもよかったのだが、そのまま帰宅する気にはなれず、自分のデスクで書類関係の整理をすることにした。

昨日の今日なので、一係はあわただしく動いている。平林と話がしたかったが、出払っているらしく、姿が見えなかった。

（……独断で動いてはみたものの、収穫はなかった）

仕事を始めてすぐ、ペンの動きが止まってしまう。

（いくつも疑問があったのになあ。せめて、中村次郎の以前の職業くらいは……ただ、平林さんにきいてみる手があるぞ。顔が広いから、知っているかもしれない）

今日、平林はほぼ四日に一度回ってくる当直のはずだ。とりあえず待つことに決め、デスクワークを再開する。刑事が作成する書類の量は膨大で、例えばグニ屋回りでも、贓品を一つ見つける度に『被害品発見捜査報告書』を提出しなければならない。『漢字を知らないと務まらない』と言われる所以《ゆえん》だ。

苦手な仕事と格闘するうち、午後八時を過ぎて、平林が戻ってきた。さすがにこの時刻になると、デカ部屋に残っているのは今夜の当直組が中心だが、やはりすぐには声をかけられない。部署内の会話がとぎれ、平林が応接スペースへ移動するのを見届けてから、優子は立ち上がった。

「主任、本当にお疲れ様です」

衝立の隙間から顔を出すと、平林はソファに深く腰を下ろし、マグカップのコーヒーをすすっていた。そこで、その向かいに腰を下ろし、

「あのう、昨日のヤマについて、もし可能でしたら、今どんな状況なのか教えていただけますか。お忙しい中、申し訳ありませんが……」

「いや、遠慮はいらない。お前さんはマルガイとも面識があるわけだしな」

かなり疲れている様子ではあったが、あっさり承知してくれた。このあたりが人柄で、優子が慕う理由でもあった。

ちなみに平林の場合、疲労のバロメーターは髪で、普段はポマードできちんと整えているが、多忙を極めると鳥の巣状態になる。現在はその一歩手前だ。

「ただなあ、残念ながら、取り立てて話す中身がないんだよ。凶器のナイフから六助さん以外の指紋は出なかったし、大量生産品なので、販売ルートからの追跡も望み薄。今のところ、有力な目撃者も見つかっていない。

俺が担当している鑑取りも、まだ五里霧中だな。今朝早くから八王子へ行き、自宅周辺で聞き込みをしたが、何も出なかった。近くに借りた農地で畑仕事に精を出し、近所との関係も円満。悪く言う者は誰一人いないし、トラブルを抱えている様子もなかったそうだ」

「穏やかなお暮らしぶりだったのですね。ところで、松葉家扇吉師匠とはもうお会いになりましたか」

「今朝早く、病院でな。容体は安定しつつあるが、念のため、彼はずっと詰めている。扇吉君もまったく思いあたることがなくて、善國寺へ行った理由も知らないそうだ。本当に、何か取っかかりがあればいいんだが……」

「ええと、その、取っかかりと言えるかどうかはわかりませんが」

釣り込まれるように、優子は口を開いた。

「先週の金曜、六助さんから電話をいただき、甲良町のスーパーの事務所でお目にかかりました。その時のことなのですが……」

あの時の出来事について手短に説明し、今日、南榎町の中村家に探りを入れに行ったことまで打ち明けると、平林は「困ったやつだなあ」と苦笑したが、独断専行をとがめたりはしない。

「そんなわけで、双方とも否定していましたが、あの二人は以前から知り合いだとしか思えません。何しろ、六助さんが刺された前々日の話なので、気になって仕方がないのです」

「まあ、お前さんの言いたいことはわかったが……それだけではなあ。久々の再会なんて、よくある話だし」

「短絡思考だというのは自覚していますが、一応確認させてください。うちの会社の社員で中村次郎という名前に心あたりはありませんか。次郎の『ジ』は『次ぐ』です」

『うちの会社』は警視庁を指し、飲み会などの予約の際、わざとふざけて『桜田門《さくらだもん》株式会社だ』と名乗る場合さえあった。

「いや、覚えがねえな。そんな銀行の広告に出てきそうな名前には」

優子はつい笑ってしまった。確かに金融機関の新聞広告などに『山田太郎《やまだたろう》』とか『鈴木《すずき》一郎《いちろう》』名義の通帳がよく登場する。

それでも平林は、その後もしばらく『ナカムラジロウ』と小さく唱え続けていたが、

「ん……？　ああ。そういえば、六助さんの嫁さんの旧姓が、たしか中村だったはずだ」

「では、ご結婚前は……ええと、そもそも奥様のお名前は何とおっしゃったのですか」

「寿が二つで寿々子《すずこ》さん。だから、籍を入れる前に『あなたの名字になるのは気が進まない』と言われたそうだよ」

（スズキスズコさん、か。声に出すと、確かに多少違和感があるけど……じゃあ、八五郎の女房と同じ名前ではなかったんだ）

要するに優子の独り合点で、六助さんが正蔵師匠の『反魂香』を毛嫌いするのには何か

別の理由があるらしい。

「世間にありふれた名字だから、たぶん偶然の一致だろう。ナカムラジ……いや、待て。ガタイがよくて、柔道耳だと言ったよな」

「あ、はい。あとは、ぎょろ眼で獅子《しし》っ鼻《ばな》、年は五十二歳だそうです」

多忙な相手に気を遣ったせいで、先ほどの説明はあちこち穴だらけだった。

「五十二？　俺と同じじゃないか。だとすれば、知っていてもおかしくないが……もう少し何か特徴がなかったか」

「あとは……ええと、左の頬に古傷と思われる跡がありました」

「左頬の傷？　うーん、だとすると……」

平林はかなり長い時間、考え込んでいたが、やがて、二、三度うなずくと、

「そいつ、カシハラジロウだ。たぶん、間違いない」

「カシハラ？　漢字は『柏原《かしわばら》』と同じでいいのですか」

「そうじゃない。口では説明しづらいから、手帳とペンを貸してくれ」

言われて、早速差し出すと、達筆な字で『樫原』と書く。

「ああ。これで……すると、主任とは採用が同期だったのですね」

「いや、違う。俺は志願兵として戦場へ行き、終戦後、新制高校を卒業して二十二で警官

になった。同世代はみんな似たり寄ったりで、年なんかバラバラ。やつの詳しい経歴は知らないが、俺より二年先輩なのは確かだ。

口を利いたことは一度もないが、二十代から三十代の頃、社内の武道大会へ行くと、よく顔を見かけた。俺は応援専門だったが、橿原は柔道で準々決勝くらいには進出していたな。珍しい名字だし、同い年だよと誰かから教えられ……それで覚えていた。頬の傷は初任時代に強盗をお縄にした時の名誉の負傷だそうだよ」

「なるほど。今度ばかりは、私の直感があたりましたね」

医療法人職員である中村次郎は現在の自分の役割について『クレーム対応やトラブル処理』と語っていたが、前職が警察官なら大いにあり得る話だ。

「採用後、どこを歩いたのかは知らないが、三十代初めから上野署で看守係をやっていた。柔道の猛者《もさ》には打ってつけの仕事だ」

「上野署……じゃあ、六助さんと同僚だったわけですか」

「そういうことになる。当時、俺は品川《しながわ》署の三係にいて、つき合いはなかったがな。ただ、聞いた話では、やつは……ええと、いつだったかな、あれは……」

天井を仰ぎ、右手の指をしきりに折って、

「俺が本庁へ異動になる前の年……いや、前々年だから、今から十九年前か。橿原次郎は突然依願退職したそうだよ。表向きは健康上の理由だが、信用する者はいなかった」

「えっ、十九年前？　すみません。ちょっと待ってください」

　両手を顔の前に上げ、平林を制止する。

（神楽坂倶楽部の玄関ロビーで、六助さんは『悋気の火の玉』を例に挙げ、私に過去の過ちを告白した。あの時、たしか裁縫箱の手紙を見つける十五年前と言っていたが、奥様の寿々子さんが亡くなられたのが四年前……十五＋四＝十九だぞ！）

　優子は激しい興奮を覚えた。まだおぼろげではあるが、事件の背景が姿を現しかけているのを感じたのだ。

（こうなったら、平林さんに何もかも打ち明けよう。六助さんの不倫相手が誰かは不明だが、その件が今回のヤマに関係している可能性だってないとは言えない。まあ、長い話にはなってしまうけど……）

「お前さんがスーパーで会ったという中村次郎の女房だが、もしかすると、名前がサキコじゃなかったか。佐藤の『佐』に、紀州の『紀』」

「ええっ⁉　ど、どうして、そんなこと……」

　思わず椅子から腰が浮く。それも当然で、先ほどの説明には万引き犯の名前など登場しなかった。

「やっぱり、そうか。中村と聞いてピンと来たんだが……うーん」

平林が険しい表情で腕を組み、「こいつは根が深いぞ」とつぶやく。

「主任、頭が混乱していますが、『中村』というのは六助さんの奥様の旧姓でしたよね。それがなぜ……」

「驚くのも無理はない。俺だって頭が混乱したさ。まさか仏壇の引き出しから、あんなとんでもないものが飛び出すなんて」

「仏壇って……一体、何の話です？」

「実は今日の午後、扇吉君から許可を得て、八王子の自宅を調べさせてもらったんだ。マルガイ本人から聴取できない以上、それくらいしないと手がかりがつかめない」

「ごもっともです。では、その時に、ご仏壇の中から……」

「寿々子さん自筆の遺書めいた手紙が出てきたんだ」

　優子は驚愕した。本人から聞いてはいたが、まさか現物が出てくるなんて思わない。

「いやあ、読んだ時には仰天したよ。寄席や落語会で何度もご一緒したが、俺の眼には仲《なか》睦《むつ》まじい夫婦にしか映らなかった。それが亭主への恨みを綴り、自殺なんて……まあ、実行はしなかったわけだけどな。最初《はな》は亡くなる直前に書かれたと思ったんだが、何度も読み返しているうちに違和感を覚えた。内容から推して、どうやら十九年前のものらしい」

「主任、お願いします」

　優子は身を乗り出し、頭を下げた。

「十九年前に何があったのか、教えてください」

　すると、平林は険しい表情で首を振り、

「教えたいのは山々だが、まだわからないことの方が多い。お前さん、六助さん本人から何か聞いてないか」

「え、ええ、まあ。断片的ではありますが……」

「それで結構。話してみてくれ。この件を掘り返してみても、ホシに結びつくとは思えないが、お互いの情報を突き合わせれば、もしかすると――」

「あのう、平林主任、いらっしゃいませんか」

　衝立の向こうから、上山博文の声が聞こえた。

「おう。ここにいるよ。何かあったか」

「飯田橋駅の西口で酔っ払い同士の喧嘩です。一人が頭から出血し、けがをさせた方は逃走中だそうですが」

「わかった。すぐに行く」

　ソファから腰を上げた平林は顔をしかめながら、

「手間かけさせやがる。しょうがねえ。明日にするか」

「いいえ、大丈夫です。処理が終わるまでお待ちします」

「そうか。一時間か二時間もすれば戻ってこられると思うが……もうこの時刻だから、寄席を覗くわけにもいくまい。俺のデスクの引き出しに寿々子さんの手紙のコピーが入ってる。今、渡すから、それでも読みながら待っていてくれ」

佐紀子は確かに私の姪ですが、兄が早くに亡くなり、母親の実家でずっと育ったため、幼い頃に会ったきりで、正直なことを言えば、その存在さえも半ば忘れていました。

だから、お義父さんの看病の合間に大急ぎで家に戻り、偶然、奥の部屋でくり広げられている痴態を目《ま》のあたりにした時にも、まさかあなたの体の上で腰を振っている若い女が自分の実の姪だなどとは考えもせず、ただ、鏡の世界へでも迷い込んだような不気味な違和感を覚えたのです。

あの時、あなたはひどく酔っていました。佐紀子から強引に舶来のウイスキーを勧められ、酩酊《めいてい》状態の中、誘惑されて、つい道を踏み外してしまった。それがあなたの言い訳でしたね。たぶん、嘘ではないのでしょう。

酒の上での失敗は以前にもあったので、相手が別な誰かであれば、呆れながらも許す気になったかもしれませんが、勝ち誇ったようなあの女の態度と、それをいさめることさえできないあなたのふがいなさを見て、完全に絶望しました。もうたくさんです。こんな辱めを受け、これ以上、生きていたくありません。

それにしても、佐紀子は恐ろしい女です。二つの家庭を破壊したのですから。こうなったきっかけについて、あなたは最初、部下の身を案じ、何とか穏便に済むよう動いたと言っていましたが、結果的により大きな災いを引き込んだだけではありませんか。

釈迦《しゃか》に説法なのは承知していますが、重大な犯罪を隠蔽すれば弊害が大きくなるのは当然です。私の身内だからといって容赦する必要なんてなかったし、部下の失態もそのまま公にしていれば、こんなことにはならなかった。佐紀子のように脳が冒され、まともな思考ができなくなってしまった女を善導しようとしたのが失敗でしたね。

とにかく、私は疲れました。何もかも、本当にもうたくさんです。

ただ一つ、心残りは富夫《とみお》のことですが、ついこの間、前座修業を終え、羽織を着て高座に上がる姿を見ることができたので、それを慰めにします。本当は真打ちに昇進するのを見届けたかったけど、贅沢を言えばきりがありません。

私がいなくなったあとのことは、何もかもお任せしますので、どうかよろしくお願いいたします。

寿々子

六助様

12

九年前に再建された善國寺本堂の前に阿吽一対《あうんいっつい》の『石虎』があった。

通常は悪い気や悪霊《あくりょう》から本堂を護るため、狛犬《こまいぬ》が祀《まつ》られているのだが、毘沙門天が寅の年、寅の月、寅の日、寅の刻に降臨したという言い伝えから、ここでは同じ目的で虎の石像が置かれていた。

境内に設置された照明が照らし出す中、優子は阿形《あぎょう》の石虎に彫られた縞模様をしばらく眺めていたが、やがて左方向へと歩き出す。

時刻は午後九時過ぎ。平林が戻ってくるまでの時間を利用して、優子は昨日の事件現場を再び訪れていた。『現場百遍』は捜査の鉄則だ。

発生からまだ二十四時間経過していないが、善國寺脇の路地は原状回復され、昨夜の惨劇が嘘のようだ。

(出血がひどくて、あと少し輸血が遅れれば万事休すだったと聞いた)

街灯のほぼ真下、大きな血だまりのあったあたりにたたずみ、足元を見つめる。

(本当に間に合ってよかったけど……それにしても、寿々子さんの手紙は強烈だったな。読んでいるうちに手が震え出しちゃった)

事前に予備知識を与えられてはいたが、それでも充分すぎるほど衝撃的だった。

(三日前、スーパーで会った中村佐紀子。見た目は良家の奥様風だが、あれで途方もない悪女だったんだ。自分の実の叔母の夫を誘惑するなんて……)

当時、鈴木六助さんは五十三歳、中村佐紀子は二十五歳で、現在の平林と優子の年齢とほぼ同じ。自分の身に置き換えてみると、そんな関係は想像できないが、しかし、絶対にあり得ないことでもない。

今から十九年前は昭和三十六年。調べたところ、現在の松葉家扇吉師匠は同じ年に前座修業を終え、二つ目昇進を果たしている。寿々子さんが『心残りは富夫のこと』『羽織を着て高座に上がる姿』と書いたのがそれを指している。

また、鈴木六助さんが正蔵師匠の『反魂香』に拒否反応を示した理由も、手紙を読むことで推察可能になった。八五郎の女房・おさきと亡くなった奥様の名前が一緒というのは優子の勝手な思い込みで、実際には不倫相手であった妻の姪と同じ名だったのだ。

それが原因で、寿々子さんは一時期、自殺を決意するほど追いつめられた。夫婦の間がどれほどぎくしゃくしたかわからない。その点を踏まえれば、六助さんが妻の命日に正蔵師匠の『反魂香』を聞きたくなかった気持ちは理解できる。

（しかし、また新たな謎が生まれてしまった。『重大な犯罪』とは何なのだろう？）

　寿々子さんは『釈迦に説法なのは承知』と前置きした上で、『重大な犯罪を隠蔽すれば弊害が大きくなるのは当然だ』と述べている。文面から推して、罪を犯したのは中村佐紀子だが、当時上野署員だった中村次郎が何らかの形でそれに関わり、事実を知った六助さんが次郎の依願退職という形で処理して問題を闇へ葬った……まだ曖昧ではあるが、そんな経緯が想像できる。

（私なんかの頭ではこれが限界だから、犯罪の中身はいったん置くとして……中村佐紀子が二人の警察官と関係をもった目的は、自分の罪を見逃してもらうためだろうな）

　白い光に照らされた本堂の朱塗りの柱を眺めながら、優子は考えた。

（『警察官は何かと誘惑の多い職業だ』と六助さんは言っていた。『危険な誘惑に負け、若くして退職に追い込まれた例を何人も知っています』とも。そのうちの一人が中村……いや、橿原次郎だったんだ。

入籍する際、妻の姓を選んだのは、おそらく自分の過去を消し去りたかったからで……そうだ。手紙には『二つの家庭を破壊した』と書いてあったぞ。ということは、その時点で橿原次郎は妻帯者。前の奥さんと離婚までして夫婦になったというのに、今になってあんな醜態を……)

スーパーの事務所でくり広げられた痴話喧嘩を思い出し、口から吐息が漏れる。

(まあ、それから二十年近く経っているわけだけど、中村次郎はまた新たな愛人を作り、妻の留守中、自宅へ引っ張り込んでいた。男って、本当に身勝手だわ。まあ、みんながみんなではないにしても……)

優子も男性に興味がないわけではない。結婚願望は一応あるが、こんな事例を見てしまうと、つい後込《しりごみ》したくなる。

今となっては想像するしかないが、鈴木寿々子さんが遺書まで書きながら自死を思いとどまった理由の一つは、中村佐紀子と橿原次郎が正式に結婚したからだという気がした。それによって、自分の夫との関係が確実に切れると考えたのだろう。

(ただ、平林さんの言う通り、十九年も前の遺書がホシを特定する手がかりになるとは思えないし……それに、あれを読んでも、まだ最大の謎がそのまま残っている)

それは言うまでもなく、刺された直後、六助さんの口からこぼれたつぶやき。

（『ハンゴンコウ』『幽霊にやられた。女房の』。単なるうわ言だった可能性もあるが、もし意味があるとすれば……いや、待てよ）

その時、頭の中で白い光が閃《ひらめ》いた。

（『女房の幽霊』は中村佐紀子のことかもしれない。従姉妹《いとこ》だって容貌が酷似している例があるから、それより血の濃い叔母と姪なら、顔立ちが似通っていてもおかしくない。

あっ、そうだ！　不倫の現場に踏み込んだ際のことを、寿々子さんは『鏡の世界へでも迷い込んだような不気味な違和感』と表現していた。意味がわからなかったけど、二人の顔がよく似ていたと考えればつじつまが合う。ひょっとして、六助さんをナイフで刺した犯人は……おや？　あれは……）

人気《ひとけ》のない路地へ神楽坂通りから入ってくる影が見えた。どうやら女性らしいが、それにしては背が高い。

まだ時刻がそれほど遅くないので、通行人はあって当然だが、優子が違和感を覚えたのは服装だった。五月に入り、気の早い若者は半袖で闊歩《かっぽ》しているというのに、黒のジャンパーにスラックス、黒い毛糸の帽子までかぶっている。

さらに、夜だというのにサングラスをかけ、マスクで鼻と口を覆っていた。どこから見ても不審者そのものだ。

その人物が歩み寄ってきたので、路地の中央にいた優子は寺側へ寄って道を空ける。すると、相手も進む方向を変え、あっという間にお互いの距離が二メートルほどに縮まった。

「えっ？　あ、あの、もしかして……中村佐紀子さんですか」

声に出してから、軽率だったと反省する。確かに体形は似ていたが、背の高い女性なんて世間にいくらでもいるのだ。

優子の問いかけに対し、相手は驚いたように立ち止まる。返事はなかったが、否定しないのは的を射ている証拠だと思った。

（またヤマ勘が的中しちゃったみたい。きっと、署の出口あたりで待ち伏せして、私のあとをつけてきたんだわ。ただ、なぜ……顔を知られているのを気にして、口封じに来たのかな）

捜査は始まったばかりだが、追われる身の彼女が疑心暗鬼になっている可能性はある。

（もし襲われても素手なら対処できるけど……あのポケットが気になるわね）

革ジャンの右ポケットがおかしな形に尖っていた。何か細長い物体を無理に押し込んできたらしい。最悪の場合、ナイフの柄かもしれなかった。

しばらく、無言の睨み合いが続いたあとで、

「あんた、どういうつもりで家《うち》まで来たの」

「えっ？　どういうって……」

優子は驚いた。ドスの利いた声も荒い口調も、三日前とはまるで別人だったからだ。

（こっちが本性か。今日は実家にいたはずなのに……夫の次郎からでも教えられたのかな）

ひどく興奮している様子なので、とりあえず落ち着かせなければならない。

「あのですね、佐紀子さん、まずは少しお話を――」

「名前を呼ばないで！」

優子の言葉を遮り、相手は前進しながら低く叫ぶ。

「どうしてわかったのよ。気味の悪い女ね。あんた、もしかして、何もかも知ってる？」

そうきかれ、言葉に詰まってしまう。相手の意図が不明なので、答えようがなかった。

「やっぱり知ってるのね。うちの家庭の幸せを誰にも壊させない。次郎は渡さないから！」

声が尻上がりに大きくなる。異常な興奮状態だ。何とか宥《なだ》めようとしたが、その前に女はジャンパーの右ポケットへ手を入れ、「あんたなんか、こうしてやる」と低くつぶやく。

凶器を抜いて攻撃してくる。そう思い、優子が身構えた瞬間、

「おい！　ばかなまねはよせ」

叫び声とともに路地へ駆け込んできたのは、何と中村次郎本人だった。尾行の尾行をしていたらしい。彼は瞬く間に二人のそばまで来ると、両手を広げて妻の前に立ちはだかり、

「よせ。俺と一緒に来るんだ」

「嫌よ！　こいつ、放《ほ》っといたら何をするか――」

「刑事さんは何もしない。それより、早くこっちへ……」

すぐ眼の前で、二人はもみ合いを始めた。固唾《かたず》を呑んで推移を見守るうち、中村佐紀子は柔道の猛者の制止をかいくぐり、優子につかみかかってきた。火事場のばか力というやつだ。

踏み込んできたその右足首を、優子が反射的に左の足裏で払う。現役選手時代の得意技の一つ、出足払い。相手は呆気《あっけ》なくその場に尻餅をつき、その拍子にサングラスが地面へ落ち、マスクもずれた。

（ええっ⁉　こ、これは……）

思わず息が止まった。街灯の光に照らされたその顔……現れたのは切れ長の眼ではなく、ぎょろりとした二重。しかも、鼻の頭に大きなほくろがあった。

中村次郎は大きな舌打ちをすると、大急ぎでサングラスとマスクを拾い上げ、

「お騒がせいたしました。失礼します」

それだけ言うと、まだ何かわめいている女を引きずりながら去っていく。優子が「待ってください！」と呼びかけても、振り向きもしなかった。

その場に残され、しばらく茫然自失の状態で立ち尽くす。

（ぎょろ眼と鼻のほくろ……中村次郎の愛人の貞子か。一体どういうことなんだ？）

昼間は窓越しに垣間見ただけだから、体形などはわからなかった。

（それに、何だ、あの眼は。まるで死人《しびと》の眼じゃないか。恐ろしい。なぜ、あんな……）

記憶を整理しながら、考えを前へ進めようとした時、

「そこにいらっしゃるのは、神楽坂署の三崎さんじゃありませんか」

聞き覚えのある声が優子を呼んだ。

13

「……そういうご事情だったんですか。いやあ、何とも面妖《めんよう》だねえ」

優子の話が終わった時、正蔵師匠がコーヒーカップを傾けながら言った。『面妖』は不思議とか奇怪とかいう意味である。

「もしも長屋の八五郎が聞けば、それこそ『おひひのびっくり』か何か言いそうだ」

「はい。突然のことで、私も面食らってしまいました」

向かいの席で優子が顔をしかめた。

「追いかけようかとも考えましたが、凶器を取り出してはいないし、自分の体をつかまれたわけでもない。先の尖った物体をポケットに入れていたというだけで、まさか逮捕するわけにもいきません」

「そりゃ、そうだ。近所の八百屋で買ったニンジンかもしれない。明日の朝の味噌汁《おつけ》にでも入れるつもりで……まあ、あんまり聞かない具だけどさ」

自分の言葉に苦笑した師匠はカップをソーサーへ置く。

「あとで冷静になって考えれば、犯罪防止の観点から職務質問する手があったのですが、あまりにも意外な展開が続いたせいで気が動転してしまい、その時は思いつきませんでした」

「まあ、とにかく、ご無事で何よりでしたよ。あなたが柔《やわら》の達人だというのは重々承知してますがね、だからといって、そんな手合いと素手で立ち回りをして無傷で済んだという保証はない。まさに、ナントカに刃物。けがなんぞしたら大変だった」

喫茶・檸檬の店内。時刻はすでに午後十時近い。平林への説明とは違い、可能な限り詳細にと心がけたので、ずいぶん長くなってしまった。

今日は上席興行の五日め。すっかり忘れていたが、この芝居二度めのダイバネの日だ。神楽坂倶楽部に出演する際、師匠は初日と千秋楽に必ず善國寺へ参拝されるそうで、今回は十日間で二日だけだが、自分が決めたルールを忠実に守り、その結果、優子の危難に遭遇したというわけだ。

あわやという場面を目撃したせいかもしれないが、今夜の師匠は普段とは違い、自分からいろいろと質問してきた。例えば、中村佐紀子の万引き行為に関して、バッグに入れた具体的商品名まで知りたがったのには、優子の方が驚かされた。

「ご心配をおかけして、申し訳ありませんでした。確かにあの時、中村次郎が駆けつけてこなければ、どうなっていたかわかりません。あの女の体から明らかに殺気が噴き出していました。ただ、菅原貞子が私を襲った理由が……唐突な質問で恐縮ですが、師匠はおわかりになりますか」

いくら何でも性急すぎるとは思ったが、名探偵が相手だと、つい甘えたくなってしまう。

「まあ、それは……ところで、紅茶のお代わりはいかがです？　ついでに、パイももう一切れ」

「え……あ、はい。頂戴します」

間合いを外すつもりらしく、師匠がそう言い、ひげのマスターを呼んで、注文する。そ

して、彼がカウンターの向こうに姿を消してから、

「正直言って、あたしだって手も足も出ませんよ。あなたが家へ訪ねてきたことを変に深読みしたんだろうけど、具体的には皆目見当がつかない」

「そうですよねえ。申し訳ありません。気ばかり焦ってしまって……いっそ、足を払ったりせず、無防備のままでいればよかったのかもしれません。傷害罪か公務執行妨害罪で本人を逮捕して取り調べをすれば、何もかも明らかになったはずなのに」

「乱暴なこと言っちゃいけない。もし刺されていれば、今時分、渡し舟の中から三途《さんず》の川の川面《かわも》を眺めていたかもしれないんだ。あなたには平林さんという頼もしい味方がいるんだから、相談してごらんなさいよ。ずぶの素人《しろうと》のあたしなんぞとは違って、きっといい知恵がもらえるはずだ」

「あ……うっかりしていました。平林がそろそろ署へ戻ってくる頃です」

「だったら、早く戻った方が……ああ、来たようだね」

　マスターが銀の盆を携えてやってくる。

テーブルに皿が置かれると、優子は早速フォークに手を伸ばす。この店のレモンパイは甘さを抑えたレモン味のカスタードクリームとサクサクした皮のバランスが絶妙で、いつかはホール食いに挑戦しようと密かに決意していた。

正蔵師匠は優子の食べっぷりを眼を細めながら眺め、

「それにしても、三崎さんの記憶力は大したもんだ。寿々子さんが書いた文章を丸のまんま暗唱するのを聞いて、内心舌を巻きましたよ」

「今回はたまたまスイッチが入ったというか、頭に焼きついてしまいました。私の場合、まれにこういうことがありますが、自分でもその仕組みがわからないので、前に申し上げた通り、学生時代の定期考査の成績なんかは惨憺《さんたん》たるものでした」

平林から借りた手紙のコピーは署外へ持ち出したりせず、読了後、すぐデスクの引き出しへ戻した。ただし、中身は頭に入っていたので、ほぼ忠実に再現することができた。

「いや、それにしたって、常人には備わっていない能力だもの。しかも、文章だけじゃなくて、映像まで……ああ、そうだ。話の途中で口を挟みそこねたんだけど、一つきいてもいいかな。

毘沙門様の脇であなたに襲いかかろうとした女の眼について、『まるで死人《しびと》の眼』とおっしゃったけど、あれはどういう意味だったんです」

「あ……ああ。その……件ですか」

頬張ったパイを急いで呑み込み、紅茶で流す。

「ただ感じたままを口に出してしまいましたが、両眼の瞳孔が開ききっているように見えたんです。単なる光の関係だったかもしれませんけど」

「ははあ。瞳が……それは確かに恐ろしかったでしょう。生きた人間の眼じゃないものね」

「あのう、師匠、実はこちらからも、一つだけお伺いしたいことがあります」

ちらりと時計を気にしながら、優子は切り出した。

「これは落語に関することなので、ぜひご意見を頂戴したいのですが……鈴木六助さんがつぶやいた謎の言葉を、師匠はどのように解釈されましたか」

「謎の言葉……ええと、『反魂香』と『幽霊にやられた。女房の』か。確かに落語、それも、ついこの間、あたしが演った噺に関わりがあるようだけど……その件について、あなたの見解をまだ聞いてなかった。まずはそれをご披露願えないかな」

「考えがないわけではありませんでしたが、実は、すでに揺らいでしまっていて……」

「まあ、それでもかまわないから、話してごらんよ」

「そうですか。では……鈴木寿々子さんと中村佐紀子は叔母と姪の関係なので、顔が似ていた可能性があると思ったのです。事件現場は暗がりだったし、六助さんが勘違いをして、そう言ったのではないかと」

「ほほう。じゃあ、早い話、中村佐紀子が六さんを刺した下手人だというわけだね」

「はい。そう思ったのですが、実際に同じ場所で私を襲ったのは菅原貞子……何だか、訳がわからなくなってしまいました」

「とりあえず、今夜の件にはこれ以上踏《ふ》ん込《ご》まず、脇に置くことにしましょう。三崎さんのその仮説についてだが……たしか、寿々子さんの手紙にも二人の風貌が似ていることを示す中身があったねえ」

「あ、はい。『鏡の世界へ迷い込んだ』という件《くだり》ですよね。それも根拠の一つでした」

「だけど、困ったね。寿々子さんなら、あたしは何度も会ってるが、中村佐紀子とは面識がない。三崎さんはその逆だ。このままでは埒が明かない」

「おっしゃる通りです。中村佐紀子の写真は手持ちの一枚があったのですが、あいにく、署に置いてきてしまって……」

「ああ、なるほど。写真という手があった。それなら、あたしが持ってるよ」

「えっ？　中村佐紀子の、ですか」

「違う違う。手妻《てづま》使《つか》いじゃあるまいし、そんないい塩梅《あんばい》に出てきやしない」

師匠が笑いながら首を振り、上着の内ポケットから定期入れを取り出す。『手妻』は寄席でもたまに見かけるが、日本古来の手品のことだ。

「鈴木寿々子さんの方さ。ご夫婦とあたしの三人で写ってるんだがね。六さんが大けがしたと聞いてから、一日も早いご快癒を願って、肌身離さず持ち歩いてたんだ」

いかにも人情家らしい行動だった。決して他人には明かさないが、師匠は慈善団体などへの寄付も積極的に行っているらしい。

「まさか、こんなところで役に立つとは……あった。ほら、これだ」

差し出された一枚を受け取り、視線を落とす。撮影された場所は神楽坂倶楽部の木戸口付近。『林家正蔵師匠へ』と書かれた寄席《よせ》幟《のぼり》の下で、三人並んで写真に収まっていた。

季節は冬らしく、オーバー姿の師匠は首にマフラーを巻いていて、左隣に六助さん、そして、寿々子さん。

「どうだね？　叔母と姪で、どこか似ているところがありますか」

「……いいえ。ありません。私の見込み違いでした」

少し考えてから、優子は首を横に振った。

「寿々子さんは丸顔で大きな二重の眼、丸い鼻……中村佐紀子とはまるで違います。まあ、母娘《おやこ》ではないので当然ですが、これなら、私を襲おうとした菅原貞子の方がずっと似ています」

「おや、そうですか。困ったな。となると、あなたに言葉で説明してもらうしかないが……まあ、単刀直入に『誰々の顔にそっくり』なんて言ってもらえば、一番手っ取り早いけどねえ」

「いや、なかなかそんなわけには……そうだ。四日前、師匠のトリを二人で聞いたあと、しばらくロビーで話をしたのですが、その時、ちょうど通りかかった女性を見て、六助さんが『家内の姪に似ている』と」

「ほほう。それは耳寄りな話だ。ちなみに、その女《ひと》はどんな感じの造作《ぞうさく》だったんだね」

「それが、私、後ろ姿しか見ていないもので……ああ。でも、顔を見た六助さんが妙なことをおっしゃってました。『顔の真ん中が少し黒いだけで動揺するなんて、まだまだ修業が足りない。漫画のロボットじゃあるまいし』。まあ、そんな意味のことを」

「えっ……？　一体、何のことだね、そいつは」

「まったくわかりません。その時、思い切って伺っておけばよかったのですが、相手は大先輩ですから、物怖《ものお》じしてしまって」

「ふうん。漫画のロボットねえ。あたしもうこんな年だけど、テレビで放映してるアニメなんぞはちょいちょい見てるんだが……」

　眉間にしわを寄せながら、正蔵師匠が盛んに首をひねる。

「ああ、そうか。謎の発言には前段があったんだね。『顔の真ん中が黒い』か。それで、あとは、ロボット……ああ、何だ。難しく考えて損をしちまったよ」

師匠がポンと膝を叩き、破顔一笑する。

「これですっかり合点が行った。いやあ、こんなことがあるんだねえ、三崎さん」

14

（合点が行ったって……どういうことだ？）

唐突な宣言に、優子はすっかりうろたえてしまった。

（私の拙《つたな》い説明の中の何と何を結びつければ、真相にたどり着けるのか……）

何だかめまいがしてきたが、頭の根本的構造が違うのだから、仕方がない。素直に講義を拝聴するしかなさそうだ。

「あんまり口を挟みすぎても話の腰を折ると思って、あれでも控えてたんだけど」

言葉を失ってしまった優子に向かって、正蔵師匠が言った。

「実はね、三崎さんの話の中で腑に落ちない点がいくつかあったんだよ。その最たるものが万引きの戦利品さ」

「戦利品……中村佐紀子がショルダーバッグへ詰め込んだ商品のことですよね」

「うん。念のため、もう一度言ってもらえるかな」

「それはかまいませんが……パイナップルの缶詰、調整豆乳、クレンザー、粉石鹼、バターココナツ、ウイスキーボンボン、アンパン、チョココロネパン、バナナカステラ」

「いやあ、立て板に水。講談師にしたいくらいだよ。口跡《こうせき》もいいが、何より、卓越した記憶力がすばらしい」

「いいえ。先ほども申し上げた通り、自慢にはなりませんが……これらの商品がどうかしましたか」

「長机の上に並んだ様子を見て、おかしいと思わなかったかい」

「えっ？　おかしいって、どこがでしょう」

完全に虚をつかれてしまった。当時の記憶を呼び起こしてみたが、師匠が何にこだわっているのかまったく理解できない。

「だって、その順番でバッグから出てきたんだろう。最初《はな》に取り出された物が上で、終《しま》いに出てきた物が下に入ってたわけだ」

「え、ええ。そうでしょうが……」

「パンやお菓子を入れた上から缶詰や豆乳の紙パック、洗剤の箱を放り込んだわけだから、バナナカステラはつぶれていただろうね。コロネパンなんぞはチョコがはみ出しちまって、売り物にならなくなったはずだ」

「あ、はい。本当に、おっしゃる通りでした」

チョココロネは円錐形に焼き上げたパンの中にチョコレートクリームを詰めたおなじみのパン。バナナカステラは『BANANA』の文字が浮き出たバナナ形のカステラの中にソフトな白餡が入っているお菓子で、一口かじると、南の果実の香りが口に広がり、優子の大好物の一つだった。

「だから、変形した商品については定価で買い取ってもらいましたが、万引きはスリルを楽しむ目的で行われることも多いので、その点は特に気になりませんでした」

「仮にそうだとしても、盗み取った品を次々にゴミ箱へ捨て、また新たに万引きするなんて行為はまともじゃないよ」

「あ、ああ。前日……だから、五月一日にそういう事例があったことは六助さんから伺いました。すると、師匠はその犯行も中村佐紀子の仕業だったとお考えなのですか」

「うん。あたしはそう睨んでる」

まさかとは思ったが、確信に満ちた師匠の表情を見て、反論できなくなってしまった。

「たぶん、保安員さんから声をかけられるのを待ってたんだろうな。で、いざそうなった時、多少なりとも抵抗したのは狂言であることを見抜かれないための芝居さ」

「考えられないことではありませんが……ただ、その場合、目的は何なのでしょう?」

「それは言うまでもなく、中村次郎を呼び出してもらうためだよ」

「はい？　それはいくら何でも……だって、毎日家で会っているわけですから、わざわざ呼び出してもらう必要はないと思います」

「もちろん、毎日会ってりゃ、そんなことはしやしない。思うさま会えずにいたから奥の手を使ったんだ。

　あたしがもう一つ変に感じたのは、三崎さんがガラウケとやらを呼ぶために電話をかけた場面だ。スーパーの事務所に一緒にいると告げた時、中村次郎は何と言ったね」

「それは、ええと、『いや、そんなはずはありません。だって、うちの家内はちゃんと在宅』……そこで五秒くらい沈黙してから、『私の知らない間に出かけていたみたいですが、もしかして、またやらかしましたか』」

「なぜ、すぐにわかったんだろうね」

「はい？　あの、おっしゃる意味がわかりませんが……」

「だからさ、本当に家にいると思い込んでたのなら、いったんは受話器を置いて捜すだろう。でなければ、外出したかどうかの判断なんてつかないはずだ。それとも、何かい。中村次郎は夫婦二人で六畳一間のアパート住まいだったのかな」

「いいえ、違います。二階建ての一軒家……そうか。もし居間で電話に出たのだとすれば、その場にいながら二階の様子なんてわかりっこありませんものね。確かに奇妙ですが、なぜこんなことが起きたのでしょう」

「割った話をするとね、三崎さんが中村佐紀子だと思ってる女は本人じゃないんだよ。この場で間違いなくそうだとは断言できないが、たぶん、そいつが愛人の菅原貞子だ」

「ええっ⁉　ま、まさか、そんなことが……」

　優子はパニックに陥った。いくら名探偵の言葉でも、さすがにすぐには信用できない。

「それは、まあ、万引き犯が他人の名を騙《かた》る例はよくありますが、あの時はちゃんと身元を……」

　言いかけて、語尾を呑み込んでしまう。可能な限り、きちんと確認したが、本人の身分証明書の提示がなかったので、どう頑張ってみても、百パーセントには届かない。駆けつけてきた中村次郎がうまく口裏を合わせれば、嘘を押し通すことは可能だったはずだ。

「ですが、仮にあの時のマルヒが中村佐紀子でなかったとしても、菅原貞子だというのは……だって、その名前は彼女本人の口から出たんですよ」

「確かに異常ではあるが、本宅にばかりいて、自分の方へさっぱり寄りつかない中村次郎の気を引こうとした捨て身の行動だとすれば、わからないこともない。多少悪ノリが過ぎるけどね」

「愛人である中村次郎をのっぴきならない立場へ追い込むため、本妻になりきって演技していたというわけですか」

つまり、『悋気の火の玉』にも登場する強烈な嫉妬や敵愾心《てきがいしん》の表れで、ひどく屈折した女心だ。

「なるほど。それなら、まあ……あっ！　やっぱり変ですよ。スーパーの事務所で六助さんが撮った写真を南榎町の家の近所に住むおばあさんに見せたら、『中村さんの奥様だ』とはっきり言いましたから。こちらからその名前を出したわけではありません」

「その話を聞いて、あたしも妙だなとは思ったんだが、さっき聞いたところでは『これは中村さんの奥様でした』『町内会の集まりなどで、私も存じ上げていました』……そう言ったんだろう」

「え、ええ。言われてみれば、確かに過去形でしたが……」

「だからね、菅原貞子は中村次郎の前の女房なのさ。二人で所帯を構えていた頃には、その家の表札は『橿原』だったはずだ」

「……ああ。それで、別れ際、あのおばあさんはもの言いたげな顔で、私を見ていたのですか」

思い返してみると、優子が『中村さんの奥様は専業主婦だと伺いましたが』と切り出した時、おばあさんは困り顔で『まあ、現在のところは』と言葉を濁し、その後も『今の奥様』と言っていた。あれは『前妻ではなく、現在の妻は』という意味だったのだ。

（じゃあ、スーパーの事務所で対面した時、『四十四歳にしては老けているなあ』と思った理由は別人だったからか。たぶん、本当は五十過ぎなんだろう）

「すると、結局、どういうことに……そうか。つまり、中村次郎は離婚した妻を愛人にしていたのですね！」

「その通り。で、現在の女房が三月《みつき》前まで四ツ谷のスナックのママだった本物の中村佐紀子というわけさ」

　寿々子さんの手紙には『中村佐紀子は二つの家庭を破壊した』と書かれていた。結局、鈴木六助さん夫妻はいわゆる再構築をする道を選んだが、もう一方は十九年前、実際に離婚してしまったのだろう。

　その際、当時は愛人だった佐紀子に強引に結婚を迫られ、未練を感じながら中村次郎が妻の貞子と離婚したのではないか。極端な話、『奥さんを殺して、私も死ぬ』などと迫られれば否《いや》も応《おう》もない。そして、その時の思いがくすぶり続け、やがて焼《や》け木杭《ぼっくい》に火がついたのだ。

（……そうか。金棒引きだったあのおばあさん、ひどく驚いた様子だったけど、二十年近く前、姿を消した隣人の写真をいきなり見せられれば、あんな反応をするのは当然だわ。

たぶん、彼女は私が中村家にまつわる基本的事情を知った上で何かを探りに来たと思ったのだろう。だから、ああいう言い方をしたわけだ）

「すると、今日の昼、窓越しに顔を合わせ、さっき、私を襲ったのが本物の中村佐紀子……確かに、寿々子さんと顔立ちがよく似ています。年齢差を取り払えばそっくりかもしれません。

『もう長い間会っていない』とおっしゃっていましたから、その間に風貌が近くなっていたのでしょう。それならば、突然襲われた六助さんがとっさに『反魂香』を連想し、『女房の幽霊にやられた』と言ったのもうなずけます。ただ、師匠、一体何を手がかりに真相へ到達されたのですか」

「今までにもいくつか挙げたけど、決定打は神楽坂の寄席のロビーで六さんがつぶやいた謎の言葉さ」

「ええと、『漫画のロボット』と、『顔の真ん中が黒い』。一体、あれはどういう意味だったのですか」

「いけないねえ。あたしみたいな年寄りが知ってて、若い三崎さんがご存じないとは」

やや大げさにそう嘆いてから、師匠はふといたずらっぽい眼になると、

「ほら、もう十年以上前になるけどさ、『パーマン』なんてテレビのアニメがあったじゃないか」

「パーマン？　あ、はい。よく知っていますが、あれが何か……ああっ！　わ、わかりました」

思わず右手でテーブルを叩いてしまい、危うくカップから紅茶がこぼれそうになる。

「コピーロボットですね！　顔の真ん中にある黒い鼻がスイッチで、それを押すと誰の姿にでも変わり、もう一度押すと、元の人形に戻ってしまう。

そうか。六助さんが寄席で出会ったあの女性にも、中村佐紀子と同じ位置にホクロがあったのでしょう。相当稀有な例のはずですから、思わずぎょっとする気持ちもよくわかります」

「まあ、あの番組は相当人気があったから、鼻の頭にホクロのある人は周りからずいぶんとからかわれたはずだ。鼻のホクロを押されて、『人形に戻れ』なんてこともやられただろうな。何はともあれ、それほど珍しい特徴が『姪にそっくり』だとすれば、どちらが本物の中村佐紀子かは簡単に確定できたよ」

藤子不二雄原作の『パーマン』は、優子が中学二年生頃に放映されていたテレビアニメで、海老名係長のあだ名の元となった『オバケのQ太郎』の後番組だった。当時は爆発的人気を誇り、近所の空き地に行くと、風呂敷をマント代わりにして空を飛ぶまねをする子供をよく見かけた。

（放映されたのは十年以上前のことだし、幅広い世代に大人気だったから、六助さんが知っていたのはわかるけど、それよりさらに一回り上の師匠が……さすがは名探偵だなあ）

　優子はしみじみ感心してしまった。

「すると、残った謎はあと一つですが、寿々子さんが書かれていた中村佐紀子の『重大な犯罪』とは何だったのでしょう」

「それについては、ついさっき、あなたは目のあたりにしたんじゃないかな。しかも、残念なことに、現在進行形でね」

「えっ……？　どういう意味ですか」

「だって、自分でそう言ったじゃないか。『両眼の瞳孔が開いていた』と」

「あ、はい。ただ、夜だったし、あれは光の関係かも……」

「いや、見間違いではなく、実際にそうだったんだよ。それからあまり時間が経ってないから、思い至らないだけで、冷静に考えればあなただって気づいたはずだ。生身の人間でも、ある種の薬物を服用すると、体にそういう変化が生じるってことにね」

「ある種の薬物を……ははあ、なるほど。覚醒剤ですか。それで……」

優子は深くうなずいた。覚醒剤取締法が施行されたのは昭和二十六年。使用はもちろん、所持していただけでも十年以下の懲役という重罪だ。この薬剤を摂取すると、さまざまな変化が体に表れるが、その一つとして、両眼の瞳孔が開き、まるで死人のような顔になるという。

「私も実際に見るのは初めてだったので、すぐには結びつきませんでした。寿々子さんが佐紀子について『脳が冒されている』と書いているのもそのことでしょうから、間違いないと思いますが……ただ、前歴を照会しても何もなかったので、逮捕・起訴はもちろん、捜査対象にもなっていないはずですよね」

「照会結果が間違ってるとは思えないから、覚醒剤とは無関係の理由で留置場に入れられたんだろうな。それが何かはわからないけど……極端な話、酔ってトラ箱に一晩入れられたって前歴はつかないだろう」

「もちろん、つきません。すると、そんな形で橿原次郎と知り合った中村佐紀子はしつこくつきまとい、誘惑して関係をもったのですね」

「うん。そして、もちろんそれには魂胆があった。その時点で、すでに彼女は覚醒剤に手を染めていて、親戚である六助さんは薄々そのことに感づいていたんだ」

「なるほど。それで……犯罪に手を染めた人間は警察官との接触を嫌うのが普通ですが、逆に向こうから接近してきて、手づるをつかみ、見逃してもらおうとする連中もいます。佐紀子の場合、後者だったのですね」

「そうさ。とど、看守をしていた橿原次郎が毒牙にかかり、六さんまでもが籠絡《ろうらく》されてしまった。寿々子さんの手紙から察すると、六さんは身内から縄付きが出るのを嫌い、同僚を依願退職させることで犯罪を闇へと葬った。気の毒に、女に迫られた橿原次郎は夫婦別れをして、佐紀子と所帯をもつはめになったが、相手の姓を名乗るくらいだから、きっと悪い噂がすでに漏れていたんだろうな」

「六助さんは義理の姪を自力で更生させようとしたが、結局、失敗に終わってしまったわけですね。けれども、おそらくは、かなり長い期間、中村佐紀子は覚醒剤を断っていたのだと思います。ただ、残念なことに、経営難が原因で店を閉めることになったストレスで、再び手を出してしまった」

「たぶん、それが事実だね。そんな時にたまたま六さんが中村次郎と偶然会い、しかも、別れたはずの女を女房だと言い張っているのに不審を抱いて、接触を試みた。毘沙門様へ呼び出したのは六さんの方だろうな。ところが、姪っ子の方は非合法薬物に手を出したのが露見したと勝手に思い込んだ。

昔はヒロポン、今はシャブなぞというが、副作用の被害妄想がひどいらしい。六さんだけじゃなく、あなたまで襲おうとしたのも、それが原因さ」

「私が刑事であることを夫の次郎から聞いて、さらに追い詰められ、やぶれかぶれの行動に出たというわけですか。確かに、まともな思考回路ではないですね」

快刀乱麻を断つ推理に、優子は心の底から感嘆しながら、

「貴重なご教示を頂戴して、本当にありがとうございます。今後、その線で捜査してみます。尿検査をすれば、結果は一目瞭然ですから」

頭を下げると、正蔵師匠は「あくまでも参考意見だから」と謙遜して、カップに残ったコーヒーを一口すすり、

「それにしても、看守を誘惑するというのは大胆不敵だねえ。六さんに聞いたことがあるんだが、留置場の中では看守は『先生』と呼ばれてるそうだ。警察署の外でも若い女からそんなふうに呼ばれて、鼻の下を伸ばしたのが、橿原次郎が道を踏み外すことになった原因かもしれないねえ」

第三話　熊の皮騒動

「……この間、地主さんとこへ行ったら、奥さんが『甚兵衛《じんべえ》さんのおかみさんは色が白いわねえ。あたし、うらやましいわ』なんて言ってた。そのいい女を女房にもってるんだから、やっぱり俺は幸《しあわ》せ者《もん》だい。なあ、あはは……ああ、行き過ぎちまった。ええと……ここだ、ここだ。こんちは」

「はいはい。どなた……ああ、甚兵衛さんですか」

「あのう、何です。先生はご退屈ですか」

「は？　さあ、それはわかりかねますが……」

「ご退屈なら、お目にかかりたい。談判したいことがあるんでね」

「さようでございますか。ちょっとお待ちのほどを……あの、先生、長屋の甚兵衛さんが見えまして、先生に何か談判があるそうなのですが、いかがいたしましょうか」

「甚兵衛さん……？　ああ、八百屋か。おもしろい人だ。こっちへ通しなさい。

おう。これはこれは、珍しい。まあ、そこにお座り。何ぞ用があって、おいでかな」

「だから、あのう……先生はご退屈ですか」

「いや、患者が多いので、別に退屈はしておらん」

「そら、困ったなあ。退屈なら、先生にお目にかかりてえんだけど」

「もうお目にかかってるじゃないか」

「だから、そのう、言いたいことがあって来たんだよ。ええと、ウケ、ウケタマワカラレレバ……これくらいでまけといてください。ええ、お屋敷がお弔《とむら》いだそうで、お門《かど》の多いところ、手前どもまでお石塔をいただきまして、ありがとうございます」

「何だい、そりゃ。さっぱりわからんぞ」

「そうだろう。俺にもよくわからねえ」

「困ったなあ。おいおい。ちょっと来ておくれ。甚兵衛さんが来て、何か言ってるが……ああ、そうか。わかった、わかった。お前さん、お赤飯の礼に来てくれたんだね」

1

「お足元の悪い中、ご来場賜りまして、まことにありがとうございます。間に挟まりまして、おなじみのところを一席申し上げます」

神楽坂倶楽部六月上席、今日は三日め。昼の部の中入り後、三人めの出番は山桜亭馬八《さんおうていうまはち》師匠。『お足元の悪い中』と言ったのは、朝から雨模様の天気だからだ。

「『戦後強くなったのは女性と靴下』なんてことを申しまして、男女同権はまことに結構ですが、女房の尻に敷かれちまって、亭主の方が青息吐息。そんなお宅がよくございます」

馬八師匠は三十八歳。昭和五十一年に八十歳で亡くなった山桜亭馬春《ばしゅん》師匠の弟子で、活きのいい江戸前の芸風が高く評価されている。えらの張った輪郭にぎょろりとした眼、太い眉、左頬に大きなほくろがある。身につけているのは、白い麻の着物に水色の羽織と臙脂《えんじ》の博多帯。少し派手な高座着がよく似合っていた。

「……なんて、他人事《ひとごと》みてえなことを言ってますが、実はうちがそうなんですよ。山の神の怖《こえ》えのなんの。あたしなんざ、金槌の身投げ……もう、まるっきり頭が上がらない」

顔をしかめながら嘆くと、ややあってから、笑い声が起きた。なるほど。金槌が水中へ身投げをすれば、重い頭は沈みっぱなしで、永遠に浮かび上がらない。

（馬八師匠のところがかかあ天下……本当かなあ。まあ、噺のマクラで喋ってることだから、あてにはならない）

平日のためか、入りのあまりよくない客席の後方で、平林は笑いながら首を傾げた。

（むしろ愛妻家だという評判の方をよく聞く。そもそも駆け落ち同然で一緒になったらしいから、もし尻に敷かれていたとしても、苦情をもっていく先がないな）

熱烈な落語ファンの平林だが、個人的に交際している噺家となると、ごく数が少なく、正蔵師匠以外ではこの馬八師匠くらい。馬春師匠亡きあと、馬八師匠は稲荷町へ身内同然に出入りしていて、そんな関係で親しくなったのだ。

実は今日、昼の部が終演《はね》てから一緒に飲みに行く約束をしていたのだが、平林に都合ができたため、師匠の出番が終わったら楽屋を訪ね、土曜日に延期してもらうよう頼むつもりでいた。平林が寄席見物をするのはおよそ四日に一度回ってくる当直勤務明けが多く、今週は火曜、つまり今日と、土曜がそれにあたっていた。

「ここで皆様方に愚痴をこぼしても始まりませんが……落語によく出てまいりますのが、亭主が底抜けのお人好しで、始終損ばかりしている。そのため、独りで家を切り回す女房がどうしても男勝りになるってんですが、それも程度問題でしてね。

たぶん、ひどいめに遭った亭主がこしらえたんでしょう。悪口の唄にこんなのがあります。『口が八丁、手が八丁、長屋歩きで甚助《じんすけ》で、縫い針仕事できもせず、それでおまけに金棒引き、早いてえのはつまみ食い』」

ずいぶんとまたひどい言い草で、平林は苦笑してしまった。ちなみに、『甚助』は『嫉妬深い』という意味である。

「こういうかみさんをもらった日には、亭主は気の毒です。これから申し上げるのもそんなお噺でして……」

そう言いながら羽織を脱ぐ。マクラから本題へ入る際の合図だが、馬八師匠の場合、羽織の紐の根元を左右に引っ張るだけで、手品のように紐が解ける。本人に尋ねたところ、『喧嘩結び』という結び方だそうだ。

「『おい、おっかあ。今、帰ったよ』

『誰かと思ったら、お前《まい》さんかい。またずいぶん早いじゃないか。だめだよ。仕事をなまけちゃ』

『なまけやしねえよ。今日はどこへ行っても、〈甚兵衛さん、待ってた、待ってた〉ってんで、すっかり売れちまって、菜っ葉一つ残っちゃいねえんだ』

『まあ、売り切れかい。それなら、ちょうどよかった。お前さんに急用ができたんだよ』

『へえ。急用？　何だい、その急用ってな』

『いえね、水汲んでもらおうと思ってさ』」

この台詞で、場内がどっと沸く。単に自分が動きたくないだけなのだが、女房の気持ちとしては、たぶん急用なのだろう。

（……ふうん、『熊の皮』か。馬八師匠のは久しぶりだなあ）

かかあ天下の落語といえば『火焔太鼓《かえんだいこ》』『あわびのし』『加賀《かが》の千代《ちよ》』あたりがよく出るが、『熊の皮』もそのうちの一つ。おもしろいことに、これらの噺の主人公の名はすべて甚兵衛で、底抜けのお人好しである点も共通していた。

『熊の皮』の甚兵衛さんは野菜の行商人、つまり八百屋だが、その日の荷を売り切って、意気揚々と帰宅したとたん、女房から用を言いつけられ、憤慨する。けれども、根っからの恐妻家なので、苦情は言うものの、結局は言いなりになってしまうのだ。

「『おい。脅かすなよ。何かと思えば……水ぐらい、自分で汲めばいいじゃねえか』

『あのね、あたしは女で、か弱いんだよ。井戸端《いどばた》から提げてくるのが大変なんだ。お前さん、まだ表にいるんだから、無精せずに汲んでおいで』

『じゃあ、しょうがない。行ってくるよ』

『……どう？　ああ、汲んできたのね。ご苦労さ……あっ！　だめだめ。まだ上がっちゃいけない。そこにお米が量《はか》ってあるからさ、ついでに研《と》いでおくれ』

『おい。そんな、ついでって……お前が研いだらどうだい』

『いいだろう。やってくれても。〈立っている者は親でも使え〉って言うんだよ』――

この調子で、ついには女房の腰巻まで洗わされてしまう。女性上位の落語は数多いが、亭主をここまでこき使うのはこの噺だけ。テンポのいい口演に、客席はもう大喜びだ。

筋を知り抜いている平林もつい笑ってしまったが、そのあとで、ひょいと首をひねり、

（所帯をもって以降、俺は料理も洗濯もほとんどしたことがない。だから、『熊の皮』の甚兵衛よりはましだが……亭主関白と呼ぶにはほど遠いな。家庭内の実権を女房に握られてしまっている）

彼の妻・英子《えいこ》は三つ下の四十九歳で、専業主婦。二十二年前に見合い結婚をした。

（ただ、あいつは陽性だからな。言いたいことはズケズケ言う代わりに、内にこもったりはしない。そこが救いだ。それに比べると……）

落語鑑賞中に邪念は禁物。そんなことは百も承知だが、つい考えてしまう。

（六助さんの奥さんは、俺から見ればまさに警察官の妻の鑑《かがみ》だったが……心の中に途方もなく深い闇を抱えていたんだなあ）

2

平林は現役時代の鈴木六助さんを見知ってはいたが、プライベートな交際は彼が退職後、息子である松葉家扇吉師匠の追っかけをするようになってからだ。

寄席や落語会へは夫婦連れ立って来ることが多く、とても仲がよさそうに見えたし、寿々子さんは常に控えめで、夫を立てているのが傍目《はため》にも明らかだった。うらやましい限りだと思っていただけに、五月の連休最終日に八王子の鈴木家で寿々子さん直筆の手紙を見つけ、平林は強い衝撃を受けたのだ。

（とりあえず、あの手紙は仏壇の引き出しへ戻しておいたし、我々の目に触れた事実もまだ伝えていない）

鈴木六助さんは一時生死の境をさまよったものの、その後は順調に快復し、二週間ほど前、集中治療室から一般病棟へ移った。

それ以降、何度か見舞いに行ったが、事情聴取には関わっていない。やはり六助さんをよく知る刑事課長の並河《なみかわ》康雄《やすお》が『本人の気持ちを考えれば、初対面の人間に相手させた方がいい』と言ったからだ。もちろん、聴取の結果については報告を受けているが、その内容は正蔵師匠の推理を全面的に裏づけるものだった。

（ただ、いつまでもこのままというわけにはいかない。姪っ子の裁判が始まれば、おそらく証人として呼ばれるはずだ）

中村佐紀子はすでに殺人未遂罪と覚醒剤取締法違反で逮捕・起訴され、現在は拘置所内で公判開始を待っている。

クスリが切れ、正気に戻った佐紀子は素直に取り調べに応じ、長年断っていた覚醒剤に再び手を出した理由を『借金苦でスナックを手放したせいです』と泣きながら語ったが、唯一、どこの誰から購入したかについては供述を拒んだ。おそらく、暴力団絡みだろう。

ちなみに、彼女の夫・中村次郎については、事件と無関係であることが判明したが、やはり道義的な責任を感じたらしく、勤務先は退職したそうだ。

（六助さんの現職時代の行動について、いまさら責任を問われることはないとしても、真面目一方な人だっただけに、過去の犯罪隠蔽が露見したのはさぞかしショックだろう。俺には何も言わなかったが……ああ、まただ。邪念は禁物だよな）

改めて高座に神経を集中すると、『熊の皮』は半ば付近に差しかかっていた。次から次へと降りかかってくる用事を何とか済ませた甚兵衛はようやく好物の赤飯にありついたのだが、食べ終わると、女房が『これは近所に住む医者の先生からのお裾分けだから、お礼に行かなければならない』と言う。

そして、口上を教えられたが、甚兵衛はなかなか覚えられない。そのうちに女房は呆れてしまい、

「『まあ、いいよ。そんなもので。それでね、終《しま》いに〈あたしがよろしく〉って、そう言っておくれよ』

『あたしがよろしくって……おい。誰が礼に行くんだ』

『お前さんに決まってるじゃないか』

『俺が行って、あたしがよろしくって……じゃあ、俺があたしで、あたしが俺で……あたしは一体誰でしょう？』」

甚兵衛がパニックに陥ると、客席で笑いが弾けた。口演は至って快調である。

「『……ああ、〈女房がよろしく〉って言えばいいのか。わかった。行ってくるよ。

いやあ、驚いた。だけど、うちのかかあは大したもんだよ。赤飯のお礼をそらで言えるんだから。長屋の連中もみんな口を揃えて、〈甚兵衛さんのおかみさんはもの知りだ、もの知りだ〉って……そのせいで、俺は女房の尻に敷かれてるのかなあ』」

〈おや？　前はこうじゃなかったぞ。馬八師匠のこの噺は三、四年ぶりだが……何か思うところがあって、変えたのかな。『女房がもの知りなせいで尻に敷かれる』なんて台詞は

なかったはずだ）

　考えてみると、『熊の皮』の甚兵衛の女房は他の噺に登場する長屋のおかみさんとは毛色が違う。『ご在宅』とか『ご到来物の儀』なんて言葉はかなりの教養がなければ言えないはずだ。

（『あわびのし』でも、この噺と同様、女房の差し金で大家のところへ行くが、熨斗《のし》の蘊《うん》蓄《ちく》を教えてくれるのは鳶《とび》の頭《かしら》……まあ、いい。今度飲む時、師匠にきいてみよう。いい酒の肴《さかな》になりそうだ）

　さて、医者の家に着いた甚兵衛はつけ焼き刃の口上を言おうとするが、うろ覚えのためにしどろもどろ。珍妙なやり取りが延々と続き、笑いがどんどん大きくなる。

「『わかった、わかった。お前さん、お赤飯のお礼に来てくれたんだね。こう言いたかったんじゃないかい。〈承りますれば、お屋敷からご到来物の儀だそうで、おめでとうございます。お門の多いところ、手前どもまでお赤飯をありがとうございました〉と』
『そうなんですよ。先生、ずるいや。立ち聞きしたね』
『立ち聞きなんてしやしない。そうかい。あれくらいのことで、わざわざ来なくてもよかったのに』
『そうでしょう。あたしも来るの嫌だったんですよ。来なけりゃ、よかった』」

　医者の話によると、さるお屋敷のお嬢様の病気を治した礼に熊の皮をもらったという。

「『熊の皮？　へえ。じゃあ、それを見せてください』

『いいとも。こっちへ来てごらん。ここにずうっと広げてあるから』

『えっ、どれ……こいつが熊の皮。触ってもいいですか。へえ。これが……ずいぶん毛深いもんですね』

『そりゃ、あたり前だな』

『ははあ、なるほど。で、先生、これをどうするんです？』

『熊の皮というものは、夏は涼しく、冬は暖かい。だから、まあ、敷き物だな』

『敷き物ってな、何です？』

『わからないか。早い話、これを尻に敷くんだよ』

『えっ？　尻に敷く……あっ！　女房がよろしく申しました』」

　大爆笑に加えて、盛大な拍手が起こり、馬八師匠の高座が終わった。

3

　京王線調布《ちょうふ》駅の北方五百メートルほどに位置する布多《ふだ》天神社は、かつて甲州街道に存在した五つの宿場町、布田五宿の総鎮守で、十世紀に編纂された延喜式にもその名が記されている。境内には社殿前にそびえるご神木のケヤキをはじめとして、緑が豊富だ。

駅と神社をつなぐ通称天神通りは、石鳥居の前で行き止まりになるが、そこを左へ折れ、敷地の西端にある細い道をさらに北へと進む。

(名人と呼ばれた五代目が亡くなって、もう四年か。馬八師匠は事実上の一番弟子だから、そろそろ師匠の名前を継いでいい頃合だ。今日の高座を見て、ますますそう思ったな)

早朝から降り続いていた雨は一時間前にやんだが、まだあちこちに水たまりが残っていた。時刻は午後六時前。まだ昼間のような明るさだ。

(『熊の皮』みたいな軽い噺は、かえって演るのが難しいらしい。お客の少ない寄席であれだけウケれば大したもんだ。もし襲名が実現すれば、早くも三十代で六代目馬春になるわけか。考えてみれば、うらやましい話だな)

落語家になりそこねたのはもう二十五年近く前だが、そのことがいまだに平林の心にわだかまっていた。

歩きながら、ふと見上げると、いつの間にか雲が消え去り、青空が広がっていた。右手には鎮守の森。太い枝が何本も道の上まで張り出している。人気漫画『ゲゲゲの鬼太郎《きたろう》』の作者・水木《みずき》しげるは調布市在住で、主人公の鬼太郎はこの森の奥に住んでいるという設定だと聞いた。鬱蒼《うっそう》としたその様子は、妖怪の棲家《すみか》としてまさにふさわしい。

自宅の住所は調布市調布ケ丘四丁目。駅からの距離は約一キロだ。

そこに土地を買ったのはちょうど二十年前。平林の実家は渋谷区恵比寿駅前の雑貨屋だが、その年に父が亡くなり、遺産分けとして幾許《いくばく》かの現金を渡された。それに、警視庁の信用組合と共済組合からの融資を足して購入。そして、翌年、都の住宅資金貸付制度を利用し、さらに信用組合からの追加融資を得て、何とか自分の家をもつことができたのだ。

調布市を選んだ理由は主に予算の都合だが、職場の先輩からはこっぴどく叱られた。『そんな田舎に住むのはやる気がない証拠だ』『今からでも遅くないから買い換えろ』。自分たちは都心のいい場所に住んでいるから好き放題が言えるわけで、要するに後輩いじめである。

（だけど、まあ、三十そこそこで建てた家を他人手《ひとで》にも渡さず維持してきたんだから、我ながらよく頑張ったよ）

警察官の給与は公安職俸給表が適用されるから、一般職より恵まれているが、特に出世でもしない限り、大した額はもらえない。しかし、自宅をもつことは強く奨励されていて、そのための福利厚生が手厚かった。誘惑の多い職業なので、早く自分の城を構えさせれば道を踏み外さずに済むという作戦らしい。

これと同様に、いい年をした独身者も警戒される傾向にあり、見合いの斡旋が非常に盛んで、『自分は百組以上まとめた』などと鼻高々で自慢する署長もいた。

平林が所帯をもったのはちょうど三十歳の時。やはり見合い結婚だが、職場関係ではなく、雑貨屋を継いだ六歳年上の兄・一《はじめ》からの紹介だった。

お得意先からもち込まれた話だったが、最初、平林は乗り気ではなかった。写真を見ると、確かに美人だが、何となく冷たい印象だったし、二十七歳という年齢も当時の結婚適齢期を過ぎていた。

妻・英子の父親は戦前、軍需品の缶詰を製造する工場を経営し、相当な羽振りだったが、空襲で工場と自宅を焼かれた上に、終戦後は知人にだまされて全財産を失い、失意の中で亡くなった。その後は病弱な母親とまだ幼い弟を抱え、やむを得ず高等女学校を中退。無我夢中で働くうち、婚期を逃してしまったらしい。

そんな話を聞くうちに気が変わり、見合いをしたのだが、実際に会ってみると、お嬢様育ちらしからぬしっかり者で、これならばと思い、婚約。半年後に結婚式を挙げた。相手が自分のどこを気に入ったのかは皆目わからない。ちなみに、英子の五歳下の弟は大学を卒業後、郵便局に勤務し、老いた母親を養っている。

所帯をもってみると、金で苦労を重ねたせいか、家計の切り回しが実にうまい。おかげで住宅ローンの支払いを一度も延滞せずに、今年の三月、ついに完済することができた。

平林は女遊びをしないし、ギャンブルもやらないが、酒は人並みに飲むし、仕事上のつき合いも多いから、それなりに金がかかる。給料日前など、内心恐る恐る無心していたのだが、『どうしても必要だ』と言えば嫌な顔をせずに手渡してくれたので、その点は本当にありがたかった。

（まあ、あいつも洋裁の内職をしていたから、何とかなったんだろうが、『金の苦労はさせていない』なんて思ってたのはこっちだけで、工面《くめん》が大変だったかもしれないな。幸い、あいつは高価な服や宝石には興味がないらしいから、そういう意味ではいい女房だが……ただ、気は強いなあ。何かでぶつかると、最後は必ずこっちが詫びを入れるはめになるんだ）

夫婦の間には一人娘の美奈《みな》がいて、自宅完成とほぼ同時に誕生した。というより、平林は妻の妊娠を知って一念発起し、新築を決意したのだ。

去年の春、美奈は埼玉県坂戸《さかど》市にある短大の食物栄養科に入学したが、自宅からだと通学に往復三時間以上かかるため、寮に入居した。将来は栄養士になり、学校給食の献立を作成したいそうだ。

（美奈が生まれてからは何でも子供中心。朝の見送りも夜の出迎えもまるでしなくなった。

まあ、『腰巻を洗え』と言われないだけましと思うしかないか）

すでに自宅までの距離は百メートルほどになり、門の前の電柱も見えている。平林はふと、昨日の朝の妻との会話を思い出した。

（『当直明けは寄席見物ですか』ときくから、『そうだ』と答えると、『それはかまいませんが、そのあとは寄り道せず、真っすぐ帰ってきてください』。訳をきいても言わないから、焦《じ》れて、そのまま家を出ちまった。

まあ、馬八師匠と飲むのはいつでもいいから、日を変えてもらったが……あれ、何だったんだろう？　当直の翌日、睡眠不足の状態で酒を飲むなと言いたかったのかな）

首をひねりながら歩くうち、自宅前に着く。

木造モルタルの二階建てで、延べ床面積が三十一坪。猫の額ほどの庭がついている。杉の板塀と格子の引き戸。どちらも家と同様、くたびれているが、黒御影石《くろみかげいし》に隷書体《れいしょたい》で彫られた表札だけは高級品で、篆刻《てんこく》が趣味の友人からの新築祝いだった。

キーホルダーを取り出し、自分でかぎを開けて、中に入る。上《あ》がり框《がまち》に鞄を置き、靴を脱ごうとした瞬間、廊下をバタバタ走る音が聞こえ、妻の英子が姿を現した。

「あら、あなた、お帰りなさい」

ぎょっとして、抜きかけた右足をまた靴へ入れてしまう。

久々の出迎えにも驚いたが、それ以上に違和感を覚えたのが服装で、水玉模様が入った藤色のワンピース。どう見ても普段着ではないし、さらに今日は化粧もしていた。もともと目鼻立ちのはっきりした顔だが、眼や口の周りのシワを白粉《おしろい》で消すと、我が妻ながらまんざらでもない。顎がしゃくれ、鼻が少し尖りすぎているのが欠点だろうか。髪は耳が隠れる程度の長さで、内巻きにパーマをかけていた。

英子の身長は平林とほぼ同じ。それが深々と腰を折って、にこやかに笑い、

「お仕事、本当にお疲れ様でした。あっ、お荷物をお持ちいたしましょう」

三つ指こそつかなかったものの、床の上にあった鞄をさっと取り上げる。

（な、何だぁ？　何がどうしたってんだよ）

普段とは別人のような妻の言動に、平林は金縛りに遭い、動けなくなってしまった。

（まさか、単なる気紛れで良妻ごっこをしてるはずはないし……おや？　この靴は……）

三和土《たたき》に、見慣れない男物の黒い革靴が置かれていた。

（誰か、来客……そうか。だから昨日、『明日は寄り道するな』と言ったんだな）

不吉な胸騒ぎを感じながら、平林はのろのろと靴を脱ぎ始めた。

4

玄関を入ると、正面に居間。そこから右方向へ中廊下が続き、南向きに客間と夫婦の寝室、北向きに台所と浴室、トイレが配されていた。二階には娘の美奈の部屋があり、もう一間はほぼ物置になっている。

客間の前にはスリッパが一足。先を歩いていた英子はその手前で足を止め、振り向くと、

「会っていただきたい方がいます。お話は、どうぞその方から」

一方的にそう宣言すると、平林に質問する暇《いとま》を与えず、廊下との境の襖を開いた。

客間は六畳。黒塗りの座卓の上に見慣れない大きな長方形の平箱が載り、箱のそばにスーツ姿の男性が正座していた。

「こちら、アリババさん。今回、いろいろとお世話になりましたの」

「どうも、はじめまして。アリババと申します。お留守におじゃまをいたしまして、まことに申し訳ございません」

(アリババ？　外国人ではなさそうだけど……もしかして、あだ名なのかな)

戸惑いながら、床の間を背にしてあぐらをかき、その脇に英子が座る。

向かい合って、しみじみ観察すると、謎の人物は六十代前半といったところ。半白の髪をオールバックにして、鼻の下にコールマンひげをたくわえている。薄い眉と糸のような眼。表情は愛嬌たっぷりだが、何やら正体不明の不気味さが漂っていた。

「申し遅れましたが、私《わたくし》、こういう者でございます」

恭《うやうや》しく差し出された名刺に視線を落とすと、『株式会社ＹＹトレーディング代表取締役東浜善太』。

「ヒガシハマ、ゼンタ？　ええと、たしか、さっきは違う名乗りだった気が……」

「いいえ。それで『アリハマ』と読むのです。祖父が沖縄の離島出身でございまして」

それはそうだろう。まさか、昔話の盗賊と同じ名前の日本人なんているわけがない。

「では、この『ＹＹトレーディング』というのは……」

「『よい品を安く』の頭文字を採りました。その名に恥じぬよう、お客様に誠心誠意ご奉仕させていただいております」

名刺の右上には古物商許可番号。それを見て、平林はようやく事情が呑み込めた。

（つまり、この男から買った何か中古品がこの紙箱に入っているというわけか。脅かしやがって……ようやく借金もなくなったんだから、買い物くらい、好きにすればいいんだ）

「失礼ながら、ちょうど名刺を切らしてしまいましてね」

平林がそう言ったのはもちろん嘘だ。一応名刺は持っているが、プライベートで渡すことはない。

「いえいえ。どうか、お気遣いなく。都庁にお勤めだと奥様から伺いました。我々都民のために日々、粉骨砕身《ふんこつさいしん》。本当にお疲れさまでございます！」

　そう言って、座卓の天板へ頭をぶつけそうな勢いでお辞儀をする。営業用とはいえ、幇間《たいこもち》も顔負けのヨイショっぷりだ。

　平林は自分が刑事であることを隣近所にも明かさず、家族にも『口を滑らすなよ』と厳命していた。厄介な相談事でももち込まれたら困るからだが、もしきかれた場合には『都庁に勤めています』と答える。警視庁も東京都という自治体の一部署には違いなかった。

「まあ、前置きはそれくらいにして……事前に何も知らされていなかったので、面食らってしまいましたよ」

　傍らの妻を一瞥《いちべつ》すると、知らん顔……というより、込み上げてくる笑いをこらえているように見えた。

（よほどご機嫌らしいな。わざわざこんな手順を踏むくらいだから、箱の中身はかなり……まあ、いい。まさか家屋敷を売るはめにはならないだろう）

「まことに恐縮でございます。あらかじめ、お電話でご主人様とお話しさせていただけばよかったのですが――」

「いや、そろそろ本題に入りましょう。家内が購入しようとしている品は何なのですか」

「はいはい。それが、めったに出ないような掘り出し物でございまして……はい。どうぞ、ご覧ください」

平箱の蓋が開けられる。怖々《こわごわ》覗き込んだ平林は眼を見張った。

「えっ？　これ、熊の皮じゃないか。こんなもの、居間の敷き物にでもするつもりなのか」

思ったままを口にすると、左隣に座っていた英子がいきなり大声を上げ、

「熊の皮ですって⁉　何よ、それ。信じられない」

よほど心外だったのだろう。眉が極限まで吊り上がっていた。

「田舎の成金じゃあるまいし、そんなもの、買うわけないでしょう」

「そう言うが、誰が見たって、熊の……じゃあ、何なんだ、これは？」

「ミンクのストール。ほら、美智子《みちこ》様がご結納《ゆいのう》の時に着てらしたでしょう。あれよ、あれ」

「結納の……あ、ああ、わかった。思い出したよ」

皇太子殿下と妃殿下のご成婚は今から二十一年前だが、まさに国家を挙げての一大イベ

ントで、パレードの生中継を機にテレビの普及率が一気に上がったと言われている。

　ご成婚を前にした民間の結納にあたる儀式で、当時の正田《しょうだ》美智子さんがミンクのストールを身につけたことが大きな話題となり、その時からミンクは日本中の女性の憧れの的となったのだ。

「それくらい、俺でも知ってるが……あの時着ていらしたのは灰色の毛皮だ。こんな真っ黒じゃなかったぞ」

「ええ、その疑問につきましては、生業《なりわい》としております関係上、私からご説明させていただきます」

　待ってましたとばかりに東浜が口を開く。

「野生のミンクは水辺に棲む半水生動物で、体毛の色は生息する地域によって異なりますが、基本的には褐色です。ところが、一九三〇年代後半、アメリカ合衆国はウィスコンシン州で人工飼育しておりました中に、突然変異によってシルバーブルーの毛色のミンクが生まれました。この個体をもとに、かの有名なメンデルの法則を応用して、次々と交配を重ねた結果、現在では約四十ほど色の種類がございます」

　まるで講釈師のような名調子。もし手近に張り扇があれば、貸してやりたくなった。

「美智子様が納采《のうさい》の儀でお召しになっておられましたのは明るいブルーグレーのサファイ

アミンク。あれももちろん結構ですが、こちらのお品もまったく引けを取りません。一般にダークと呼ばれる濃褐色のミンクは黒に近いほど希少価値が高いのですが、これは最高ランクとされるジェットブラックで、重厚な漆黒の色合いと美しい光沢。これ以上の物は絶対にございません。

しかも、長方形のストレートではなく、肩癖《かたぐせ》をつけながら手間隙《てまひま》かけて仕立てたケープストールですから、洋装はもちろん、和装にもしっくり調和します。使用されているのは毛足が長く、皮が丈夫な雄の毛皮で、六枚はぎ——」

「ちょ、ちょっと……ご説明はよくわかりました。もう、それくらいで結構です」

長広舌《ちょうこうぜつ》に辟易《へきえき》して、平林は両手を顔の前に上げ、話を中断させる。

「で、お値段はいかほどなんです？」

「はい。何しろ、素材が最高級なのに加え、こちらはブランド品でございまして……」

東浜が二つ折りにされていた商品を箱から取り出す。細長いストールは中央付近が最も幅が広く、そこから次第に幅が狭くなっていて、両端に尻尾が三本ずつぶら下がっていた。

（ミンクというのはイタチの仲間だと聞いたが、つまり、六匹分の毛皮を使ったという証拠……なるほど。だから、さっき『六枚はぎ』なんて言ったのか。残酷なもんだ）

平林の感慨など知るはずもなく、東浜は満面に笑みを浮かべながら裏側の一角を指差し、

「ここに、ぜひご注目ください。ロゴが入っております。フレンドリッシュ。一九〇八年、花の都パリにて創業された世界屈指の毛皮専門プレタポルテメーカーでございます」

「えっ？　フレタ、ポルテメ……」

「プレタポルテを作っている会社だってこと」

英子が脇から口を挟む。露骨に軽蔑の色が感じられた。

「高級な既製品のことを、そう呼ぶのよ」

「そんなこと、俺が知ってるわけないだろう。だからねえ、東浜さんとやら、長講釈《ながごうしゃく》は聞き飽きました。単刀直入にお願いします。これの値段はおいくらですか」

「はい。先ほど申しました通り、めったに出ない掘り出し物ですし、もちろん新品ではございませんが、ほぼ未使用。お値段のご相談には乗りづらいところですが、何とか勉強に勉強を重ねまして、九十八万五千円でご奉仕させていただきます」

「きゅ、九十八万……ば、ばかな！　冗談はやめてくれ」

　思わず座布団から腰が浮き、右手を左右に大きく振る。妻の要望には極力従うつもりだったが、金額が予想をはるかに超えていた。車の値段にすれば、カローラやサニーは余裕だし、ややグレードは落ちるものの、ブルーバードやコロナにも手が届く。

「そりゃ、いくら何だって、高すぎる」

「いえいえ。お言葉に逆らうようで恐縮ですが、銀座あたりの専門店で新品を買えばこの倍はいたします。今回は小野田《おのだ》様からのご紹介なので、特におまけしているわけでして」

「小野田……ああ、そういうことだったのか」

小野田友子《ともこ》は英子の女学校時代からの親友だが、彼女も事情があって、中退を余儀なくされた。一体どんな縁があって、英子は東浜と知り合ったのだろうと思っていたが、とりあえず、その疑問は氷解した。

「一応事情はわかったが、向こうの家は向こうの家、うちはうち。そんな大金、とても用意できませんよ」

「ああ。その点ならば、どうかご心配なく。クレジットがご利用いただけますから、月々のお支払いは低く抑えられます」

「あんたは他人事だから、気楽に言うんだ。月賦だから野放図でいいわけじゃない。うちにはそんな無駄遣いをする余裕なんて――」

『ない』と断言する前に英子が悲鳴のような声を上げ、両手で顔を覆って泣き出し、平林は虚をつかれてしまった。

「……ひ、ひどい。よくも、そんなことを……」

やがて、英子がとぎれとぎれに言葉を絞り出す。

「家のローンを抱えて、私がどれくらい、苦労して……家計を切り回してきたと思っているのよ」

「いや、それは知ってるが……だからといって、九十何万もの金を――」

「わかったわ。あなたは、私に一生贅沢はさせないつもりなのね」

英子が顔を上げ、憤怒の表情で平林を睨み据える。

「女学校時代のお友達の中にはね、これの何倍もするグッチやフェンディのロングコートを持ってる人だって大勢いるのよ！　それに、忘れてるかもしれないけど、美奈は来年の一月に成人式。晴れ着の用意はしたけど、毛皮だってあった方がいいに決まってるわ。それくらい、わからないの？」

「うっ……い、いや、忘れたわけじゃないが……」

平林はたじたじとなった。成人式に出席する際の衣装は振り袖にキツネの毛皮の襟巻きが定番だが、ミンクのストールならば、もちろんさらに申し分がない。

結婚以来、一度も聞いたことのなかった妻の本音に衝撃を受け、平林が絶句していると、

「ご主人様が驚かれるのも無理はございません。やはり本物はそれなりの値段がいたしますから」

落ち着き払った口調で、東浜が言った。

「しかし、先ほどもお話に出ました通り、年頃のお嬢様がいらっしゃるそうで。確かに値が張りますが、毛皮はきちんとお手入れをすれば三、四十年は問題なく着られます。奥様のあとはお嬢様に引き継ぎ、母娘《おやこ》二代でお使いになれば充分元は取れるのでは……まずはご主人様、どうぞ、手で触れてみてください。

動物の毛皮には外敵から身を守るための長くて固い刺し毛と、防寒の役割を果たす柔らかい綿毛の両方が生えておりますが、毛皮の値打ちは綿毛の密集具合によって決まります。一目瞭然ならぬイッショクリョウゼン。触ればすぐに価値が実感できますから」

(よく舌が回るなあ、こいつ。イッショクリョウ……一触瞭然か。そんなこと、ずぶの素人にはわかりっこない)

だが、妻が見ているので、手を伸ばさないわけにはいかない。

「へえ。これが……ずいぶん毛深いもんですねえ」

次の瞬間、口をついて出たのは、何と『熊の皮』の甚兵衛の台詞だった。それを聞いて、英子が驚きの表情を浮かべる。

平林はため息をつきながら、やけっぱちで真っ黒なストールをなで回し続けた。

5

「……いやあ、そいつは災難でしたねえ。糟糠《そうこう》の妻から涙ながらの攻撃に遭っては、神楽坂署が誇る鬼刑事殿も形なしだ」

右隣で馬八師匠がうれしそうに笑った。赤を基調にした半袖のアロハシャツに白いスラックス。普段の服装は高座着以上に派手だ。

「とどのつまり、どうなりました？　件《くだん》のストールはお買い求めになりましたか」

「そうするよりほかないでしょう。女房が完全に魅入られてるんだから」

平林は顔をしかめて、ビールを飲む。

「仕方ないから、住宅ローンがもうしばらく続くと思って、諦めることにしましたよ」

「ようよう。さすが。到来物《とうらいもの》の角砂糖ってやつだ。亭主たる者、そうありたいねえ」

盛んに持ち上げながら、平林のグラスへビールを注ぐ。『到来物の角砂糖』は『角が取れている』という意味だ。

同じ週の土曜日、時刻は午後七時半過ぎ。二人がいるのは、神楽坂通りから枝分かれした本多横丁の一角にある『小料理　平《へい》ちゃん』。カウンターと定員四人の小上がりだけだが、赤坂《あかさか》の有名料亭で腕を磨いた主人が出す凝った料理が評判の店だ。

ただし、今日はたまたま客が少ないようで、入口近くに師匠と平林が陣取っているほかは、奥の小上がりで小柄な老人が一人、ぽつねんと飲んでいるだけだ。

平林の前に置かれた半月盆の上には、今日の突き出しであるスッポンの煮こごり。冷やし固めたスープとほぐした身をざっくり混ぜてワイングラスに盛りつけ、ネギ、ショウガの繊切りが添えられている。箸の先でつまんで舌に載せると、瞬時に溶けて深い滋味だけが残り、ビールの肴に最高だった。

「それにしても、平林さんのお内儀が長者丸《ちょうじゃまる》の生まれとは知りませんでした」

「あのあたりも、近頃はだいぶ変わりましたが……戦争前は確かに別世界で、眼と鼻の先に住んでいた私だって、足を踏み入れるのをためらうほどでしたよ」

『長者丸』は現在の品川区上大崎《かみおおさき》二丁目から目黒区三田《みた》一丁目付近に存在した旧町名だが、戦前は名にし負う高級住宅街で、政治家や高級官僚、有名企業の社長の邸宅が軒を連ねていた。

「その点、うちの山の神は浅草《あさくさ》育ちですからねえ、万事にざっかけなくて、気品のかけらもありゃしません」

「よく言いますよ。あんな優しくてかわいらしい奥様をもらっておきながら。しかも、うちの家内の実家とは違って、今もお店は大繁盛じゃありませんか」

師匠のおかみさんは由喜枝《ゆきえ》さんといって、師匠よりも三歳下。浅草の老舗《しにせ》の足袋屋《たびや》の一人娘で、駆け落ち同然で所帯をもったという噂だ。

「それにしても、何とも迂闊《うかつ》だったと反省しました。お嬢様育ちのわりにやりくり上手だし、贅沢も言わない。金の苦労が身についたせいだと都合よく考えてましたが……本人は我慢に我慢を重ねていたんですねえ」

「まあ、生まれ育った土地柄が土地柄ですから」

「しばらく経ってから思いあたったのですが、今晩、家内は熱海《あたみ》へ行ってるんです」

「へえ。熱海？　温泉旅行ってわけですか」

「はい。女学校の同窓会……といっても、正式なものではなく、当時の仲間が二十人ほど集まるらしいんですがね」

「ええと、失礼ながら、前に伺ったところでは、奥様は女学校を……」

「卒業していませんよ。見合いの時にもらった釣書《つりがき》も最終学歴が『高等女学校中退』となってました。だけど、何しろ入学したのが昭和十八年。巡り合わせが悪すぎます。中退せざるを得なかった生徒が大勢いるので、親睦会は卒業生も中退者も分け隔てしない決まりだと聞きました」

「なるほど。まことに行き届いた方針で、そうでなくちゃいけません」

「だから、家内もその集まりに行くのを楽しみにしてますが……ただ、たった一人だけ、忌み嫌う女友達がいるんです。やつの実家の右隣で、宝石店の社長令嬢。婿を取って、現在も同じ家に住んでますが、そいつが毎回、場違いなほど高価な服やアクセサリーで飾り立ててくる。ほかの参加者はともかく、家内は隣同士だったこともあり、心中穏やかではいられなかったらしい」

「ははあ。そこで、ローンの支払いもなくなったことだし、憎っくき相手に一矢《いっし》報《むく》いてやろうというわけですか」

「家内自身は決してそうは言いませんが、まず間違いないでしょう。うちへ来た古物商も同じ境遇の友達からの紹介でしたから、たぶん二人が一緒になって対抗心を燃やしてるんだと思います。まあ、それがなくても、ミンクの毛皮をほしがらない女なんていませんがね。何しろ、皇太子妃殿下もご愛用なんだから、亭主は到底抗えません。

家内の叔父が小田原《おだわら》で干物屋をやってまして、去年女房に先立たれて不自由してるから、熱海の同窓会のあと、二、三日泊まりがけで掃除やら洗濯やらしてくるそうです。ありがたい話ですよ。しばらくは束の間の独身生活。まあ、明日は出張が入ってるので自由が利きませんが、今夜はせいぜい羽根を伸ばさしてもらいます」

「へい。どうも、お待ち！」

威勢のいい声とともに、朱塗りの盆に新たな小鉢が置かれた。馬八師匠はここの開店当時からの常連客なので、椅子に座れば注文しなくても何品か見繕いで出してくれる。

「ほう。水貝か。いよいよ夏だなあ」

好物らしく、師匠が相好《そうごう》を崩す。塩もみしたアワビを角切りにして、芯を抜いたキュウリの輪切りとともに塩水に浮かべる。普通はワサビ醤油につけて食べるのだが、この店ではワタ酢が添えられていた。アワビの肝をゆでて裏ごしにかけ、黄身酢と混ぜたものだそうだが、身にたっぷりまぶして口へ入れると、プリプリした歯応えに加え、海の香りが濃厚で、思わず陶然となってしまった。

「だめだ、だめだ。こんなもの食いながら、ビールなんぞ飲《や》っちゃいられねえ。辛口を温《ぬる》燗《かん》で頼む」

その注文を聞いて、平ちゃんがカウンターの奥の厨房で、笑いながら、

「素直じゃねえなあ。『うまい！』と言ってくれればお互いに気分がいいのに。まあ、もう慣れっこですけどね」

年の頃は三十代半ばで、長身に坊主頭、作務衣《さむえ》に白い前掛け。ここの主は馬八師匠の中学校の二年後輩だそうで、本名を山梨要《やまなしかなめ》といい、学生時代のあだ名をそのまま店名にし

てしまった。『山がないから平らだ』というわけである。

「ああ、そうそう。平林さん、この間の火曜日は来なくて大正解。危うく悪巧みの餌食《えじき》になるところでしたよ」

「悪巧み？　何です、それは。穏やかじゃないなあ」

脇を見ると、馬八師匠はすました顔でアワビをつまんでいる。

「あの日の午後、店で仕込みをしてますとね、珍しく師匠が入ってきたんですよ。そして、何やら袋を差し出して、『今晩、平林さんと一緒に来るから、こいつを料理してくれ』ってんでしょう。中に氷が入ってるから、何だろうと思ったら、熊の肉ですよ。熊の肉」

「えっ、熊？　何で、そんなものを……あっ！　わかった」

盆の上に箸を置き、平林は自分の膝を手の平で叩いた。

「じゃあ、あの日、師匠は私に熊肉を食べさせるつもりだったから、高座で『熊の皮』をお演りになったんですか！」

6

「しかし、何とものを好きな……じゃあ、せっかく準備したのに、私の都合で日を変えていただいたせいで、企画倒れに終わったというわけですね」

神楽坂倶楽部の楽屋を訪ねた時には『いつでもいいんですよ、別に』などと言っていたが、内心悔しがっていたに違いない。

馬八師匠は以前から、客席になじみ客の顔を見つけると、わざと同じ職業の人間が登場する噺を演じたりしていたが、病膏肓《やまいこうこう》に入り、さらに凝った遊びを始めたらしい。

「それはほっとしたような、残念なような……熊の肉なんて、一度も食べたことがないので、うまいかまずいか、皆目見当がつきません」

「まあ、味は好きずきですが、無理して食うほどのものじゃありません。私も熊を料理するのなんて初めてだったけど、ほら、両国橋《りょうごくばし》のたもとに江戸時代から続く獣肉《けものにく》の専門店があるでしょう。あそこにならって、醬油と豆味噌の割り下で煮たんですよ。ネギと糸コンニャクをあしらってね」

「ははあ。熊鍋ですか。季節は少し違いますが……それで、味の方はどうだったんです」

「そりゃあ、大将の腕がいいもの。まずいわけがねえ。口の肥えた常連たちにも大好評さ」

馬八師匠が珍しくほめちぎったが、平ちゃんはあっさり首を振ると、

「こんな時にヨイショしてもらわなくても結構です。それより、おかしな道楽はもうやめ

てください」

　眉をひそめながら、平ちゃんが銚子を二本とぐい飲みを二個、カウンターに載せる。

「今回は熊だったからまだましな方で、狸の時なんか大事《おおごと》でした」

「タ、タヌキ？　そんなものまでここへ持ち込んだんですか」

「結局、お断りしましたけどね。だって、自分は包丁を握ったこともないくせに、調理法まで細かく指定してくるんだもの。

　何でも、水を張った鉄鍋に肉を入れて火にかけ、吹き上がったところで、そいつをいったん地面へぶちまけて、その上に鍋を伏せる。で、冷めるのを待って、泥を水で洗い流し、味噌と砂糖で煮る」

「はあ？　地面にって……アク抜きが目的かもしれませんけど、食指は動きませんね」

　たぶん、『権兵衛狸』でも聞かせて、そのあとでご馳走するつもりだったのだろう。もし実現していれば、あたったお客は災難だった。

「まったく、どこで聞きかじってきたのか知りませんが、こっちも一応プロなんだから、やれることとやれないことが――」

「ええと……その、何だ。平林さん、『熊の皮』てえ噺もね、近頃はずいぶん演り方が変わってきましたよ。そう思いませんか」

会話の途中で、馬八師匠が強引に割って入り、話題を変えてしまった。さすがに、ばつが悪くなったらしい。

　酒を注いでくれるので、平林は笑いを嚙み殺しながら、それを受け、

「ええ。確かに。以前は、女房が忘れないまじないだと言って、亭主の足の毛を抜く演出が多かったですね。だから、サゲのところも違っていて……ええと、調子に乗った甚兵衛が毛皮の毛を抜き、吹き飛ばし始める。

『長い毛だなあ、こりゃ。いよっ。抜けた抜けた。プー……ははは。こいつはおもしれえ。それなら、こっちも……プー』

『これこれ。甚兵衛さん、毛を抜いちゃいかん』

『毛を抜く……？　ああ。女房がよろしく申しました』」

「ようよう！　さすがは落語デカ。口調が玄人《くろうと》はだしだねえ」

「あっ、これは……何とも、お恥ずかしい限りです」

　商売人を前にして、とんでもないまねをと冷や汗をかく。噺家になり損ねた刑事だけに、落語の話題になると、つい夢中になってしまうのだ。

「いえいえ。なかなか堂に入っていましたよ。だけど、実はさっきのも、もともとの形ではありません。本来、この噺はバレでしてね」

『バレ』または『バレ噺』は、いわゆる艶笑落語を指す。

「川柳にも、『熊の皮、見て女房の義理を言い』。熊の皮でできた煙草入れを出されて、なでているうちに、『ああ。妻がよろしく申しました』なんて小噺もあります」

「ははあ。それはつまり、熊の皮の感触が女性の……ええと……」

「むろん、タレの周りの毛に似てるってわけですよ」

こういう時、符牒は便利だ。『タレ』は女性性器、あるいは女性そのものも指すが、あまり上品な言葉ではない。

「だから、本来はその部分をもっとたっぷり……例えば、鉄砲の弾で開いた穴へ指を突っ込み、いじり回しているうちに、はっとなって、『あっ！　女房が……』てな具合です」

「なるほど。それが、足の毛を抜く演出に変わり、さらに上品さを増して、現在の形になったというわけですか」

「この間は、平林さんが聞いてたので、ぜひオリジナルをと思ってたんですが……」

馬八師匠がズボンのポケットからハイライトを取り出し、一本抜いて口にくわえる。

「時間が押してたもんでね。普段通りに演るしかなかった」

「それは惜しいことを……それよりも、師匠、煙草はやめたんじゃなかったのですか」

「丸一年断ってましたけど、一週間ばかり前、つい誘惑に負けちまって」

店のマッチで火をつけ、煙を吐きながら苦く笑う。

「平林さんは、最初《はな》っからやらねえんですか」

「いや、以前は吸ってましたが、体に悪いと言われ、禁煙しました。もう九年も前にね」

「それで、すっぱりやめられる人はいいけど……何だか悔しいから、自堕落《じだらく》な方へ引っ張り込みたくなるね。まあ、うちは子供もいねえから、長生きしたって仕方がない」

「いや、そんな……まだまだこれからじゃありませんか」

励ましてはみたものの、こればかりは授かりもので、思い通りにはいかない。

「その点、お宅は楽しみがありますよ。お嬢様、もう大きいんでしょう」

「ええ。来年が成人式です。八月生まれだから、まだ二十歳《はたち》にはなってませんが」

「奥様に似て、大層な美人だと伺いましたから、ぜひご尊顔を拝したいものだと……」

「とんでもない。会わない方がいいですよ。まあ、顔は私でなく、女房の血を受け継いでくれてよかったですが、気の強いところまで似ちまいました。おまけに、中学生の時から反抗期で、親父とはろくに眼も合わせない。ずっと汚《けが》らわしいものでも見るような態度なんです」

酔いのせいで、口が軽くなっているのを自覚する。『油でうがいをする』という言い方があるが、酒でうがいをしている感じだった。

「合格した短大が遠方なので、寮に入れましたが、出ていってくれて、せいせいしてます。ついでに言うと、入学後、半年もしないうちに彼氏ができましてね。短大の友達の兄貴だそうで、正月に連れてきたんですが、いけ好かない野郎でした。私の前で、事もあろうに麻雀の腕自慢なんてしやがるから、めったに言わない自分の職業を明かしてやろうかと思いましたよ。だから、ええと、さっきのミンクのストールとやらも……」

平林が急に話題を変えたのは、馬八師匠の寂しげな表情が眼に入ったからだ。こんな愚痴がこぼせるのも子供がいればこそで、聞かされる師匠は迷惑かもしれない。

「手入れすれば三、四十年もつなんて言われましたけど、信用できません。何せ、この間来た古手屋がうさんくさい野郎でしたから」

『古手屋』は古物商のことで、『古手買い』なんて落語もある。噺家さんと飲んでいると、自然と昔風の言い方になるものだ。

「そもそも、名前が変なんですよ。アリババてんだから」

「えっ、アリババ？　そんな名前の日本人がいるんですか」

「いいえ。間違いなくそう聞こえましたが、確認したら『アリハマ』でした。『東の浜』と書くんですがね。『よい品を安く』で『YYトレーディング』なんて社名もあやしげだし、見た目もコールマンひげなんぞ生やしてやがって、いかにも——」

「平林の旦那、ずいぶんいいご機嫌ですね」

　と、その時、すぐ後ろで声が聞こえた。

　驚いて振り返ると、立っていたのはポロシャツの上に薄い布製のジャンパーを羽織った老人。二人が店に入った時から、小上がりで飲んでいた、あの人物だ。

　立った姿を間近で見ると、本当に背が低く、小学生かと見紛うほどだ。顔中、しわだらけで、真ん丸い眼に低い鼻、薄い唇。白くなった髪を短く刈っていた。

「すっかりごぶさたいたしました。お元気そうで何よりです」

　しわがれた声でそう挨拶されたが、誰なのか、すぐにはわからない。

「思い出していただけませんか。無理もない。あたしが旦那のお世話になったのはもう十五年……いや、もう少し前になりますかねえ」

「十五年というと、俺が本庁にいた時分だが……あっ！　じゃあ、お前……」

　平林の脳裏で、すぐ眼の前の老人がある犯罪者の顔と重なった。

「お前……もしかして、金原《かねはら》か」

「覚えていてくださいましたか。いやあ、うれしいなあ。名誉なことですよ」

　満面の笑みを浮かべ、顔のしわがますます深くなる。

「その節は大変にお世話になりました。どうか、ますますのご活躍を」

そう言い置いて、老人は勘定を済ませ、店から出ていく。

「……何者です、今のは？」

「いや、まあ、古い知り合いで……私の知り合いですから、ろくな者じゃありませんがね」

平林は苦笑しながら、平ちゃんに銚子のお代わりを所望した。

7

布多天神脇の道には街灯が設置されているが、数が充分とは言えない。そのため、娘の美奈はよく『もっと街中《まちなか》に家を建てればよかったのに』と不満を漏らしていた。

そんな薄暗い道を歩き続け、自宅に着く。普段とは違って、家の明かりが消えていたが、門柱の脇に街灯があるため、キーを取り出し、ロックを解除するのに不便はなかった。

玄関や縁側の戸、窓のかぎは新築当時そのままで防犯能力は高くない。すべて交換したいと思っていたが、ローン返済の負担が重く、踏み切ることができなかった。

（借金を返し終えて、いよいよと思ったら、例の毛皮のおかげで、またあと回し。デカが泥棒の被害に遭ったのでは格好がつかないけどなあ）

六畳の居間に入り、蛍光灯をともす。テレビにサイドボード、丸い卓袱台《ちゃぶだい》、あとは部屋の隅に仏壇が置かれていた。

畳の上にあぐらをかき、柱時計を見上げると、午後十時五十分。平ちゃんを出たあと、すぐに駅へ向かおうとしたが、誘いを断りきれず、結局もう一軒立ち寄ることになった。

喉が渇いていたが、台所で水を汲むのは面倒なので、茶櫃《ちゃびつ》から茶碗を取り出し、ポットの温くなった湯を注いで飲む。

（……俺も年を取ったな。あれくらいの酒が体にこたえるなんて）

おかしなもので、もう十年近く断っているのに、こういう時には煙草が吸いたくなる。気を紛らすため、平林は卓袱台を指先で叩き始めた。

（馬八師匠は勧め上手だから……明日は泊まりがけで青森だ。朝風呂にでも入って、完全に酒を抜いちまわないといけない）

出張の目的は、半年前に管内で発生した強盗傷害事件の被害者と弘前《ひろさき》市内で会うため。十日前、別の件で逮捕した容疑者が余罪を自白したのだが、事件後、被害を受けた女性は青森県へ転居していた。こういった場合、もし緊急の必要があれば現地の警察署に依頼するが、基本的には取り調べを担当する刑事が出向かなければならない。同様に、捜査中の事件の犯人が他県で逮捕され、引き取りに行くこともあった。

　当直明けの翌日は『指定休』などと呼ばれ、基本的には休みだが、さまざまな事情で平林が行かざるを得なくなった。その代わり、来週の火曜日が休日に変更されたのだ。

（因果な稼業だよな。毎日毎日、新たな事件が起きて、増えるのは犯罪者の知り合いばかり……あっ、そうそう。今日会ったあいつもそのうちの一人だ。金原の野郎、しばらく噂を耳にしなかったが、またカバーの中へ入り込んでたりしやしねえだろうな）

　平ちゃんの小上がりにいた老人は金原義助《ぎすけ》といって、年齢が六十五、六。たぶん、前科は十犯を超えているだろう。その中には、普通の窃盗も何件か含まれているが、本職は自動車盗だ。

　最初に出会ったのは十六年前で、平林は警視庁本部の捜査第三課にいた。当時も今も、日本全国で起きる自動車盗の件数は年間三万件を超え、中には窓ガラスを割って車内へ侵入するような荒い手口もあるが、金原義助の場合は少し変わっていて、最も得意なのはボディカバーを利用する方法だ。

　特に高級車、あるいは何日か使う予定のない車などにカバーを被せることが多いが、金原は小柄な体を活かし、その中へ潜ってしまう。そして、ドアを開け、キーを挿すシリンダーをうまく回転させてハンドルロックを解除し、さらに配線をつないでエンジンをスタートさせる。

　これらの作業には自分で手作りした特殊な工具が使用され、五分もあれば終了。その後、おもむろに運転席から降り、カバーを外して走り去るわけだ。

(『あたしは手荒なことが大嫌いなんです。傷なんかつけられたら車が泣きますよ』。そんなことを真顔で言ってやがった。もういい年だから、真っ当な暮らしをしていればいいが……まあ、俺がここで心配したって始まらないな)

　自動車盗は、最初から車種を決めて狙うことの方が圧倒的に多い。悪徳業者が廃車処理を請け負った事故車のナンバープレートを不正使用する例があとを絶たないせいだが、そうなると、金原のように手あたり次第に何でも盗む泥棒はどうしても実入りが悪くなる。けれども、その分、業界内では顔が広く、なじみの中古車業者や古物商には事欠かない。ただし、金原は動かぬ証拠を突きつけられでもしない限り、彼らの詳細について、決して漏らそうとはしなかった。

(昔気質《むかしかたぎ》で、どこか憎めない愛嬌のあるやつだったが、馬八師匠に尋ねられるまま、野郎の手口や取り調べの時のやり取りなんかをペラペラ喋っちまった。もちろん名前は言わなかったから問題ないが、仕事の話を酒の席でするなんて……これも年を取った証拠かな。

　あ、そうだ。酒の肴の話といえば、『熊の皮』の設定をなぜ変えたのか、師匠にきくのを忘れちまった。女房が利口者だから、亭主が尻に敷かれる……考えてみると、我が家がまさにそうなんだよな。学歴は俺が新制高校卒業、あいつが旧制高等女学校中退だが、頭ではどうあがいてもかないっこない。そもそも、生まれ育った環境が……おや？　これは何だ）

　何気なく、上着の左ポケットへ手を入れると、グニャリとした感触。取り出してみると、半分残ったハイライトの箱だった。

（なぜこれが……ははあ、師匠の仕業か。困った人だなあ。自分が禁煙に挫折したからといって、他人まで巻き込むなよ）

　部屋の隅のごみ箱へ放りかけたが、途中でその手が宙に浮いてしまう。普通の状態なら我慢できるが、酒の酔いが残っているせいで、自制が利かなかった。

　さんざん迷ったあげく、大きな舌打ちをしてから、平林は煙草を一本、口にくわえた。

8

（両親のうち、どちらが勉強ができるかは、美奈も早々と気づいちまったみたいで、小学校高学年くらいから、俺がいても無視して、何でも母親にきくようになった）

　仏壇からマッチを持ってきて、ハイライトに火をつける。灰皿がないので、湯飲みで代用することにした。

（まあ、俺のひがみかもしれないが……そのことが頭にあったから、旧帝大出の男を連れてきた時、『もしかして、学歴で選んだのでは』と疑ったんだ）

今年の正月に美奈から紹介された男性は深瀬《ふかせ》泰彦《やすひこ》といい、東北大学卒業で、年齢が二十八歳の銀行員。埼玉県浦和《うらわ》市生まれの彼は短大の同級生の兄で、美奈が深瀬家へ遊びに行くうちに見初められ、熱烈に口説かれて交際するようになった。

長身で、なかなかの美男子。高校時代はバレーボール部副部長だったという深瀬だが、話をしてみての印象は最低だった。事あるごとに学歴をひけらかすのが鼻につくし、お堅い仕事をしながら『趣味は競馬と麻雀です』などと言うところも虫が好かない。

（親の職業を言いたがらないから、不審に思って、あとで美奈にきいたら、『床屋さんだけど、本人は恥ずかしがってるみたい』だってやがる。昔で言えば髪結床《かみゆいどこ》。立派な職業じゃねえか。隠す必要なんてない。まあ、美奈はまだ十九だから、もし仮に結婚するとしても、しばらく先の話だろうが……なるほど。結婚、か）

久しぶりに煙を胸の奥まで吸い込みながら、平林はふと自分の結婚前に起きたごたごたを思い出していた。

（ええと、あれは何て名前の……娶妻願《しゅうさいねがい》か。あんなものがある職場は警察だけらしいな）

結婚する際、東京都民なら区役所か市役所へ婚姻届を出すが、警察官はその前に『誰々を妻にめとりたいので、ご許可お願いします』という書類を所属長に提出しなければならない。厳密には法的根拠がない、ただの慣例らしいが、平林はこの手続きの存在を完全に忘れてしまっていた。

先輩から教えられ、大あわてで娶妻願を提出したのだが、それから二週間後、品川署の署長室へ呼ばれ、思いもかけない宣告をされた。

今は小田原にいる英子の叔父に窃盗の前科があったのだ。彼は英子の父親が経営する工場で専務をしていたが、倒産で路頭に迷い、やむを得ず、近所の家へ盗みに入って逮捕された。

署長からは『気の毒だが、身内に前科者のいる女性との結婚は取りやめにしてもらいたい。これを認めると、悪い前例になる』と言われたが、これに対し、平林は即座に『でしたら、退職願を書きますので、ご許可お願いいたします』と応じた。

すでに式場の予約まで済ませた段階で、こちらから婚約破棄などできっこない。そもそも見合いなので、警察官を辞めれば向こうから断ってくるだろう。そう考えたのだ。

海千山千の署長もこの反応には驚いたらしく、『警務係に再調査させるから、少し時間をくれ』と言い出した。結局、『戦後の混乱期でもあり、執行猶予の判決を受けて以降はきちんと更生している』という理由で、結婚が許可された。

（この件について、あいつは何も知らない。俺は恩に着せるのが嫌いだからな。多少気は強いが、きれい好きで、家計の切り盛りもうまい。それに、料理だって、なかなかの腕だ）

家を空ける前、英子は何種類もの日もちする総菜をこしらえ、冷蔵庫に入れていった。ご飯は一食分ずつ冷凍してある。平林は外食すると言ったが、本人がきちんとしないと気の済まない性格なのだ。

（だから、あの時、署長に逆らってよかったと思っていたが、今回の毛皮にはびっくりした。ええと、東浜が持ち込んできた箱は……見あたらないぞ。どこかへしまい込んだらしいな）

煙草を手にしたまま立ち上がる。箱の中に見積書か領収書、ローンの申込書などが入っているかもしれない。もしあれば見たいと思ったのだ。

（古物商とうちのやつが実際よりも高く口裏を合わせるとは思えないが、安くということはあり得る。何しろ、ミンクだ。この家には金庫なんかないから、しまったとすれば……ああ。あった、あった）

例の平箱は押し入れの下の段に入っていた。

箱を取り出して畳の上に置き、紙の蓋に手をかける。その際、煙草がじゃまになったので、口にくわえた。そして、領収書の類いはないかと探したのだが、見あたらない。中身を持ち上げて確認してみても、結果は同じだった。

ないものは仕方ないので、ストールを元に戻し、脇に置いていた蓋をつかみかけたのだが、そこで思い直し、平林は改めて毛皮にそっと触れてみた。

（この間は隣で英子が泣いてたから、よくわからなかった。東浜は一触瞭然なんて言ってたが……なるほど。これが百万円の手触りというものか）

柔らかい感触を両手で味わいながら、「それにしたって、高いよなあ」と独り言を言う。

「たったこれ一枚が百万だなんて……うわっ！　な、何だ」

いきなり天井の照明が消え、平林は反射的に立ち上がった。

（またヒューズが飛んだのか？　ワット数の高い家電製品は何も使ってないが……）

とにかく、明かりなしではどうにもならない。サイドボードの上に懐中電灯があるはずなので、懸命に手で探り、何とか見つけた。

スイッチをＯＮにして、ヒューズを捜しかけたのだが……どうも様子が変だ。普段であれば、塀の外にある街灯の光が室内にも届いているのに、辺りは闇に包まれている。障子を開けて廊下へ出ると、街灯が消え、お向かいの二階の窓も真っ暗だ。その家には受験生がいて、毎日午前二時、三時まで勉強している。平林が帰宅した時にも明かりがついていた。

（ということは、停電だ。近頃、やたらと多いなあ。台風や大雪の時ならいざ知らず……ん？　待てよ）

口のあたりに違和感を覚えたが、何のことやらすぐにはわからず、舌で上下の唇をなめてみる。

（一体なぜ……あっ！　そうだ。煙草だ）

最前までくわえていたはずのハイライトが、いつの間にか、ない。はっとして部屋の中を見渡した平林の眼に赤い小さな光が飛び込んできた。

大きく息を呑み、懐中電灯を向けると、淡い光の輪が照らし出したのは箱の中で小さな炎を上げて燃える毛皮。その光景を見た瞬間、危うく心臓が止まりかけた。

大あわてで駆け寄り、ライトの柄の部分を炎へ押しあてる。消火活動は簡単に終わったが、灰を払って、恐る恐る確認すると、ミンクのストールの真ん中……身につければちょうど背中のあたりに、麻雀牌二個分ほどの焼け焦げができていた。

（ええっ⁉　ま、まさか、そんな……）

平林はその場に力なく座り込む。こうなっては、刺し毛も綿毛もあったものではない。

右手の人差し指でちょっと触れてみたが、最前の柔らかな感触はどこへやら、下手をすれば指先が切れてしまいそうだ。

(一体どうすればいいんだ? こんなことをしでかしちまって……まったく、馬八師匠のいたずらのせいで、とんでもない災難が降りかかってきた)

　腹は立ったが、苦情の電話を入れるにしても、まさか金銭的な補償は要求できない。誘惑に負け、吸ってしまったのは自分自身の責任だ。

(じゃあ、どうする? 毛皮の修繕……そんな職人、日本にいるのかな)

　混乱しきった頭で、善後策を考える。たとえ繕ったとしても元通りになるとは思えないから、妻の怒りを完璧に鎮める手段は新品の購入以外にない気がした。

(だけど、もし東浜の言ったことが嘘でないとすると、新品は倍の値段……二百万てことじゃないか! そんな金、ないぞ。また共済組合から借金するにしても、一般貸付は住宅貸付よりも利率が高いんだよなあ)

　肩を落としながら妙に細々としたことを考えている時、家の前に自動車が停まり、ドアを開閉する音。それに続いて、玄関のロックを解除し、引き戸を開ける音が聞こえてきた。

　てっきり妻が帰ってきたのだと思い、平林は激しく狼狽した。

とりあえず、ストールを二つ折りにして箱へ収める。当然ながら、焼け焦げのある方を下にした。蓋を閉め、押し入れの元あった場所に収める。

煙草の吸い殻をティッシュペーパーにくるんでポケットへ。停電が解消される気配はなかったが、ライトを消したのは妻の顔を正視できる自信がなかったからだ。

（同窓会の途中で何かあって、急きょ電車に乗り、駅からはタクシー……もしそうだとしたら、この不始末をどう言い訳すればいいんだ？）

途方に暮れ、ただじっと身構えていると、玄関が開き、誰かが家に上がり込んできた。

「あれえ？　電気つかないよ。街灯も消えてたし……停電かな」

聞こえてきたのは妻ではなく、娘の美奈の声だった。とりあえず、胸をなで下ろす。

「これじゃ、どうしようもないから、懐中電灯か何か……車の中にあるよね。だったら、悪いけど」

「わかった。すぐに持ってくる」

返事をしたその声に聞き覚えがあった。娘の交際相手である深瀬泰彦だ。

（こんな夜中に男連れかよ。美奈はまだ免許を持ってないから、車で来られるはずがないが……そうだ。脅かしてやろう）

腹立ち紛れもあって、平林はわざと懐中電灯を点灯させないまま、二人を待ち受けた。

「暗いと、気味が悪いわ。毎日、ここにいれば何とも思わないんでしょうけど」

「すまないなあ。俺のせいで、こんなことに……」

「いいのよ、別に。それより、早く済ませちゃいましょ……キャー！」

暗闇の中、畳の上にあぐらをかいている平林を見て、美奈が悲鳴を上げる。

「自分の家で父親に会って、そんなに驚かなくてもいいだろう」

懐中電灯のスイッチを入れると、廊下で抱き合っている二人が照らし出される。『仲のおよろしいことで』と口から出かかったが、冗談など言える心境ではなかった。

「お、お父さん？　そりゃ、びっくりするわよ。電気もつけずに……まあ、ご近所も停電のようだから仕方ないけど」

若い時の妻の顔によく似ているが、頬がふっくらとし、鼻の先が丸いので、英子よりもやや日本的だ。髪は肩の下まで伸ばしていて、服装は胸元にフリルのついた白ブラウスに水色のキュロットスカート。

「こんな夜中に何しに来た？」

「何しにって……必要な物があるから取りに来ただけよ。お父さんとは顔を合わせてないけど、二週間に一度くらいは帰ってきてるわ。

　それよりも、お父さん、今日泊まりじゃなかったの。母さんからはそう聞いたけど」

「ん？　ああ。それは、当初の勤務表を見たからだ。明日から一泊二日の出張が入ったせいで、予定がだいぶ変更に……そういえば、赤で訂正するのを忘れてたな」

　返事をしながら、内心むっとする。母親と連絡を取り、わざわざ親父が不在の時を狙って帰省するなんて。そこまで嫌われていたかと、空しい気持ちになった。

「だけど、さっき泰彦君が『俺のせいで、すまない』なんて言ってたぞ。あれはどういう意味だ」

「それは……この人の運転が下手くそで、こんな遅い時刻になったから、申し訳ないと思って、そんなふうな言い方をしたんじゃない」

「そう。そうなんですよ、お父さん」

　こちらはグレーのスーツ姿。美奈も女性としては背が高い方だが、並ぶと、こちらが頭一つ大きい。顔立ちは確かに端正だが、銀行員にしては髪が長く、どことなく遊び人風なのが気に障った。

「昼間来られればよかったんだけど、用事があったから、無理を言って車を出してもらったのよ。だって、家の前の道、痴漢が出そうで、夜は怖いんだもの」

　ついこの間まで平気で行き来していたくせに、美奈はそんなことを言う。年頃の娘は、本当に面倒だ。

「ところでさ、お父さん、この部屋、煙草くさくない？　ずっと前にやめたはずだよね」

「え……いや、まあ、何でもいいだろう。別に」

と、その時、グローランプが点滅し始め、天井の蛍光灯がともった。停電がやっと解消されたのだ。

「今晩、ちょっと飲み会があって、酔っ払っててな」

そう言って立ち上がる。酔っていたのは事実だし、娘の交際相手に愛想のいい顔をするのが面倒になった。

「明日の朝から青森出張だから、寝ておかないといけない。あいにく、母さんもいなくて……泰彦君、お茶も出せずにすまんね」

「いえいえ。こちらこそ、遅くに押しかけて申し訳ありません」

平林は軽くうなずいて、廊下へ出る。酒のせいで急速にだるくなってきたので、このまま歯も磨かず、寝てしまおうと思った。

9

六月九日、月曜日。三崎優子は朝から少年係の担当者と二人で管内のゲームセンター回りをした。

一昨年の六月にゲーム機メーカーのタイトーから発売された『スペースインベーダー』、通称インベーダーゲームは大きな社会現象を巻き起こしたが、ゲーム代ほしさからの若者による犯罪が多発したため、翌年の同時期には業界団体から深夜における未成年者のゲームセンター入場禁止などを柱とした自粛宣言が出され、それをきっかけに、ブームは下火になった。

けれども、引っくり返せば、これは非行に走りがちな少年たちに新たな居場所が提供されたことにもなり、警察による定期的な見回りが欠かせなくなったのだ。

途中で昼食を済ませて、午後一時過ぎに神楽坂署へ戻り、捜査三係の自分のデスクで一息ついている時、捜査課長の並河康雄警部から呼ばれた。

課長の席は刑事課の一番奥。優子に直接声がかかることはあまりないので、緊張しながら、すぐ前で気をつけをすると、

「いやあ、お疲れ。何、大した話じゃないんだ。固くならずに聞いてくれ」

並河は五十三歳で、きれいに禿げ上がった頭に赤ら顔。人情味のある好人物だ。

「三崎君、稲荷町へはよく行ってるのかな」

「ああ、正蔵師匠の長屋ですね。それほど頻繁にというわけでも……前回伺ったのは五月の連休でした」

「そうかい。私も顔出ししなきゃいけないんだが、野暮用が多くて、正月にご挨拶して以降、ご無沙汰している。その後、何度もお世話になっているから申し訳なくてね」

「ははあ。そういうことでしたか」

　ミスの指摘ではないと知り、ほっとする。高座のホームズの活躍は、探偵本人の意向により、刑事課内でも知る者は数名しかいないが、もちろん課長はその中に含まれている。

「それなら、私、明日休みですから、師匠のお宅にお伺いしようと思います。伯父からの預かり物があったので、ちょうどいい機会ですし」

「伯父さんて、例の馬喰町《ばくろちょう》の寿司屋……ああ、そうかい。あそこなら、平林君に連れられて、二、三度立ち寄ったことがあるよ」

　日本橋《にほんばし》馬喰町で三代続く老舗の桜《さくら》寿司は優子の母・珠代《たまよ》の実家で、現在の主である春《かす》日《が》征義《まさよし》は珠代の姉・咲子《さきこ》の夫、要するに婿養子だ。

　優子は征義に気に入られ、月に一度は店へ招かれ、旬の魚介類をご馳走になっているが、今月はそれが一昨日で、その時に伯父から『今日の代金代わりに、こいつを稲荷町へ届けてくれ』と言われ、自家製のイカの塩辛を預かった。征義は平林に負けず劣らずの正蔵ファンなのだ。

「そうかい。だったら、気軽に頼めるな。その時、ついでにこれも持っていってくれ」

そう言いながら、並河が鞄の中から包みを取り出し、手渡してくる。

「ええと、これは……」

「私からのほんの志だ。中身はキリマンジャロ。師匠の好物だと聞いたのでな」

「ああ、なるほど。きっとお喜びになると思います」

意外なことに、正蔵師匠は熱烈なコーヒー愛好家で、専門誌で紹介されたこともあり、『キリマンジャロのストレートがおつだよ』が口癖。師匠自らいれてくれた一杯を、優子も何度かご馳走になっていた。

「じゃあ、くれぐれもよろしく伝えてくれ。ところで……ついでと言っては何だが、君、見合いをする気はないかね」

「は、はい？　何ですか。急に」

「驚かせて、申し訳ない。実はこの間……」

並河課長が声を潜める。すぐ隣の課長代理はちょうど席を外していた。

「会議で一緒になった古い知り合いに頼まれたんだ。君と同じ高卒だが、年は三十一で、もう警部補。今は本庁の捜一《そういち》にいて、なかなか優秀らしいよ」

「それは、確かに優秀ですけど……」

警察官の出世は試験で決まるが、高卒の場合、部長刑事と警部補の昇任試験受験資格を得るためには、それぞれ四年ずつの実務経験が必要だ。本来の仕事にも手が抜けないので、高卒で採用され、三十そこそこで警部補になるという例はほとんどない。

「ですが、そんな方がなぜ私なんかと見合いを……まるで釣り合わないと思います」

「それが、実は本人からのお名指しなんだ。三崎君のことをどこで知ったのかは聞かなかったが……どうだね。試しに会ってみないか」

すぐには返事ができなかった。警察内には若い連中に見合いを斡旋するお節介焼きが多いが、男女比が圧倒的に偏っているため、適齢期の女性には写真と釣書がうんざりするほど届けられる。女金時とあだ名される優子にも何度か見合い話が舞い込んだが、まだ仕事に夢中なので、受けたことはなかった。

「ええと、あのう、せっかくですけれど」

少し迷ったが、優子は首を横に振った。

「申し訳ありませんが、今回は……私にはご立派すぎる方のようですし」

「そうかね。残念だなあ。君とは似合いだと思ったんだが……ひょっとして、君、すでに意中の人がいるんじゃないか。例えば、うちの署内とかに」

「いいえ。とんでもありません。意中の人なんて――」

「すみませーん。あのう、三崎さんはいらっしゃいますか」

上山博文の声。それを聞いて、二人は顔を見合わせ、次の瞬間、並河課長が吹き出した。

「ほら、君の花婿候補が捜しているぞ」

これに対し、優子は無言でお辞儀をして引き下がる。

「あっ！　よかった。席を外されていたので、もし出かけていたら困るなと思いました」

「何か、用事かしら」

「お客さんですけど、それが、ちょっと……」

上山は辺りをはばかる仕種をしてから、小さな声で、

「署の玄関前を深刻な表情で行ったり来たりしてる女性がいたので、声をかけてみたんです。そうしたら、何と、平林主任の奥様でした」

「えっ？　でも、昨日から青森へ出張のはずよね。たしか、戻ってくるのは今晩遅く。奥様、ご存じないのかしら」

「私もその旨を申し上げました。そうしたら、蚊の鳴くような声で、『主人ではなく、三崎さんにお目にかかりたいんです。それも、ぜひ内密で』と。だから、とりあえずロビーで待機していただいています」

そこで、上山はもう一度左右を気にすると、眉根をぐいと寄せ、

「会ってみればわかりますけど、何だか、様子が変なんです。顔色が真《ま》っ蒼《さお》で、眼が虚ろ。

『内密で』というのも普通は考えられない台詞だし……一体、何があったんでしょうねえ」

10

平林の妻の名前が英子だということは知っていたが、会ったことは一度もない。

平林は自分の家庭についてあまり多くを語らず、酒の席などで、『うちの山の神は気が強くて困るよ』『お嬢様育ちなものだから、俺とは気が合わなくてね』……そんな愚痴を聞かされたことがある程度だ。

（それにしても、なぜ自分なのだろう？　個人的にもっと親しい同僚が署内に大勢いるし、その中には奥さんの顔見知りだっているはずなのに）

いぶかしく思いながら、急いで刑事課の部屋を出る。

玄関ロビーを見渡してみたが、それらしい人物が見あたらない。表へ出てしまったのかと思い、そちらへ向かいかけた時、ロビーの北の端にある用務員室の前からゆっくり近づいてくる人影に気づいた。

優子ほどではないが、女性にしては大柄で、髪はおかっぱに近く、内巻きのパーマをかけている。服装は長袖の白いポロシャツにグレーのスカート。

どうやら、人目を避けるため、いったんそちらへ移動していたらしい。これはただごとではないぞと、優子は直感した。

「あのう、平林主任の奥様でいらっしゃいますか」

「あ、はい。三崎優子さんですね。常日頃から、主人がお世話になっております」

「いいえ。そんな……お世話をおかけしているのは私の方です」

丁寧に頭を下げられ、恐縮してしまう。会ってみての第一印象は『きれいな女《ひと》だなあ』。きりっとした上品な顔立ちで、若い頃には深窓の令嬢という表現がぴったりだったろう。しかし、上山が言った通り、眼が虚ろだし、泣き腫らしたような跡も見受けられた。ひどく憔悴《しょうすい》している様子で、化粧もまったくしていない。

優子は努めて明るい口調を心がけながら、

「ご存じのことと思いますが、平林主任は昨日から青森へご出張中です」

「はい。存じております。ただ、折り入ってご相談したいことができまして……」

「相談事……ええと、この私でよろしいのでしょうか」

そう尋ねると、苦渋の色を浮かべ、しばらく沈黙してから、

「やはり、女性同士の方が話しやすいものですから。もしお忙しいのなら、このまま失礼しますけれど……」

「いえいえ。大丈夫です。仕事が一段落したところですから。では、早速……」

フロアを見渡す。取調室にはたぶん空きがあるが、顔を見知った誰かが廊下を通る危険性があるし、同僚の妻を案内するのにふさわしい場所でもない。

（外へ出て、喫茶店あたりで話を聞いてもいいけど、そうなると、係長にことわらなければならないし……あ、そうだ）

ふと思いついて、優子は英子さんを二階へ案内した。訪れた場所はちょうど用務員室の真上にある女性休憩室。

入って左手に婦人警官などの個人ロッカーが並び、正面に置かれた衝立の陰に畳敷きのスペースがあって、小さな座卓が置かれていた。殺風景な空間だが、昼休み以外、あまり使われていないし、万一誰か入ってきても、ここなら何とかごまかせる。

座卓を挟んで向かい合い、型通りの挨拶をもう一度交わす。すると、すぐに「お忙しいところ、申し訳ありません。実は……」と、深刻な表情で、英子さんが用件を切り出してきた。

「昨夜、自宅に泥棒が入りました。刑事の家だというのに、お恥ずかしい限りです」

「えっ、お宅に泥棒が……？」

優子は大きく眼を見張ったが、やがて小首を傾げると、

「ただ、ご自宅は調布でしたよね。となると、管轄が違うため、うちでは捜査できません」

「そのことは重々承知しておりますが、主人の話によると、三崎さんとお親しい方が調布署で盗犯を担当されているとか……」

「ああ、なるほど。川田《かわだ》警部補殿ですね。前任の丸《まる》の内《うち》署で、大変お世話になりました。現在は調布署の捜査三係長です。すると、私から川田係長に……」

「うちの主人に内緒で捜査をしていただく。そんなことが可能かどうか、問い合わせていただけないでしょうか。ずうずうしいお願いで、まことに申し訳ありません」

（それで、私のところへ頭を下げに来たわけか。だけど、妙だな。二人とも留守の間に窃盗の被害に遭ったのなら、奥さんだけの責任ではない。その事実を知ったからといって、平林さんが激怒するとは思えないけど……）

　いぶかしく感じながら、優子は上着の内ポケットから捜査手帳とボールペンを取り出し、

「わかりました。一応話をしてみます。ただし、『無理だ』と言われれば、それまでですが……」

「その場合はやむを得ません。こちらの意向を伝えていただけるだけで結構ですから」

　門前払いに遭うと思っていたらしく、英子さんがほっとした表情を浮かべる。

「ただ、連絡するためには事件の概要を伺う必要があります。まず、窃盗犯の侵入は昨夜なのですね」

「はい。実は私、一昨日から所用で家を離れ、今日の昼過ぎに戻ってまいりました。ただ、昨日の朝までは主人がおりましたので、もし昼間の空き巣でなければ……」

「なるほど。それで昨夜だと……すると、時間帯は当然不明ですね。では、次に盗まれた品物は？」

盗犯担当の刑事なので、これと似た聞き取りを頻繁に行うが、その度に『花色木綿』という噺の大家さんと八五郎の会話が頭に浮かび、笑い出しそうになってしまう。

「居間の押し入れにしまっておいたミンクの毛皮のストールです」

「ミンクのストール……居間の押し入れから、ですね」

相手が平林本人であれば〈裏は花色木綿ですか〉と言う場面だなと、心の中で思った。

「はい。そのほかには？」

「いいえ。何も。よく確認しましたが、それだけのようで、箪笥《たんす》や棚などを荒らされた跡もありませんでした」

「それは……ちょっと変ですね。外部から押し入った泥棒が家の中も荒らさず、高価な品だけ盗んで逃走する。絶対に不可能だとは言いませんが、現実的ではない。

失礼ですが、ご主人には確認されましたか。奥様が知らない間にどこか、もっと目立つ場所へ移動していた可能性もあり得ます」

「いいえ。仕事中にじゃまをすると叱られますし、青森のどこへ電話していいかもわかりませんから。それに、あの人が私に黙って、置き場所を変えるとは思えません」

「そうですか。あのう、たしかお嬢様がいらっしゃいますよね、大学生の」

「はい。私がストールを買ったことは教えましたが、娘もそんなまねはしません。それに、私が帰宅した時、間違いなく施錠したはずの縁側の戸が半開きになっていて、そこから泥だらけの足跡が居間まで続いていました」

「あ、ああ。そうでしたか。大変失礼しました。それならば、疑う余地は皆無ですね。窃盗事件に間違いありません」

「最初にこのことを申し上げるべきだったのですが、気が動転してしまって……ただ、不思議なことに、縁側のガラス戸は割られていませんでした」

「ちなみに、ガラス戸のロックはどんな……ねじ込み錠ですか。残念ながら、窃盗常習者なら簡単に開けてしまいます。糸鋸《いとのこ》の歯を二枚重ねて真ん中を縛った道具を戸の隙間へ差し込み、歯と歯の間に軸を挟んで回転させる。そんな方法が多いですね」

「そうですか。主人から何度か、防犯機能の高い錠に交換したいと言われていましたが……」

英子さんが顔をうつむけ、大きなため息をつく。

「家や土地のローンに加え、娘の学費も捻出する必要があったもので、その度に私が反対して取りやめになっていました。今思えば、たとえ新たな借金をするはめになっても、交換しておけばよかったです」

「それは、まあ、そのお宅ごとにいろいろなご事情がおありでしょうから。とりあえず、事件の概要はわかりましたので、調布署に電話を……ああ。肝心なことを伺うのを忘れていました。被害に遭ったストールの値段を教えてください」

「えっ？　そ、それは、その……」

あたり前の質問だと思ったが、英子さんはぱっと顔を上げ、困惑した表情を浮かべた。

「それを電話で伝えないと、向こうでも困ると思いまして……ずっと以前に購入されて、よく覚えていなければ、大体で結構です」

相手は優子の眼を見つめたまま、しばらく押し黙っていたが、やがて唇を微かに震わせながら、

「買ったのはごく最近で、九十八万でした。もちろん、現金払いではなく、月賦です」

「九十八……あ、ああ、なるほど。何しろ、ミンクですからね」

内心驚愕したが、なるべくそれを態度に表さないよう努力する。

ジェットブラックと呼ばれる最高級品で、雄のミンクの毛皮を六匹分使用し、パリの毛皮専門プレタポルテメーカーであるフレンドリッシュ社製……値段が高い理由をそう説明されたが、優子にはちんぷんかんぷんだった。

それでも、念のため、それらをすべて手帳にメモしていると、

「私……ばかでした。それが情けなくて、情けなくて……」

見ると、英子さんは大粒の涙をこぼしていた。そして、唇を噛みしめながら、

「来年、娘の成人式があるから……そう主人には言いましたけれど、そんなの、ただの口実……本当は、学校もずっと一緒だった幼なじみが、会う度に宝石や毛皮の自慢をするものだから……私もたった一度でいいから言い返してみたい。その一心で……親しいお友達から回ってきた話につい乗ってしまったんです」

しゃくり上げながら話し、ハンドバッグからハンカチを取り出し、涙を拭う。

「一昨日の晩、熱海で女学校時代の集まりがあって、寺島《てらしま》さんというその幼なじみと会い、またいつもと同じめに遭ったので、つい我慢しきれず、『私だって、フレンドリッシュのストールを買ったわ。しかも、ジェットブラックを』と言ったら、鼻でわらわれました。

『そんなの、どうせ化繊の偽毛皮に決まってる。〈フェイクファー〉というのよ。パイル

織りのループを切り開いて起毛し、毛並みのように見せかけているだけ。近頃は偽物も細工が巧妙になって、切り開いた糸を長短に分け、刺し毛と綿毛に似せたりするの。嘘だと思うなら、裏地をちょっと切って、中を覗いてごらんなさい。基布《きふ》があるから、すぐにわかるわ』と……」

　そこで、小さな咳をしたあと、英子さんは何とか呼吸を整え、

「昨夜は小田原の叔父の家に泊まりましたが、その言葉がずっと頭から離れませんでした。本当は最低でも二晩は泊まるつもりで、主人にもそう伝えてあったのですが、予定を早めて家へ帰ったら、廊下に土だらけの足跡が……ストールを入れておいた箱がなくなっているのを知った時には、呆然としました。それから、何時間も迷ったあげく、思い余って、こちらをお訪ねしたというわけです」

「そうでしたか。それはさぞ驚かれたでしょう。お気持ちはお察しします」

「……三崎さん、シュウサイトドケはご存じですか」

「はい？　いいえ。知りませんが……」

　いきなり話題が変わり、優子は戸惑った。

「警察官が妻をめとる時、署長宛に提出する書類だそうです」

「ああ。それなら、聞いたことがあります。なるほど。娶妻届、か」

「結婚披露宴の時、お酒に酔った署長さんが私の耳元でおっしゃったのです。『あんたは果報者だ。私が娶妻届に許可を出さなかったら、平林君は〈別れるくらいなら警察官を辞める〉と言ったんだからね』。

意味がわからないので、お尋ねしたら、私は知りませんでしたが、叔父に盗みの前科があったそうなのです。今は小田原で干物の加工工場を経営していますが、戦後の一時期、金に困り、犯罪に手を染めてしまったのですね。それを聞いて、恩義を感じたので、所帯をもって以降、私は一切贅沢をせず、主人が金が必要な時にはどんな無理をしてでも言われた通り渡しました。ただ、その時の小さな不満が積もり積もって、こんなことに……」

「あの、はい。よくわかりました。とにかく、調布署へ電話してみますが、その前に、お茶を……私も喉が渇いてしまいましたから」

苦労話を聞いて、胸が締めつけられ、ちょっと一息入れたくなったのだ。

休憩室を出ると、すぐ隣が食堂。まだ昼の営業時間中だが、人影はまばらだった。

食堂の一角にセルフサービスコーナーがあり、茶や白湯、水を自由に汲むことができる。

そこで、優子が湯飲みに緑茶を注いでいると、

「何だ。ここにいたのか」

声をかけられ、振り向くと、海老名三係長が立っていた。遅い昼食を摂りに来たらしい。

「あ、すみません。ちょっと用事ができて……席を外している間に、何かありましたか」

「いや、大したことじゃないが、恵比須堂の親父から君に電話があった」

恵比須堂は若宮町にある質屋で、優子は贓品捜査の目的で定期的に訪問している。

「では、何か盗品の疑いのある品物が持ち込まれたのですね」

「うん。ミンクのコート……いや、ストールか。メーカーが何とか言ったなあ」

ズボンの右ポケットを探り、メモ用紙を取り出す。

「君の机の上に置こうとした時、課長から呼ばれたんで、入れておいたんだ。ええと……フレンドリッシュ社製のミンクのストールで、入質した人物の名前はフカセヤスヒコ。字は『深い』に『浅瀬』の瀬、あとは、『泰然自若』の……」

11

「……というわけなんです。で、それから、大急ぎで平林さんの奥様にそのメモをお見せしたのですが」

まだ話の途中だが、喉が渇いたので、眼の前に置かれたお茶に口をつける。

「深瀬泰彦というのはご夫妻の一人娘の美奈さんと交際中の男性だと聞かされ、びっくり仰天しました」

「そうだろうねえ。しかし、まだ所轄署へ電話する前に紛失物《ふんじつもの》の在処《ありか》が判明するなんて……さすがは三崎さん。名探偵だ」

「師匠、茶化さないでください。別に私の力で捜しあてたわけじゃありませんから」

翌日の火曜日、午前十時過ぎ。場所はもちろん、稲荷町の長屋の居間兼客間だ。

「いや、まさにあなたのお手柄ですよ。だって、その質屋の主から信頼されていたからこそ、そんな連絡が来たわけでしょう」

「それは、まあ、そうなのですが……あっ、大変！」

そこで、急にはっとなり、口に手をあてる。

「気がついたら、何から何までペラペラ喋ってしまいました。今日お訪ねした目的は伯父から頼まれた塩辛をお渡しして、並河課長からのお礼の言葉をお伝えするため。こんな話をするつもりなんてなかったのに……私って口が軽すぎますねえ」

「いやいや。あなたは悪くありません。口が軽いのは馬八のやつでね」

しきりに反省する優子に向かって、正蔵師匠が笑いながら右手を振った。

「野郎が一昨日《おとつい》、家《うち》へ来て、前の晩の平林さんとの酒飲み話を一切合切喋っていきやがった。だから、短大生のお嬢さんの交際相手の人となりも知ってますよ。銀行員で、仲のいい同級生の兄貴だってこともね」

捜査中の事件について正蔵師匠に相談することは署長の許可を得ていたが、今回は違う。平林家の内部の問題なので、話す気など毛頭なかったのだが、畳に座り、用件を済ませたとたん、『何でも、平林さんちでミンクのストールをお買いになったそうで。豪気なもんだねえ。馬八から聞きましたよ』と師匠から話を振られ、つい口を滑らせてしまった。

ちなみに、馬八師匠は三カ月ほど前から義太夫に凝り、この長屋のすぐ近くの師匠の家へ稽古に通っているので、三日に一度は必ず顔を見せるそうだ。

「たださ、その質屋がある場所が若宮町……神楽坂の西隣でしょう。二人して車で向かったんだろうけど、調布からだと、だいぶ遠い。近くにいくらも同業の店があるのに、なぜそんな遠くまで行ったんだろうね」

「そのご不審はごもっともですが、あながち偶然とは言えません。実は、恵比須堂の営業時間は深夜二時までで、そういう質屋は都内でも数店です。夜間営業しているところは多いですけどね。しかも、電話帳にはどこよりも大きく広告を載せていますから」

「ははあ、そうか。だったら、不思議でも何でもない。至極あたり前《めえ》の話だ。ただ、そういう営業方針だと、盗品なんかが持ち込まれやすいんじゃないかなあ」

「その通りですが、店のご主人に言わせると、『そこはこの道一筋四十有余年《しじゅうゆうよねん》の眼力だ。

あやしいと思ったら受け取らない』。ただ、グレーゾーンというか、少しにおう品もあるので、そんな時、私に電話をくださるのだそうです」

「なるほどねえ。四十有余年てえのはなかなかいい啖呵《たんか》だが……まあ、三十前の男が夜中に高価な毛皮を入質に来たんだ。犯罪のにおいが皆無ってことはあり得ない。そこで、一応の保険として、三崎さんへ連絡してきたってわけだね」

「おっしゃる通りです。そして、すでにお察しのことと思いますが、押し入れの中からストールを持ち去った犯人は平林美奈さんと深瀬泰彦。主導したのは美奈さんだったようです。二人は昨日の午前零時頃、平林家からストールを持ち出しました」

恵比須堂から連絡を受けた優子は質札の情報をもとに、深瀬の住むアパートの大家と連絡を取って勤務先を調べ、埼玉県に本拠を置く地方銀行の池袋支店へ電話を入れた。そして、本人を近所の喫茶店に呼び出し、追及すると、あっさり犯行を自供したのだ。

「深瀬は競馬と麻雀が大好きですが、その資金を自分の勤務先である銀行はもちろん、他の金融機関から借りても、すぐに露見してしまう。そのため、負けが込んだ彼は質《たち》の悪い借金をするはめになり、返済を迫られ、困り果てていた。そこで、美奈さんに相談すると、『だったら、母さんのミンクのストールがあるから、お金に換えよう』と言われたそうです。事前に美奈さんがお母さんに電話で探りを入れたところ、土曜の晩が二人とも不在だと教えられ、帰宅してみたら、平林さんと鉢合わせしてしまった。勤務予定が変更になっていたのですね。仕方なく、その晩は何もせずに引き上げ、翌日、再度行ったのだそうです」

「なるほど。じゃあ、男の方が車を運転して、恵比須堂まで向かったわけだ」

「はい。ただし、美奈さんは未成年ということもあって、店内には入らなかったようですが……そうそう。深瀬がおもしろいことを言っていました。彼は昨日の午前一時前に、うちの署へ電話を入れたそうなのです」

「へえ。神楽坂署へ……『これから盗みを働きます』ってかい」

「まさか。落語じゃないので、そんなはずはありません」

　優子は笑いながら首を横に振った。

「喫茶店で会って、最初のうち、どうも話が噛み合わなくて困りました。『お騒がせして申し訳ありませんでしたが、車ならもう見つかりましたから』……一体何のことかと思って尋ねたら、恵比須堂へ行く途中、早稲田駅近くのファミリーレストランに入り、二人で食事をしたそうなのです。

　そして、店を出たら、駐車場に愛車のマークⅡがない。盗まれたんだと思い、一一〇番通報して、そのあとよくよく見たら、別な場所にちゃんと駐まっていた。それで大あわてでもう一度電話をして、『すみません。やっぱりありました』と」

「ほう。何だろうね、それは」

「単純な勘違いの可能性もありますが、キーの紛失を恐れて、スペアを磁石つきのケースに入れ、バンパーの裏に貼りつけていたのだそうです。だから、誰かにいたずらされたのかもしれないと、首をひねっていました。

一事が万事で、深瀬にはひどく用心深い一面があり、ストールを運ぶ際にも、途中で検問などに遭った際の用心に、わざわざスペアタイヤを外し、トランクの底に箱を隠しておいた。盗品を運んでいると疑われないため……というか、それに違いないわけですけど」

「ふうん。なるほど。ところで、この一件、どう処理されますか」

「今回の犯行は外部からの侵入に見せかけるため、足跡の細工をするなど、かなり悪質ですが、『法は家庭に入らず』という大原則がありますから。刑法第二四四条に規定があって、『直系血族並びに配偶者及び同居の親族』は窃盗罪を免除されます」

「ははあ。そうですか。すると、あたしがばあさんの指輪を盗んでも罪にならないんだ。こりゃ……いいことを聞いちまったな」

急に声が小さくなったのは、おかみさんに聞かれたらまずいと思ったせいだろう。今日、おかみさんは在宅だが、優子にお茶を出したあと、台所で水仕事をしている。

「あとは、奥様が平林さんに知らせず、事を処理したいと強く要望されましたので、それに沿うことにしました」

「いや、その方がいい。だけど、問題のストールは……そもそも、お知り合いの店主はそいつをいくらで質に取ったんです？」

「三十万円でした。アリババ……いいえ、東浜の話は嘘じゃなくて、フレンドリッシュ社は名にし負う高級メーカー。しかも、今回のストールは非の打ちどころがない極上品なので、中古でも百二、三十万の値がつくと言っていました。

まあ、私に電話してくるくらいですから、不審に思う気持ちはあったのでしょうが、そういう品なので、深瀬の運転免許証なども確認した上、質に取ったのだそうです」

「すると、今、そのストールは？」

「とりあえず、英子さんに返却してもらいました。一応、入質されたのが盗品と判明した場合には被害者へ無償で返還するのが決まりですが、今回はそれにあてはまらないケースのようなので。恵比須堂から借りたお金については、期限までに深瀬が責任をもって返すそうです」

「なるほど。だけどねえ、あたしはもう一つ腑に落ちないんだよ」

そう言った師匠が難しい顔で腕組みする。

「美奈さん、だったかな。一度も会ったことはないけど、平林さんみたいな立派な方のお嬢さんがそんな軽はずみなまねをするはずがない。こいつはどうも、猫と犬の喧嘩だね」

「猫と犬の……何ですか、それ」

「ニャーとワンで、ニアワンてんだがね」

「ええと、似合わん。あの……恐れ入りました」

　摩訶不思議な見立て言葉が登場し、優子が戸惑っていると、

「師匠、おはようございます！　本日はまことに結構なお天気で」

元気よく飛び込んできたのは山桜亭馬八師匠。噂をすればナントヤラである。

「よお。どうしたね。稽古はもうお終《しま》いかい」

「いえいえ。これからですがね。まずはおかみさんがいれたうまい茶を一杯頂戴して、いい声を出そうと思いまして」

「馬八さんは、本当にお世辞が上手ねえ」

　声を聞きつけ、正蔵師匠のおかみさんが台所からやってきて、お茶の支度を始める。師匠よりも九歳下で、引っつめ髪がよく似合っていた。

「おやおや。今日は神楽坂署のトテシャンさんもご一緒でしたか」

「おはようございます。いつも、お世話になっております」

馬八師匠の芸は大好きだが、個人的には少し苦手だった。まさか本気とは思えないが、顔を見る度に『トテシャン』と言われる。これは古い流行語で、とてもシャン。『シャン』とはドイツ語で美しいという意味だそうだ。

話がまだ途中だったが、これから義太夫の稽古へ行くのなら、すぐに出ていくだろう。このまま待つつもりで、おかみさんがいれ替えてくれたお茶に手を伸ばしかけた時、

「……ああ、そうそう。昨夜はさんざんなめに遭っちまいました」

馬八師匠が顔を大きくしかめる。

「実は、トテシャンさんのご同僚から電話をもらいましてね」

「私の同僚……もしかして、平林主任ですか」

思いがけない展開に、優子は驚いて手を引っ込める。

「ええ。青森からの長距離でね。まあ、あたしも悪かったんですよ。三日前の晩、酔ってつまらないいたずらをしちまって。長いこと禁煙中だった平林さんの上着のポケットへこっそり煙草の箱を押し込んだんです。

そうしたら、首尾よく……なんて言っちゃいけねえな。家《うち》に戻って一服したそうなんですが、奥様が買ったばかりのミンクの毛皮に麻雀牌二個分もある焼け焦げを作っちまった。何でも百万近くする品なんだそうで、もちろん弁償しろとは言われませんでしたが、こっ

ぴどく叱られちまいましたよ」

「えっ？　それは……何かの間違いじゃないですか」

予想もしていなかったことを告げられ、強烈な違和感を覚える。

「それほど大きな焼け焦げがあったなんて……そんな話、私、聞いていませんけど」

「そりゃ、まあ、平林さんだって外聞があるから、あたしには言えても、職場の人に言いふらしたりしませんよ」

「いいえ。あの、そういう意味じゃなくて……ええと、つまり……」

馬八師匠が悪い冗談でも言っているとしか思えなかったが、頭が混乱してしまい、うまく反論できない。

「だから、言っただろう。猫と犬の喧嘩だってさ」

困惑しきっている優子の前で、正蔵師匠がうれしそうに笑った。

「これで得心が行った。似合わんはずだよ。いやあ、さすがは平林さんのお嬢さん。策士だねえ」

12

「えっ、策士、ですって……？」

　正蔵師匠の言葉に、優子は耳を疑った。

「いや、私はそうは思いません。ご本人にはまだ会っていませんが、今回の件はとても軽率な行動で……ええと、その……」

　言い淀んでしまったのは馬八師匠が同席しているのを気にしたせいだ。おかみさんは仕方ないにしても、それ以外の誰かに聞かれるのはまずい。

　その気配を察したのか、「じゃあ、喉を潤したところで、稽古へ行ってまいります」と言って、馬八師匠が立ち上がる。

「……まあ、一見ひどく無分別なように感じられるがね、それは上《うわ》っ面《つら》だけさ」

　後ろ姿を見送ったあとで、正蔵師匠が言った。

「お嬢さんの交際相手については、平林さん本人からも聞いてたよ。『旧帝大出を鼻にかけ、他人《ひと》を見下しやがって、実に嫌な野郎だ』って。娘を取られる父親の気持ちを割り引いても、明らかに気に入らない様子だったな。深瀬って男は、美奈さんの短大の同級生の兄貴なんだろう。そして、向こうからしつこく口説かれ、つき合い始めた」

「あ、はい。そう聞いています。相当熱烈なアプローチだったみたいですね」

「だったら、つき合ってはみたものの、内実を知って嫌気が差したんだよ。ギャンブル好きで金にだらしのねえやつなんて、真《ま》っ平《ぴら》ごめん。たぶん別れ話を切り出そうとしたが、向こうはまだご執心で、下手をすればつきまとわれる。それで困っていたんだと思うね」

「まあ、可能性はあり得ますが……それと、今回の騒動がどう関係するのでしょう」

「美奈さんの気持ちになって考えてみようじゃないか。男を袖にしたくても、相手は親友の兄貴。そこが面倒だ。短大の同級生と気まずくなるのは極力避ける必要がある。何しろ、狭い世界だからね、いろんなとこへ波及してしまう」

　話をしている最中に、この家の飼い猫の黒兵衛がのっそり現れた。師匠は頰をゆるめ、猫を自分の膝に乗せると、

「馬八から聞いたんだけど、正月にそいつと会った時、平林さんは自分が刑事をしていることを最後まで隠し通した。麻雀の腕自慢なんかされたから、よほど言ってやろうかと思ったそうだけど……でも、どうです、三崎さん。いざ美奈さんが深瀬につきまとわれたとして、賭博罪で逮捕できますか」

「いいえ。よほど高いレートなら別ですが、通常の遊びの範囲であれば難しいと思います。

麻雀やゴルフの賭けは世間一般に普及してしまっていますから。それに第一、自分の娘との別れ話がもつれたからといって、それを理由に相手を狙い撃ちで逮捕したら、あとで大問題になりかねません」

「そうだろうねえ。『賭け麻雀程度で逮捕できるもんか』と開き直られたら、かえって面倒。美奈さんもそこはわかっていたと思うよ。それで、策を講じたんだ。母親の英子さんがミンクの毛皮を買った話を聞いてね。

あなたはさっき、『法は家庭に入らず』とおっしゃった。刑法にそう書いてあるとね」

「はい。二四四条第一項に親族相盗《しんぞくそうとう》という規定がありますが……」

「直系血族、配偶者、同居の親族は刑を免除されるから、美奈さんがストールを盗んでも罪には問われない。だけど、どうなんだい。共犯者は？」

「はい？　共犯……ええと、それは……」

優子は意表をつかれた。家庭内の窃盗と決まった時点で、もう警察は関係ないと思い込んでしまっていたのだ。

「確かに、そこは同じ条文の二項に『親族にあらざる共犯については前項の例を用いず』と……じゃあ、美奈さんはこの規定を知っていて、最初から罠にはめるつもりで深瀬に話をもちかけたのですか！」

なるほど、策士だ。そんなこと、まるで考えてもみなかった。

「話によると、平林さんの奥さんは昨日帰ってくるつもりなんてなくて、最低でももう一晩は小田原泊まりのはずだったんだろう。だから、その間に深瀬に別れ話をもちかけ、万一こじれたら、『お父さんに告げ口すれば、私はともかく、あなたは逮捕される』と脅す気だったんだよ。お堅い仕事をしてるわけだから、そうまで言われて、引き下がらないはずはない。確実に厄介払いができる」

「なるほど。そして、『ストールを請け戻して』と要求すれば、深瀬はどんな無理をしてでも金を用意したでしょう。あとは、ご両親が帰宅する前に泥の足跡をきれいに消してしまえばいい。完璧な計画のはずが、英子さんが予定を早めて戻ってきたせいで破綻してしまったわけですね」

「その通り。さすがは三崎さん、呑み込みが早い」

強烈な違和感にまた襲われた。優子は眉をひそめながら首をひねり、

「そこまではわかりましたが……ただ、そのう……」

「さっきの馬八師匠の話はどう考えればいいのでしょう。ストールに大きな焼け焦げができていたなんて……恵比須堂のご主人からはそれらしいことを何も聞いていません。もしそんなものがあれば、必ず私に言ったはずです」

「そこはあたしも変だなと思ったけど、すぐにまた馬八から聞いた話を思い出したんだよ。それで、謎が解けた」

師匠が黒猫の顎の下をなでると、喉を鳴らしながら眼を細める。

「まず確認しておくけど、質屋へ持ち込まれた時点ではストールに焼け焦げなんかなかった。ここまではいいね」

「はい。不可解な話ですけれど、そうとしか考えられません。私が何も聞いていないことに加え、そもそもそんな品を三十万も出して質に取るとは思えませんから」

「そこで馬八の話になるけど……本多横丁の料理屋でね、ミンクのストールを奥さんが買った件について、平林さんが盛んに愚痴をこぼしている時、それを聞いてた男がいたんだよ。小学生みてえに小柄な男で、車泥棒の名人だそうだ」

「あっ、その泥棒の話なら、平林さんから聞いた覚えがあります。車のカバーの中へ潜り込んで、ロックを解除してしまうのだとか」

「そうそう。まさに、その野郎だ。あたしはね、話を小耳に挟んだそいつが古物商の社長と知り合いだったと睨んでる。東浜なんて名前はごく珍しいし、蛇《じゃ》の道は蛇《へび》というだろう。金原から平林さんの正体を教えられた東浜は震え上がったはずだ。そんな連中が商っている品だから、どうせ紛い物に決まってる。今は素人眼にはわからないほど精巧な偽物があるんだそうだよ」

「あ、はい。それは英子さんから伺いました。パイル織りのフェイクファー。ただし、裏地を少し切って、中を覗くと一目でわかるそうですが」

「なるほどね。とにかく、事実を知って恐れをなした東浜は何とかしなければと焦ったはずだ。そこで、思いついたのが箱の中身を本物と交換するという手さ。

東浜と金原は一緒に車に乗り、深夜、調布へ向かった。ところが、平林家の前に着いてみると、玄関のところにあやしげなマークⅡが駐まっている。何だろうと思って、様子を窺っていると、まさに自分たちが狙っていた品を抱えた男女二人《ふたあり》が家の中から出てきた。そこで、訳もわからないまま、あとをつけたんだ」

「えっ？　じゃあ、ファミリーレストランの駐車場で車が移動していたのは……」

「もちろん例の車盗人《ぬすっと》の仕業さ。バンパーの裏のキーでロックを解除し、やれうれしやと思ってストールを交換しようとしたら、箱が見あたらない。そういう場所は深夜でも人目があるからね。誰かに見とがめられたらまずいと思って、目立たないところへ移動したんだ」

「……なるほど。よくわかりました」

しばらく考えてから、優子は深くうなずいた。

「まあ、恵比須堂のご主人に確認すれば、すべてがはっきりしますけれど」

「じゃあ、電話してみればいい。ほら、そこにあるよ」

「では、申し訳ありませんが……あと、職業別電話帳も」

そう言うと、おかみさんが分厚い冊子を持ってきてくれた。

「ありがとうございます。ええと、質屋、質屋……ああ、本当に大きな広告だ。これを見て、二人は店を選んだのか」

苦笑しながら部屋の隅へ行き、黒電話に手をかけようとした時、

「それにしても、平林さんの奥さんは仰天したろうね。質屋から取り戻してみたら、ミンクの毛皮が偽物から本物へ変わってたんだもの。いくら素人だって、比べて見て、違いがわからないはずはない」

「……ああ、それはそうでしょうね」

「東浜のことは詐欺の担当へ話を通してもらうべきだけど、この件については、できれば不問にしてもらいたいねえ」

「あ、はい。交換されたのが盗品でない限り、それで問題ないと思います。結局、本物のブランド品を適正な価格で販売したことになりますから」

「そりゃ、その方がいいに決まってるわよ」

黙って聞いていたおかみさんが、ここで話に加わってきた。

「奥さんの気持ちを考えればさ。一生に一度の贅沢だし、このあたしだって、美智子様がお召しになってたようなストールならほしいもの」

「おいおい。おばあさん、まさか俺に買えと言うつもりじゃねえだろうな」

「買ってもらえるとは思いませんけど、試しに言ってみようかしら」

「年を考えなさい、年を。世話が焼ききれねえ。冥土まで着てはいけないんだぜ。それに、俺たちが手を出したって、偽物をつかまされるのがオチだ。平林さんは煙草の火で焦がしたそうだけど、化繊だから溶けちまって、跡が指に刺さるくらい固かったはず。そうなれば素人でもわかるが、まさか燃やして確かめるわけにもいかねえだろう」

そんなご夫婦の会話を聞きながら、優子は受話器を取り上げる。そして、七桁《ななけた》の数字のうち、五つめまで回した時、

「おはようございます、師匠」

「ん……？　おや、平林さんかい」

ぎょっとして、受話器を置いてしまう。何と、今度やってきたのは話題の主。今日は休みなので、いつものスーツではなく、普段着のままだ。

「昨夜遅く、青森出張から戻ってきましてね。これ、ホタテの入った松前漬《まつまえづけ》ですが、向こ

うの名物だそうで。日もちは大丈夫だと言われましたが、心配なので急いで持参しました」

「そうかい。そりゃ、ありがとう。いやあ、あなたの噂をしてたところだったんだよ。平林さんは立派なお人だってね」

猫をなでながら、正蔵師匠がしらばくれてそう言う。

「本当ですか。あやしいなあ。それに、妙なことがありましてね、昨夜、家に帰ったら、山の神の機嫌がいいの何のって。三日前の晩に大しくじりをしたから、てっきり般若《はんにゃ》みてえな顔で待ち構えていると……おや？　誰かと思ったら、お前さんか」

家へ上がった平林が、部屋の隅にいる優子を見て、けげんそうな表情を浮かべる。

「ここにおじゃましてるってことは、ひょっとして、何か事件が……ああ、そうだ。その前に」

ぽんと膝を叩いた平林は軽く首をひねりながら、

「理由は知らないが……ええと、女房がよろしく申しました」

それを聞いて、正蔵師匠が大声で笑い出す。

「あはははは！　平林さん、それじゃ、『熊の皮』のサゲだよ。噺家のお株を奪っちゃいけないね」

参考文献

『林家正蔵集　上巻』『林家正蔵集　下巻』八代目林家正蔵　青蛙房

『落語大百科２』『落語大百科５』川戸貞吉　冬青社

『寄席の人たち　現代寄席人物列伝』秋山真志　集英社クリエイティブ

『泥棒刑事』小川泰平　宝島社新書

『泥棒日記』深沢敬次郎　上毛新聞社

『警視庁刑事』鍬本實敏　講談社

『万引きＧメンは見た！』伊東ゆう　河出書房新社

『毛皮の本』中村喜代次・西川勢津子　文化出版局

あとがき

『落語刑事サダキチ』シリーズも三作めとなりました。

今回の目玉は何といっても落語刑事・平林定吉《ひらばやしさだきち》の私生活が「熊の皮騒動」によって明かされたことで、蓋を開けてみればかなりの恐妻家でしたが、奥様は美人でしっかり者。なかなか魅力的なキャラクターですので、不可解でちょっと滑稽な事件とともにお楽しみいただければ幸いです。

また、探偵役の八代目林家正蔵《はやしやしょうぞう》師匠は黒猫を飼っているという設定ですが、「埋蔵金伝説と猫の恩返し」では、さらに大福という名の白猫が登場し、事件の鍵を握ります。実は、私も猫好きでは人後に落ちないという自負がありまして、ちゃー子（黒）、もも子（三毛）という二匹の猫と暮らしています。そこで、書名にちなみ、あとがきに写真を添えていただくようお願いしました。どちらもなかなかの美形だと思いますが、いかがでしょうか。

ちなみに、稲荷町《いなりちょう》の長屋で実際に飼われていたのは、白兵衛《しろべえ》という名前の白猫でした。

落語会の会員に宛てたはがきの中で、正蔵師匠は『猫の白兵エが亡くなってから家畜は居りません』とお書きになっていて、いかにも師匠らしい言い方だなと感心したことがありました。

なお、読み直してみて感じたのですが、作品の舞台となった一九八〇年代初頭はよく言えばおおらかな時代で、酒を飲んだ上での運転に対する取り締まりもゆるやかでしたし、小額の万引きは警察沙汰にならないことの方が多かったです。しかし、現在は酒酔い運転が厳罰化され、窃盗罪に罰金刑が加わった影響もあって、万引き行為を発見すれば即座に警察へ通報という店が増えています。まさか、私の本を犯罪の参考にする人など誰もいないでしょうが、念のため、ご注意申し上げておきます。

本書の制作にあたり、監修をお願いした林家正雀《しょうじゃく》師匠、内容にぴったりの素晴らしいカバー画を描いてくださった伊野孝行さん、カバーデザインを担当された next door design の岡本歌織さん、そして、中央公論新社の三浦由香子さんに大変お世話になりました、心より、感謝申し上げます。

また、今回は新津《にいつ》きよみさんに解説をお願いすることができました。確かにデビューは同期ですが、私から見ればずっと仰ぎ見るような存在でしたので、温かいお言葉を頂戴して、とても光栄です。本当にありがとうございます。これを励みにして、あともう少し、何とか頑張っていこうと思います。

最後に、この物語は一部実在の人物が登場するものの、内容はすべてフィクションであり、特定の個人・団体等とは一切関係のないことをおことわりいたします。

愛川 晶

ちゃー子

もも子

解　説

新津きよみ

「わたし、落語はくわしくないから」

　そう言って、「落語刑事サダキチ」シリーズを手に取らない人がいるとしたら、それは実にもったいない話である。

　かく言うわたしも、落語にはさほど明るくない。けれども、よくよく人生を振り返ってみれば、生活に落語が深く根ざしているのがわかる。

　小さいころ、亡き父が飲み友達の平林さんの名前を、酒の肴《さかな》にしていたことを思い出す。

「平林さんは、『たいらばやし』か『ひらりん』か」と。「『たいらばやし』か『ひらりん』か」と、上機嫌で歌うように繰り返す父。当時のわたしは、父が平林という名字を訓読みと音読みにして言葉遊びをしているだけかと思っていた。それが、落語の演目の「平林」からの引用であるのを知ったのは、かなりあとになってからだ。

　その「平林」にも登場するお馴染みの小僧の名前が、「定吉」なのである。落語刑事平林定吉の名前の読みは「サダヨシ」だが、プロの噺家《はなしか》を目指ざしていた過去もあって、まわりからは「サダキチ」と呼ばれている。

「落語に関しては、テレビの『笑点』くらいしか観たことがないし」と読むのを躊躇《ちゅうちょ》するあなただって、そば屋で会計時に支払いをごまかそうとする「いま何時《なんどき》？」というセリフが有名な「時《とき》そば」や、「世の中に怖いものはないが、唯一饅頭《まんじゅう》が怖い」と偽りを言って、みんなから集めた饅頭をたらふく食べて悦に入る男の噺「饅頭こわい」などは、聞いたことがあるのではないだろうか。

　シリーズ三冊目となる本書では、第一話、第二話と、平林定吉の相棒であり、書物から取り入れた落語の知識は豊富でも寄席《よせ》通いを始めてまだ日の浅い刑事、三崎優子の視点で事件が語られる。物語に盛り込まれる落語の演目と事件との関連が、より身近なものに感じられるに違いない。その三崎優子は、丸顔に吊り眉、二重の大きな眼で、身長は百七十二センチ。額のところで前髪を真っ直ぐ切り揃えていて、陰では「金太郎」とか「女金《おんなきん》時《とき》」とか呼ばれている。柔道二段の有段者でもあり、色気がないのを自覚していそうなキャラクター造詣《ぞうけい》に女性読者も好感が持てるのではないか。

　一冊目の『落語刑事サダキチ　神楽坂の赤犬』で、寄席から出てきた三崎優子が〈映画と同じくらいの入場料でこんなに長い時間、生の演芸を見られるんだもの。寄席って、お得だな〉と心の中でつぶやく場面があるが、それはそっくりわたしの感想でもある。十年ほど前、浅草にいて夜の約束までどう時間を潰そうか思案していたとき、ふと目についた浅草演芸ホールに入ってみる気になった。映画館のチケットほどの料金で昼から夜までいられると知り、その上、出し物が落語や漫才やマジックやものまねなどバラエティに富んでいるのを知って驚いたものだ。

本書の第一話では、落語の演目「猫の恩返し」に、猫が小判をくわえて飼い主の前に現れたというエピソードを絡めている。飼い主は、神楽坂に住む落語家の佃家《つくだや》蝦三《えびぞう》師匠で、マスコミで取材されたこともあり、高座に上がって「猫の恩返し」を口演すると観客に大受け。久しぶりにトリをとるまでの人気者になるが、蝦三師匠は名うてのしわいや（けちん坊）であり、そのケチな性格ゆえに過去にトラブルを起こしてもいる。付着していた土から小判があったのはビルの建設予定地だとわかり、そこの地主の高校生の娘の誘拐事件が発覚。小判の由来、誘拐の目的など、謎は錯綜する……。

第二話で取り上げられる演目は、「反魂香《はんごんこう》」。物語は、こちらもやはり優子の寄席通いから始まる。高座のトリを務めるのは、平林定吉が師匠と崇《あが》め、「あのシャーロック・ホームズが裸足《はだし》で逃げ出すほどの名探偵」と、その抜群の推理力を評価している八代目林家正蔵師匠である。隣席にいたのは、警察ＯＢで警備会社への再就職を決めた寄席通い歴二十五年の鈴木六郎さん。「反魂香」の噺に亡き妻が幽霊になって現れる場面が出てくるせいか、何年か前に自身も妻を亡くしている六郎さんの顔が曇っている。その六郎さんの家庭にも複雑な過去があるらしい。六郎さんが警備を担当するスーパーで万引きがあったことから、被疑者の女性の家族が複雑に絡み合う意外な事件へと発展していく……。

第三話の中心となる演目は、「熊の皮」。こちらはかかあ天下を笑いとする落語として知られ、恐妻家の平林定吉の視点で描かれる。長年刑事の夫を支えてきて、良妻賢母に見えた妻英子の本性がついに暴かれる！ 住宅ローンをようやく完済した夫に、なんと「美智子様も身につけていらしたミンクのストールがほしい」とおねだりするのだ。英子に続いて、一人娘の美奈のしたたかさも露わになる展開には笑いを誘われる。が、笑いながらも人間の愚かさや哀れさに思い至って、思わず頬が引き締まるのに気づくはずだ。

時代背景が昭和五十年代に設定されており、昭和のレトロ感が事件の陰影をほどよく和らげてくれる。物語に織り込む「喜怒哀楽プラス笑い」のスパイスの効かせ方が絶妙で、今年がデビュー三十周年にあたるというベテラン作家愛川さんのすぐれた技巧に感服させられた。

愛川さんとわたしは同学年で、生まれ月も同じ。それだけに、勝手にずっと親近感を抱いてきた。デビュー作の『化身』の緻密かつ大がかりなトリックに驚嘆し、『再雇用されたら一カ月で地獄へ堕とされました』を読んで、教職に就いていた実体験をもとに書かれたのではないかと思わせるリアリティ溢れる描写力に驚嘆した。

愛川さんは、一体、いくつの顔を持っているのだろう。すべての作品に共通するのは、落語の話芸に通ずる文章のテンポのよさと、落語でいうところのサゲ、すなわち物語のオチの意外性と構成の巧みさであろう。

正蔵師匠は、黒兵衛《くろべえ》という黒猫を飼っていることになっているが、愛川さんの愛猫もかわいい黒猫ちゃんだ。そして、ご本人はお酒も好きなら甘党でもあるという。シリーズには、二〇二二年に神楽坂で惜しまれて閉店した甘味処《かんみどころ》「紀《き》の善《ぜん》」も登場するので、ここの抹茶ババロアが好きだったわたしは、その味を懐かしく思い出しながら読んだ。こちらは愛川さんの創作上のお店のようだが、喫茶店「檸檬《れもん》」のレモンパイも非常に気になる。

なお、八代目林家正蔵師匠が探偵役として活躍する「高座のホームズ・昭和稲荷町《いなりちょう》らくご探偵」シリーズや、舞台を現代に置いた「神楽坂倶楽部」シリーズ、「神田紅梅亭寄席物張」シリーズをあわせて読めば、より一層落語にくわしくなれるだろうし、謎解きも楽しめること間違いない。

（にいつ・きよみ　作家）

本書は書き下ろし作品です

中公文庫

落語刑事《らくごけいじ》サダキチ
——埋蔵金伝説《まいぞうきんでんせつ》と猫《ねこ》の恩返《おんがえ》し

2024年4月25日　初版発行

著　者　愛《あい》　川《かわ》　晶《あきら》

発行者　安 部 順 一

発行所　中央公論新社

〒100-8152　東京都千代田区大手町1-7-1
電話　販売 03-5299-1730　編集 03-5299-1890
URL https://www.chuko.co.jp/

DTP　嵐下英治
印　刷　三晃印刷
製　本　小泉製本

Published by CHUOKORON-SHINSHA, INC.
Printed in Japan　ISBN978-4-12-207504-7 C1193